—— 中国学生 ——

科学 学习百科

U0132966

北京出版社

创世卓越 荣誉出品

Trust Joy Trust Quality

中国学生科学学习百科

图书在版编目(CIP)数据

中国学生科学学习百科／纪江红主编．－北京：北京出版社，2005
ISBN 7-200-05911-0

Ⅰ.中... Ⅱ.纪... Ⅲ.科学知识－青少年读物 Ⅳ.Z228.2

中国版本图书馆 CIP 数据核字(2005)第 003007 号

总 策 划 邢 涛
主 编 纪江红
执行主编 龚 勋
编 撰 贾宝花 汪兆平

特约编辑 张加勉
责任编辑 毛白鸽
设计总监 韩欣宇
装帧设计 王洪文
版面设计 钱 颖
图片制作 周 丹 周辉忠
插图绘制 张 扬 姜晓松
责任印刷 姜卫平

北京出版社出版
(北京北三环中路 6 号)
邮政编码：100011
网址：www.bph.com.cn
北京出版社出版集团总发行
新华书店经销
北京冶金大业印刷厂印刷
700×970 16 开本 10 印张
2005 年 1 月第 1 版 2005 年 1 月第 1 次印刷
ISBN 7-200-05911-0/N·58 定价：19.80 元

推荐序

　　学生阶段是一个人长知识、打基础的重要时期，这个时期会形成一个人的兴趣爱好，建立一个人的知识结构，一个人一生将从事什么样的事业，将会在哪一个领域取得多大的成功，往往取决于他在学生时代读了什么样的书，摄取了什么样的营养。身处21世纪这个知识爆炸的时代，面临全球化日益激烈的竞争，应该提供什么样的知识给我们的孩子们，是每一位家长、每一位老师最最关心的问题。学习只有成为非常愉快的事情，才能吸引孩子们的兴趣，使孩子们真正解放头脑，放飞心灵，自由地翱翔在知识的广阔天空！纵观我们的图书市场，多么需要一套能与发达国家的最新知识水平同步，能将国外最先进的教育成果汲取进来的知识性书籍！现在，摆在面前的这套《中国学生学习百科》系列令我们眼前一亮！全系列分为《宇宙》、《地球》、《生物》、《科学》、《历史》、《艺术》、《军事》、《人体》八种，分别讲述与学生阶段的成长关系最为密切的八个门类的自然科学及人文科学知识。除了结构严谨、内容丰富之外，更为可贵的是这套书的编撰者在书中设置了"探索与思考"、"DIY实验"、"智慧方舟"等启发智慧、助人成长的小栏目，引导学生以一种全新的方式接触知识，超越了传统意义上单方面灌输的陈旧习惯，让学生突破被动学习的消极角色，站在科学家、艺术家、军事家等多种角度，自己动手、动脑去得出自己的结论，获取自己最想了解的知识，真正成为学习的主人。这样学习到的知识，将会大大有利于我国学生培养创造力、开拓精神以及对知识发自内心的好奇与热爱，而这正是我们对学生的全部教育所要达到的最终目的！

《中国教育报》副总编辑

翟博

——中国学生——
科学 学习 百科

审订序

　　宇宙、地球、生物、科学、人体、艺术、历史、军事，这些既涉及自然科学，又包涵人文科学、社会科学的知识门类，是处在成长与发育阶段正在形成日渐清晰的世界观与人生观的广大学生们最好奇、最喜爱、最有兴趣探求与了解的内容。它们反映了自然界的复杂与生动，透射出人类社会的丰富与深邃。它们构成了人的一生所需的知识基础，养成了一个人终生依赖的思维习惯，以及从此难舍的兴趣取向。宇宙到底有多大？地球是独一无二的吗？自然界的生物是如何繁衍生息的？我们的身体有多奇妙？科学里有多少奥秘等待解答？我们人类社会跨过了哪些历史阶段才走到今天？伟大的军事家是如何打赢一场战争的？伟大的艺术是如何令我们心潮起伏、沉思感动的？……学生们无不迫切地希望了解这一个个问题背后的答案，他们渴望探知身边的社会与广阔的大自然。知识的作用就是通过适当的引导，使他们建立起终生的追求与探索的精神，让知识成为他们的智慧、勇气，培养起他们的爱心，磨炼出他们的意志，让他们永远生活在快乐与希望之中！这一套《中国学生学习百科》共分八册，在相关学科的专家、学者的指导下，融合了国际最新的知识教育理念，吸纳了世界最前沿的知识发展成果，以丰富而统一的体例，适合学生携带与阅读的形式专供学生学习之用，反映了目前为止国内外同类书籍的最先进水平。中国的学生们这一次站在了与世界各国同龄人同步的起跑线上。他们的头脑与心灵将接受一次全新的知识洗礼，相信这套诞生于21世纪之初，在充分消化吸收前人成果的基础上又有新的发展与创造的知识百科能让我们的学生由此进入新的天地！

美国加州大学伯克利分校博士
北京大学副教授

武瀚章

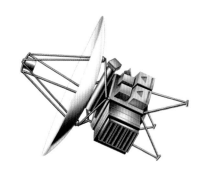

前言

追求真理，探询未知，以有限来探索无限，这不但是人类特有的智慧，也是人类能从蛮荒时代迈进信息时代的永恒动力。文明在代代相传中发扬光大。科学技术作为人类社会发展的助推器，越来越显示出它的强大力量。为了激起科学技术进步发展的推动者——人，尤其是青少年探索未知的渴望，唤起新的世纪学生们追求真理的兴趣，我们采纳世界最新知识结构与视角，倾力编撰了这部《中国学生科学学习百科》，希望帮助同学们建立科学的思维方式，激发同学们的知识兴趣，从而全面发展自己的能力，成为有助于社会发展的人才。

本书图文并茂，相得益彰，采用严谨而生动的语言阐述科学的本质，把握科学发展方法，探讨科学与人类的联系，带领读者进入奇妙的科学世界，畅游化学科学、物理科学、数学科学的世界。其主要内容共分九个章节，分别为：物质与材料；力、运动与机械；热与能；交通运输；声与光；电与磁；电子学和计算机；通信与传播；数学。

本书层次清晰，结构分明，谋篇布局独具匠心：每章分为若干节，以"观察与思考"开头，通过读者动手操作和观察，引起思考与学习兴趣；以辞条形式为内容主体，方便读者查阅；以"DIY实验"为补充，增强读者动手实践的能力，做到理论指导实践，实践说明理论，而收尾的"智慧方舟"则可以现场检验自己的学习效果。此外，为了增强读者的阅读趣味性，我们还在文中穿插了许多"小资料"，介绍引人入胜的科技产品，追溯科学家探求真理的艰辛并与其分享成功的喜悦。

现在就请您打开本书，开始一段奇妙而又难忘的科学之旅吧！

如何使用本书

《中国学生科学学习百科》是一部面向中学生的科学类百科全书，内容严谨，层次分明，共分为九个篇章，每个篇章下面设置若干个主标题，在主标题下设一些辅标题和次辅标题，除了这些说明性文字以外，书中还通过习题、实验等多种形式分别阐释了本篇章的主题。另外，本书还对相关知识点配上专题图片进行解说，做到图文并茂。现对本书的体例详细说明如下。

书眉
双数页码的书眉标示出书名；单数页码的书眉标示每一章的名称。

篇章名

主标题
本节主要知识内容的名称。

探索与思考
通过生活中的观察活动和动手小实验提出思考问题。

主标题说明
阐述本节的主要内容，有助于了解本节知识点。

辅标题
与本节内容相关的知识点的名称。

副标题
对辅标题最直观的说明。

手绘原理示意图
根据文章内容，由相应的学科专家参与、由资深插图画家绘制的原理示意图，说明性强，使您一目了然。

辅标题说明
对本节内容某一知识点的详细阐述。

次辅标题

对辅标题内容进一步说明的内容名称。

次辅标题说明

对次辅标题的文字叙述，是对辅标题内容的详细说明与佐证。

照片

与本节知识点相关的图片，让您对相关内容有更真切的认识。

实验

介绍了实验材料、步骤及原理，有助于您进一步理解本节内容。

小资料

与辅标题内容的说明文字密切相关的资料性内容，是对辅标题的补充和参考。

习题

通过填空、选择和判断的形式温习本节知识点。

物质与材料 | 11

质的三态

、液态、气态

物质有三种存在形态：
、液态、气态。固态物质
形状和体积，它们的分
紧地结合在一起。液态
有体积，但没有一定的
，相比之下，它们的分子
得要松散一些，液态物
以被倾倒入一个容器中。
既没有一定的体积也没
状，它们的分子会自由
动，从而能够充满任何
可以封闭它们的容器。

质形态之间的转变

、液态、气态之间的转变

物质可以从固态变成液
从液态变成气态，这通
要借助于加热。反过来
物质也可以从气态变成
态，再从液态变成固态，
是通过冷却(即热量的散
来实现的。生活中最常
的例子就是水。水在常温
是液态，但吸热后就可以
成气态(水蒸气)。当水冷
时，又可以变成固态
)。

熔点

固态晶体物变成液体时的温度

固态晶体物熔解成为液
体时的温度称为熔点。当固
体受热熔化时，分子会快速
地振动，使部分分子克服着
它们束缚在固定位置上的力
量，而在周围运动，但彼此
之间还不能完全地分开(即
液态)。纯元素或纯化合物
在精确固定的温度熔化，混
合物则在较大的温
度范围内熔化。
举例来说，锌在
419.58 C
熔化，铜
在1083.4 C
熔化，而锌
铜混合而
成的黄铜，
其熔点则在
900 - 1000 C。

沸点

在标准大气压下使液体"沸腾"的温度

在标准大气压下加热液
体，温度升到一定时，液体
的内部和表面同时发生剧烈
的汽化现象，这就是"沸
腾"。在标准大气压下，使每
种液体"沸腾"的温度叫沸点，
每种液体的沸点是固定
的。液体"沸腾"时之所以
要继续加热，是因
为100 C液体分
子要吸收一定热
量(汽化热)才能变
成100 C的汽化分
子。每种液态物质
都有各自固定的沸
点和汽化热。

水的沸点在标准大气压
下为100 C，多达到这个
沸点时，水就沸腾了。

气体中的粒子彼此间距离遥远，运动快速，因此相互作用很小。

固体中的粒子紧密地堆积在一起，彼此不能移动，只能振动。

物质的三态变化

升华
凝华
气态
汽化
液化
液态
溶解
凝固
固态

液体中的粒子彼此相吸引并结在一起。可在附近移动。

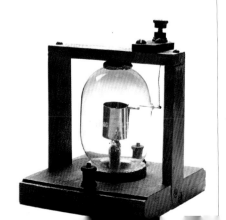

目录

物质与材料　　10~47

物质在微观与宏观状态下具有不同的特点，根据物质的特点可以制造出不同的材料。

物质	10
原子与原子能	14
元素	20
化学分析	26
化学反应	30
酸、碱和溶液	34
有机化学	38
材料	42

力、运动和机械　　48~63

运动由力引起，人们通过机械产生的运动可以完成复杂的工作。

力	48
运动	54
机械	60

热与能　　64~71

热是一种能量，而能量则与做功紧密相连。

能量与功	64
热	68

交通工具　　72~87

交通工具种类繁多，遍及海陆空各个领域，其工作原理也是各不相同。

船	72
汽车	76
火车	80
航空器	84

原子核在发生核聚变或核裂变时会释放出巨大的原子能，如此巨大的能量人类可通过一系列的装置来进行引发和存储，其内容详见第18~19页。

世界上的万物在力的作用下会形成各种各样的运动，如直线运动、抛体运动、圆周运动等等，这些运动各有其性质与特点，其具体情况请见第54~59页。

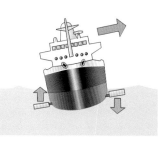

大型船只航行于江海，虽然经历风吹浪打，却能安然无恙，这其中的奥秘是什么呢？详情请见第72~73页。

有些声音人们听起来能够调整心情，启迪灵感，如音乐家所演奏的乐曲声，而有些声音却让人躁动不安，甚至影响健康。同是声音，为什么对人的影响却截然不同？两者的区分请见第93~94页。

电子学发展到今天，涵盖甚广，全方位地延伸了人类看、听、说、计算和思考等能力，要想了解其超凡的能力详见第128~135页。

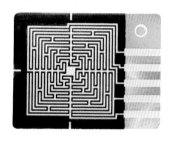

摄影在今天已经变成了一门由高科技所支撑的现代艺术，高清晰度的照片让人赏心悦目，可是这其中究竟包含什么样的原理呢？详情请见第146~147页。

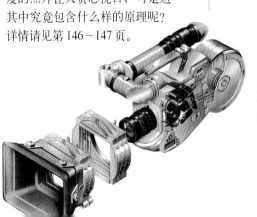

声与光　　88~111

声音是一种能量，光也是一种能量。

波	88
声音	92
电磁波	96
光和色	100
光学器件及仪器	106

电与磁　　112~127

一定条件下电可以生磁，磁也可以生电。

静电	112
电流	116
磁与电磁	120
电的产生及应用	124

电子学和计算机　　128~135

计算机的广泛应用不仅加快了人类的计算速度，也改变了许多行业的生产方式。

电子学	128
计算机与网络	132

通信与传播　　136~147

现代通信技术飞速发展，极大地改变了人类生活。

通信	136
印刷与摄影	140
广播与电影	144

数学　　148~159

数学是研究现实世界的空间形式和数量关系的科学。

数字	148
几何学	152
代数及数学工具	156

物质与材料

物质

·探索与思考·

研究物质

1. 仔细观察右图中提供的几件物品,用简洁的文字描述每一件物品的特点。
2. 根据某种性质将物品分为若干组,使每组物品都具有一种共同性质。

想一想 对每一件物品而言,什么性质是其特有的?什么性质是所有物品共有的?

世界万物都是由物质构成的。在地球上,我们周围的物质是由元素所构成,以固体、液体、气体的形式存在。物质包括因为太小而人们注意不到的灰尘、经常看到的房屋和汽车、一切像树木和我们的身体这样的生命体,还有地球上的岩石、天空中的云和周围看不到的空气。除了地球上的物体外,遥远太空中的恒星和行星也都是由物质构成的。实际上,整个宇宙都是由物质构成的。

物质的类型

混合物和纯净物

按物质中所含的成分,可以把物质分成两种基本类型,即混合物和纯净物。纯净物又可分为单质和化合物。

混合物

由两种或多种物质混合而成

混合物是由两种或多种不同物质混合而成的,每一种仍保持自己的属性并可以通过物理方式将它们相互分开。混合物可以由固体、液体、气体混合而成,例如:盐水即是盐和水的混合物,可以通过蒸发的方式将两者重新分离开来。

纯净物

由一种物质组成

任何纯净物都有固定的组成和一定的性质。但世界上完全纯净的物质是没有的。通常所谓的纯净物,就是含有的杂质很少。所含杂质的量不至于在生产或科学研究中产生有害影响的物质,就可以叫纯净物。

单质

单质是由同种元素组成的纯净物。如氢(H_2)、氧(O_2)、铜(Cu)、铁(Fe)、碳(C)等。

化合物

化合物是由不同种元素组成的纯净物。它有确定的物理性质(密度、熔点、沸点等),并具有确定的化学性质。化合物中不同的元素不能用物理方法或机械方法分离,只有通过化学反应才能分离。

大多数的矿物里都含有一种特定的化合物。

分离混合物很容易。比如、泥浆是土和水的混合物,我们可以将泥浆放在存有水的广口瓶中,土壤颗粒均匀地分布于水中。等到土壤颗粒沉到底部后,就可以把水倒掉。剩余的泥浆我们可以用蒸发的方法将水和泥分离,也可以用过滤的方法。

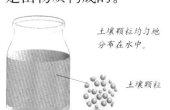

土壤颗粒均匀地分布在水中。

土壤颗粒

大而沉的土壤颗粒先沉淀到底部,但是水还有一点浑浊。

随着水分的蒸发,泥浆的颜色变深而厚度变薄。泥和水这时已被彻底分离开来。

物质的三态

固态、液态、气态

　　物质有三种存在形态：固态、液态、气态。固态物质具有形状和体积，它们的分子紧紧地结合在一起。液态物质有体积，但没有一定的形状，相比之下，它们的分子结合得要松散一些，因而液体可以被倾倒到一个容器中。气体既没有一定的体积也没有形状，它们的分子会自由地移动，从而能够充满任何一个可以封闭它们的容器。

水有固态、液态、气态三种形态。水的三态可能同时存在。将一平底锅放于炉上，等锅温热后，将冰块放入锅内。此时，冰块慢慢融化成液态水，水很快沸腾并产生了水蒸汽。这样水的三种形态同时出现。

物质形态之间的转变

固态、液态、气态之间的转变

　　物质可以从固态变成液态，从液态变成气态，这通常要借助于加热。反过来说，物质也可以从气态变成液态，再从液态变成固态，这是通过冷却（即热量的散失）来实现的。生活中最常见的例子就是水。水在常温下是液态，但吸热后就可以变成气态（水蒸气）。当水冷却时，又可以变成固态（冰）。

熔点

固态晶体物转变成液体时的温度

　　固态晶体物熔解成为液体时的温度称为熔点。当固体受热熔化时，分子会快速地振动，使部分分子克服将它们束缚在固定位置上的力量，而在周围运动，但彼此之间还不能完全地分开（即液态）。纯元素或纯化合物在精确固定的温度熔化，混合物则在较大的温度范围内熔化。举例来说，锌在419.58℃熔化，铜在1083.4℃熔化，而锌铜混合而成的黄铜，其熔点则在900℃～1000℃。

沸点

在标准大气压下使液体"沸腾"的温度

　　在标准大气压下加热液体，温度升到一定时，液体的内部和表面同时发生剧烈的汽化现象，这就是"沸腾"。在标准大气压下，使每种液体"沸腾"的温度叫沸点，每种液体的沸点是固定的。液体"沸腾"时之所以要继续加热，是因为100℃液体分子要吸收一定热量（汽化热）才能变成100℃的汽态分子。每种液态物质都有各自固定的沸点和汽化热。

水的沸点在标准大气压下为100℃，当达到这个沸点时，水就沸腾了。

气体中的粒子彼此间距离很远，运动快速，因此相互作用很小。

固体中的粒子紧密地堆积在一起，彼此不能移动，只能振动。

物质的三态变化

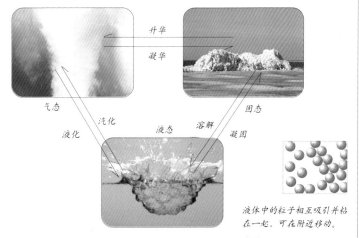

液体中的粒子相互吸引并粘在一起，可在附近移动。

蒸发

液体表面进行的汽化现象

　　液体在任何温度下都能发生的，并只能从液体表面发生的汽化现象。当烈日照在湿的路面上时，也会有同样的情况发生，可以看到水蒸气的蒸腾，这就是蒸发。蒸发时，液体必须从其周围吸收热量。蒸发可以将海水中的盐分离出来。被引入盐田中的海水，因水分的蒸发而达到饱和浓度，盐分便以晶体状析出，这就是海盐。

凝华

物质从气态直接变成固态的现象

　　当物质从气态直接变成固态时，会放出热量。自然界中，霜和雪都是水蒸气的凝华现象。霜是地表面的水蒸气遇到0℃以下的温度时，直接凝华成的固体。雪的形成与霜相似，当空气中的温度低于0℃时，水蒸气在空中凝华成六角形的冰晶，冰晶在飘降时互相结合形成雪片或雪团。

霜和雪都是水蒸气凝华形成的。

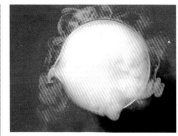

干冰的升华现象

升华

物质从固态直接变成气态的现象

　　物质在升华过程中要吸热。升华吸热可以致冷。如冰冻的衣服在0℃以下也会干，是因为冰直接升华变成了水蒸气。放在衣箱内的樟脑丸会渐渐变小甚至消失，是因为升华变成了气体。生活中常用升华吸热的现象得到低温，例如：人们常用固态二氧化碳(干冰)的升华吸热来冷藏食物。

液化

降低温度或压缩体积都可以使气体变液体

　　所有的气体在温度降到足够低时都可以液化；在临界温度之下，气体用压缩体积的办法也可以液化，如瓶装的液化石油气。如果将这两种方法合并使用，就可以在较高的温度下将气体液化。气体液化的最大好处是使体积缩小，易于贮藏和运输。火箭使用的燃料都采用液体的氧气和氢气。

物质的测量

对物质的物理属性进行比较的方法

　　物质的测量包括对质量、密度、体积等的测量。在测量过程中，为了比较各种结果，必须使用统一的国际标准单位，如千克(kg)、米(m)和秒(s)等就是标准国际单位制(公制)体系的基本单位。

因为重力影响很小，太空中的宇航员几乎没有体重。

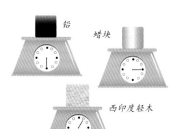

铅

蜡块

西印度轻木

方块的大小(指体积)都是相同的，但是密度大的金属铅块明显比蜡块和西印度轻木重得多。

重量和质量

表示物体轻重的方法

重量的严格意义是物体所受重力的大小，它是由地球重力引起的。在日常生活中，人们往往把质量当作物重，例如，把质量为多少千克的食品说成重多少千克。而在物理学中，质量和物重是有严格区分的。质量是物体本身的一种属性，它不随物体的形状、状态、温度、位置等改变，而物重会随着重力的大小发生改变。质量的单位法定是千克，重力的单位是牛顿。在太空中，由于地球的重力影响极小，宇航员几乎没有任何体重。

密度

某种物质单位体积的质量

物质的密度以千克／米³为法定计量单位。只要量出物质的体积及质量，然后计算出二者的比值即可得出该物质的密度。纯水的密度是1千克／米³。纯物质具有精确的密度，因此测量物体的密度就能判断该物质是否为纯物质或是否掺入其他东西。温度发生变化时，大部分的物质都会出现膨胀或收缩现象，因此密度受温度的影响，此一现象对气体尤其显著。例如空气在温度上升时会剧烈膨胀，使密度降低。热气球能够飞行，就是因为气球内部的热空气密度低于周围的冷空气。

实验：分离混合物

准备材料： 天平、2个耐热盘、汤匙、盐、沙子、量杯、水、烤箱、笔记本、铅笔。

实验步骤：
1. 将一个耐热盘放在天平上，并将天平调至零位。取一匙盐倒入盘中，并记录其重量。
2. 往耐热盘里然后加入一匙沙子，再称量其重量。
3. 烧些开水。然后取两杯开水倒入盐和沙子的混合物中。不停地搅拌，盐全部溶解后将其放置一边，直至沙子沉积到盘子底部。
4. 当所有沙子都已沉积到盘底部时，把盐水溶液倒入第二只盘中，注意不要将沙子倒出。
5. 将两个盘子放入烤箱，打开低火（阳光好时，可将盘子放在室外）。待所有水分都蒸发掉后，关闭烤箱电源。
6. 等到盘子完全冷却，你就会得到一盘干燥的盐和一盘干燥的沙子。

原理说明： 沙子不溶于水，它会和水分离开来，最后沉淀在盘子的底部。我们把这种沉淀分离现象称为"浅析"。食盐溶液中的水受热蒸发后，食盐才会以晶体形式重新转变成固体状态。我们把这种分离过程称为结晶。

填空：

1. 按照物质中所含的成分，可以把物质分为 ＿＿＿＿、＿＿＿＿ 两种类型。

2. 物质有三种存在状态，分别为 ＿＿＿＿＿、＿＿＿＿＿、＿＿＿＿＿。

3. 水在常温下是 ＿＿＿＿＿＿＿＿＿。

4. 当物质从气态直接变成固态时，需要放出 ＿＿＿＿＿＿＿＿＿＿。

5. 霜和雪都是水蒸气的 ＿＿＿＿＿＿＿＿＿ 现象。

判断：

1. 熔点是固体转变成液体时的温度。（ ）

2. 化合物是由两种或多种元素组成的纯净物。（ ）

3. 衣箱内的樟脑丸会变小甚至消失，是因为凝华变成了气体。（ ）

4. 质量会随物体的形状、状态、温度而改变。（ ）

5. 纯水的密度是2克／厘米³。（ ）

原子与原子能

原子内部

1. 准备好彩笔和纸。
2. 用彩笔在纸上画一个圆，用它代表原子核。
3. 量一下圆的直径（用米做单位）。

想一想 一个原子的直径是它的核的10万倍，按比例估算一下，原子应比你所画的原子核大多少？

扫描隧腔显微镜所显示的石墨原子的照片

千姿百态的世界万物都是由许许多多的肉眼看不见的微观粒子构成的。构成物质的微观粒子有很多种，分子是其中的一种微粒。而在一定的条件下，分子还可以被拆分成更小的微粒——原子。原子同分子一样都可以直接构成物质。如铁就是由许多的铁原子构成。在原子的世界里氢原子最小，原子总在不停地运动。有时某些原子的性质不稳定，会发生分裂并释放出许多粒子或呈放射状的能量。原子能就是原子核变化所产生的能量。产生原子能的方法有两种：一为"核裂变"，二为"核聚变"。

原子

化学变化中不可再分的最小微粒

原子是由带正电的原子核和核外带负电的电子构成的。原子核内由质子和中子构成，质子带正电，中子不带电。核外电子分层排布，化学变化中只是外层电子发生变化，原子核不变。所以说，在化学变化中原子不可再分，它是组成单质和化合物的最小微粒。

质子

原子核内带正电的粒子

质子具有正电荷，介于质子和电子之间的吸引力将整个原子维系在一起。质子和中子构成了原子核，质子比中子略轻一些，但约为电子的2000倍重。最简单的原子核是氢原子核，只含有一个质子。原子核内所带的质子数就是原子序数，它决定该原子属于何种元素。

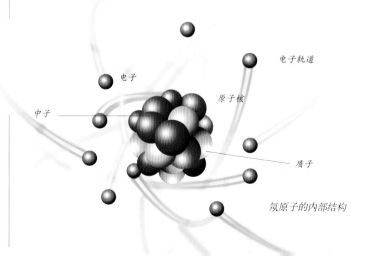

电子

电子轨道

原子核

中子

质子

氖原子的内部结构

中子

原子核内不带电的粒子

中子不具有电荷。在一个元素的原子核中，其中子数可以稍有变化而不影响元素的特征。在各种原子核中，中子数各不相同。中子单独存在时不稳定，会变为质子和电子。由于自由态的中子易于进入原子核内部，因此常用自由态的中子来引起核反应。

核外电子

原子核外带负电的粒子

电子是一种极微小的粒子，它能围绕原子核做复杂的高速运动，这种运动没有固定的轨道，因此并不像人造卫星那样按照一定轨道围绕地球旋转。电子在原子核外层运动的状态虽然复杂，但也有规律可循：各层电子可能容纳的电子总数是 $2n^2$，核外电子总是先占领能量最低的层，核外电子因能量上的差异和通常运动的区域离原子核远近的不同，分属于不同的电子层。其中，只有最外层的电子最活跃。化学反应都是通过最外层电子的得失才产生的。电子带负电荷，电子的个数与带正电荷的质子数目相等，使整个原子呈现电中性。若原子获得或失去电子，则导致电荷不平衡，变成带电的原子，称为离子。当电子定向移动时便形成电流。利用电场和磁场，可控制自由电子的运动。

原子的大小

一个原子直径的大小

一个原子的直径大约有百万分之一毫米。也就是说，你手中这本书的一页纸就大约有200万个原子的厚度。举个例子，如果一个原子的大小与人的指甲一样大，那么人的手将大得足以握住整个地球。

模拟情境中的原子大小同人手的关系。

分子

保持物质化学性质的最小微粒

物质是由肉眼看不见的分子组成的。由于在化学反应中，分子会变成另外一种物质的分子，所以说分子是可以再分的。但从"保持物质化学性质"来说，分子却是"不可分的最小微粒"，因为再分，就不能"保持物质化学特性"，也就不再是原物质的分子了。某种物质的一个分子并不能体现该物质的物理特性，因为诸如熔点、沸点、密度、硬度、弹性等，都是物质大量分子的聚集物才具有的特性，并不是一个分子所能表现出来的。然而，同物质的每一个分子却都具有相同的化学性质。

原子模型的演变

1808 年
道尔顿模型
英国化学家道尔顿认为原子是一个坚硬的小球，每种单质均由很小的原子组成，不同的单质由不同质量的原子组成。

1897 年
汤姆森模型
英国科学家汤姆森认为原子是一个带正电荷的球，电子镶嵌在里面。

1904 年
卢瑟福模型
英国物理学家卢瑟福通过实验推断出，原子的大部分体积是空的，电子随意地围绕着一个带正电荷的很小的原子核运转。

1911 年
奈冈模型
日本物理学家奈冈提出的原子模型认为，原子是一个中心带正电荷的大球，电子转着这个球运转，就像行星围绕着太阳。

1913 年
玻尔模型
丹麦物理学家玻尔认为，电子不是随意占据原子核的周围。他用模型表明电子在固定的层面上运动，当电子从一个层面跑到另一个层面时，原子便吸收或释放能量。

1932 年
西奇维克模型
英国物理学家西奇维克发现，中子和质子质量相同，但是它不带电。中子的存在解释了为什么原子的质量要比质子和电子的总质量大。

20 世纪 20 年代以来
现代模型
从20世纪20年代以来，经过许多科学家的努力，建立了目前流行的原子模型。该模型表明，电子绕核运动形成一个带负电荷的云团，在一个确定的时刻不能精确测定电子的确切位置。

分子间的作用力

分子之间所存在的作用力

　　不同物质的分子在接触时，可彼此进入对方，证明分子之间存在间隙。但物质在分子间隙存在的情况下仍能保持形状或体积，说明分子间存在较大的引力。我们从固体液体物质很难压缩体积，也可知分子间存在较大的斥力。

布朗运动

微粒做无规则运动的现象

　　英国植物学家布朗在用显微镜观察水中悬浮的花粉时，发现这些花粉颗粒不停地在做无规则运动。爱因斯坦后来用分子运动理论解释了这种运动的成因是由于微小的、看不见的水分子正在不断地剧烈撞击花粉粒子造成的。因为这种现象是布朗发现的，所以把这种运动称为布朗运动。不仅是花粉，在液体中或气体中的各种悬浮微粒，都可观察到其在做无规则运动。布朗运动是永远不会停止的，它随温度的升高而愈加激烈，悬浮微粒越小，布朗运动越显著。

花粉在水中进行无规则的布朗运动。

键合

相邻的两个或多个原子间的强烈相互作用

　　原子以"键"的方式联在一起形成分子。所有的键合都与原子中最外层内的电子运动有关。原子可使电子以不同的方式键合。有时原子会带有相同的电荷，每一个原子释放出一个电子来形成这种"键"，这种键称为共价键。另一种键则是由正负离子间的静电引力形成的，被称为离子键。在金属中，电子绕着所有的原子运动，这称为金属键。不同的原子以各种不同的键合方式结合在一起组成无以计数的物质。

共价键

原子间通过共用电子对所形成的化学键

　　非金属化合物分子通过它们中的原子共享分别来自不同原子的成对的电子而结合在一起。这种键叫作共价键。二氧化碳是常见的共价化合物。因为一个碳原子需要四个电子才能填满它的外层，而氧需要两个，所以碳和氧的化合价分别是4和2。二氧化碳中，两个氧原子各出一对电子，碳原子贡献四个，三个原子就是通过这种共享的方式填满它们的最外层。

离子键

阴阳离子间通过静电作用所形成的化学键

　　原子是由一个带正电荷的原子核和周围环绕的带负电荷的电子所组成。当电子在某些原子间转移时，这些原子就变成了离子，从而形成了离子键。例如，在氯化钠(盐)分子里，钠原子提供一个电子给氯原子，而成为阳离子，氯原子因为得到一个电子，而成为阴离子，相反电荷的离子彼此间相互吸引，所以它们键合在一起而形成氯化钠。

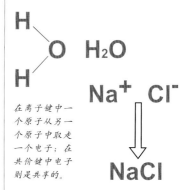

在离子键中一个原子从另一个原子中取走一个电子；在共价键中电子则是共享的。

金属键

金属晶体里的金属原子、金属阳离子和自由电子之间的强烈相互作用

　　金属晶体中，依靠共用一些能够流动的自由电子使金属原子或离子结合在一起，这样形成的化学键称为金属键。金属键主要存在于固态或液态金属及合金中。由于金属原子的外层电子可在金属中自由运动，所以金属的导电性特别强。

化合价

一定数目的一种元素的原子跟一定数目的其他元素的原子化合的性质

化合价有正负之分。离子化合物中，元素的化合价的数值为一个原子得失电子的数目。共价化合物中某元素的化合价，是该元素一个原子与其他原子形成共用电子对的数目。非金属性强的元素电子对偏向它为负价，非金属性弱的元素电子对偏离它为正价。

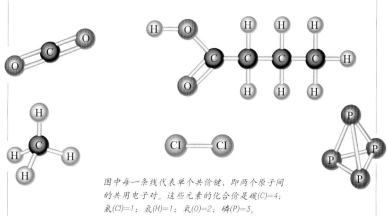

图中每一条线代表单个共价键，即两个原子间的共用电子对。这些元素的化合价是碳(C)=4；氯(Cl)=1；氢(H)=1；氧(O)=2；磷(P)=3。

辐射

原子裂变或衰变时释放出辐射物的现象

有些较重的原子的自然状态很不稳定，会发生裂变并成为其他的原子。当这些原子发生分裂的时候，释放出许多粒子或呈射线状的能量。这些粒子或射线就是辐射。辐射主要有三种类型：阿尔法(α)粒子、贝塔(β)粒子和伽马(γ)射线。阿尔法粒子是氦原子核，贝塔粒子是一种高速的电子，伽马射线是一种电磁辐射线形式。化学元素中含有放射性原子的是铀、钍和镭。当这些原子释放出粒子或射线的时候，它们会变成更简单元素的原子。例如，铀会变成铅。这种变化就叫作放射性衰变。辐射十分危险，因为它会伤害有生命的东西，但如果控制得当，它对医学和科学研究则十分有用。

半衰期

放射性元素的原子核有半数发生衰变所需的时间

当一种物质中的原子分裂或衰变时，就会有辐射发生。放射性物质的半衰期就是其50%的放射性原子发生蜕变的时间，不同的元素蜕变的程度不同。铀238的半衰期为45.1亿年，几乎和地球的年龄相仿，这也就是说，自从地球诞生以来，地球上的铀已经有一半以上经过自然放射而蜕变成了铅。

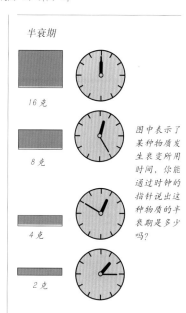

半衰期

16克

8克

4克

2克

图中表示了某种物质发生衰变所用时间，你能通过时钟的指针说出这种物质的半衰期是多少吗？

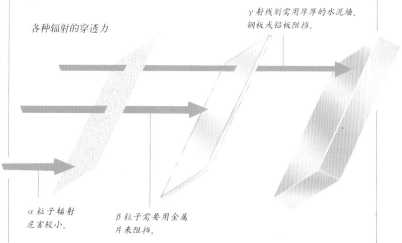

各种辐射的穿透力

γ射线则需用厚厚的水泥墙、钢板或铅板阻挡。

α粒子辐射危害较小。

β粒子需要用金属片来阻挡。

原子能

原子的原子核变化时释出的能量

当一个原子的原子核发生变化时，能量就会被释放出来，这种能量被称为原子能（核能）。在太阳、其他星球以及地球上，都可以找到原子能。科学家们同样也可以在核电站或从核武器中制造出这种能量。

裂变

链式反应

当一个中子撞击一个铀235的原子核时，这个铀原子核就分裂了，它同时释放出2～3个"自由的"中子。这些中子会同样去撞击其他原子，并依序进行下去。这种链式反应被称为裂变，它能产生巨大的能量。

聚变

一种热核反应

核聚变是两个或两个以上的较轻原子核在超高温等特定条件下聚合成一个较重的原子核时释放出巨大能量的反应。因为这种反应必须在极高的温度下才能进行，所以又叫热核反应。据计算，每千克核燃料完全聚变可以放出93.6万亿焦的热量，相当于3200吨标准煤燃烧放出的热量。可见核聚变能是一种崭新的能源。

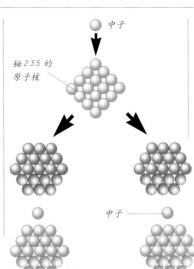

核裂变的反应机理

托卡马克装置

对核聚变的控制装置

托卡马克是一种环形装置，它通过约束电磁波驱动，创造氘、氚以实现聚变的环境和超高温，并实现人类对聚变反应的控制。受控热核聚变在常规托卡马克装置上已经实现。

盖革计数器

发现和测量放射性物质的仪器

盖革计数器是德国物理学家盖革于1908年发明的。这种机器是用来发现和测量放射性物质的，比如α粒子和γ射线等。它还可以帮助地质学家来发现核技术的重要原料——铀矿石。

粒子加速器

能人工把带电粒子的束流加速到高能量的装置

加速器是一种用人工方法把带电粒子的束流加速到高能量的装置。它是研究原子核和基本粒子的重要设备。粒子加速器是粒子回旋加速器和同步加速器的统称。科学家们用它们来研究带电荷的粒子。加速器就像个巨大的田径场，粒子在其中会被磁场加速到极高的速度，然后发射出去，去撞击原子核。

欧洲粒子物理实验室的大型粒子加速器

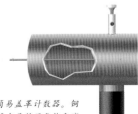

图为简易盖革计数器。铜质圆筒中是低压气体和穿过计数器的金属线。当放射性粒子进入筒中时，在金属和筒壁之间便产生电子脉冲，这些脉冲便由计数器记录下来。

核废料

具有放射性的废弃物质

核电站会产生出许多废料，它们中的一些会受到核辐射的污染。当一个旧的核电站关闭时，所有受到过核辐射的部分都是有害的。这时，人们就需要处理核废料。处理核废料是十分困难的，特别是核辐射的影响要经过许多年才能消失。一种方法是将核废料深埋于地下，另一种方法是将其倾倒于海里。这些核废料首先必须封闭在特制的容器中，以防止放射性物质泄漏出来污染环境。

玛丽·居里

玛丽·居里（Marie Curie，1859～1906），原籍为波兰的法国科学家。她与她的丈夫皮埃尔·居里都是放射性的早期研究者，他们发现了放射性元素钋（Po）和镭（Ra），并因此与法国物理学家亨利·贝克勒尔分享了1903年诺贝尔物理学奖。之后，居里夫人继续研究了镭在化学和医学上的应用，并且因分离出纯的金属镭而又获得1911年诺贝尔化学奖。

· DIY 实验室 ·

实验：制作原子轨道

准备材料：4种颜色的模型黏土、报纸、广口的罐盖。

实验步骤：
1. 在工作区铺上一些报纸。任选两种颜色的黏土。用红色与蓝色的黏土，做两条红绳子和一条蓝绳子，用手揉滚出来。这些绳子代表轨道，或壳层空间，也就是电子绕行原子核的路径。确定绳子要做得够长，以便在罐盖内做完整的圆圈。
2. 把第一条红绳压在盖子的内缘。接着把蓝绳压在红绳旁边。然后再把另一条红绳压在蓝绳旁边。
3. 在中央放一个蓝色的"靶心"黏土块。完成后，用手指把黏土压平。
4. 接下来，做一个"黄色"的黏土球，把它粘在最中间。
5. 做两个较小（绿色）的球，把它们粘在蓝色靶心外，一边一个，要和黄球对齐。
6. 在红绳外缘，放8个绿球，每两个一组，共四组。

原理说明：原子最多只能有7个轨道，每个轨道最多也只能有固定数电子。中间较大的球，代表原子核。蓝色"靶心"外缘两个较小的球，代表第一个轨道只有两个电子。第二个轨道，也就是红圈边缘，环绕8个绿球，代表只有8个电子能在轨道上。模型的第三条轨道（蓝圈的外缘，没有球），如果它是最后一条轨道，最多可以有8个绿球，也就是电子。但如果不是最后一条轨道，则最多可以有18个电子。必须注意的是，第一条轨道后，每条轨道都必须有8个电子，才能再开始一条轨道。

· 智慧方舟 ·

填空：

1. _____是化学变化中的最小微粒。
2. 原子是由带正电的_____和核外带负电的_____构成的。
3. _____是物质能够独立存在并保持物质化学性质的最小微粒。
4. _____是微粒做无规则运动的现象。
5. 键合有三种形式，分别为_____、_____、_____。

判断：

1. 原子核由质子和中子构成。（　　　）
2. 辐射有α粒子、β粒子和γ射线三种类型。（　　　）
3. 链式反应又称为裂变。（　　　）
4. 盖革计数器是对核聚变的控制装置。（　　　）
5. 粒子加速器是研究原子核和基本粒子的重要设备。（　　　）

元素

· 探索与思考 ·

找相似

1. 准备好纸片和笔。
2. 任意选择5个元素，分别用英文字母A～E表示。
3. 在纸片上写出代表元素的英文字母，并写出这些元素的性质。
4. 与朋友或同学一起分享这个游戏，看你能否根据朋友或同学所写的性质确定是哪5个元素。

想一想 这些元素有哪些性质是相近的？学完本节内容后，找一下这些性质相近的元素在元素周期表上有什么规律？

元 素是构成这个世界、整个宇宙里的一切东西的基本物质。虽然许多物质都由多种元素组成，但在每种元素里就只有一类原子。目前已经获知109种元素，已发现的天然存在的元素约有94种，这些元素大多是稀有的；其他15种元素是在实验室里通过原子反应合成出来，科学家给每种元素一个名字和一个化学符号以进行相互区别，虽然元素有很多种类，但地球上99%的物质都只由八种元素构成，最普遍的是氧和硅，它们都是存在于沙石里的。而在整个宇宙中，氢是最常见的元素，其次是氦。

元素符号

用以表示元素的化学符号

当科学家们书写元素的名称时，他们通常使用一种缩写形式。每一种元素都有一个符号。这种符号一般只有一个大写字母，这就使得较长的化学方程式变得相当简洁明了。化学元素符号一般用该元素英文名称的第一个或前两个字母表示，例如氧的符号是O，氦的符号是He，碳的符号是C，钠的符号是Na，硫的符号是S，硅的符号是Si等。但银则例外，它的符号是Ag，来自拉丁文"银"（argentum）。

宇宙中存在大量的非金属元素——氦。

金属

具有金属性质的元素

金属是具有光泽的元素，通常质地坚硬。大多数元素都是金属。除汞（水银）外所有金属在室温20℃下都是固体。地球的岩石中所含有的金属有些实际是该金属的氧化物。例如，铁矿石是铁和氧的化合物。早在三千五百多年前，人们就发现用炭加热铁矿石可以得到铁。用相似的方法还可以提炼出铜、铅、锌等。

岩石之中也蕴藏有金属元素。

非金属

具有非金属性质的元素

非金属包括在室温20℃下是气体的元素，例如氢和氧。固体非金属（例如硫和碘）通常易碎、密度小、无光泽。非金属与金属之间的区别体现在以下几点：

一、金属多为灰白色，非金属则颜色复杂。

二、除汞在常温下是液体外，其他金属一般为固体。非金属在常温下是固体、液体或气体。

三、金属善于导电传热，非金属则相反。

科学家在实验室里制造了至少十多种新元素。

新元素
科学家在实验室里制造的元素

科学家在实验室里已经研究出把微小的原子颗粒射向一些重元素，从而创造出新元素的方法。至今他们合成了十几种新元素，不过其中两种后来在自然界里发现有微小的蕴藏量。除此之外，科学家相信可以制造100种以上新的同位素。在实验室里制造的同位素大多不能长久存在，有时存在时间不到一秒。这些同位素的原子很大，很容易分裂成较小的原子。然而，科学家认为，如果能够制造出一些更重的元素的话，这些元素就会比较稳定。

原子序数
原子核中带正电荷的质子的数目

原子序数指原子的原子核内所含有的质子数，如硼的原子核内质子数为5，它的原子序数也为5。拥有同一原子序数的原子属于同一化学元素。在现代元素周期表中，元素是按元素的原子序数进行排列的。

原子量
不同元素原子之间的质量比值

化学家用原子的相对质量来量度原子的质量，而不是以原子的单位质量来表示原子量。1961年以后，碳即被定为原子量12，并以碳原子质量的 1 / 12 作为计算其他元素原子量的标准。所以，一个元素的原子量指的就是其相对于1/12 碳原子量的比值。"相对原子质量"和原子量是相通的。

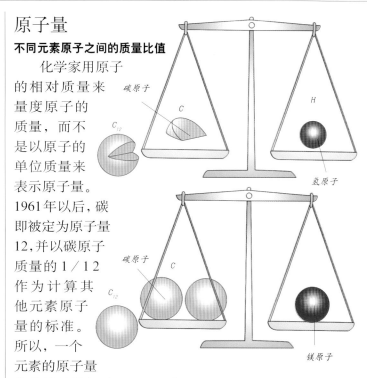

以碳原子的原子量12为标准，氢原子的重量是碳原子的1/12，所以氢原子的原子量是1。镁原子是碳原子的2倍重，所以原子量是24。

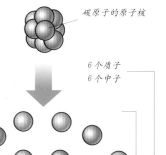
碳原子的原子核
6 个质子
6 个中子

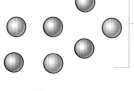
原子序数 6

碳的原子序数

同位素
质子数相同、中子数不同的同类元素原子

尽管一种特定元素中的原子中的质子数量(原子序数)通常是相同的，但原子间的中子数量却可以是不同的。所谓同位素，即元素的原子序数相同，但质量数不同，也就是在周期表上占有同一位置的同一颗原子。同位素的化学性质是相同的，它们以同样的方式发生反应生成化合物——但是它们的原子具有不同的质量。元素很少由同一原子组成，它们大多为同位素的混合物，如氯就有两种同位素。

同素异形体
由同一种元素形成的性质不同的单质

氧气和臭氧都是由氧元素组成的两种性质不同的单质，像这样由同一种元素形成的几种因结构差异而造成性质不同的单质，叫作这种元素的同素异形体。许多元素都存在同素异形体。常见的同素异形体有：碳的同素异形体——金刚石、石墨；氧的同素异形体——氧气和臭氧；磷的同素异形体——红磷和白磷，硫也有同素异形体。

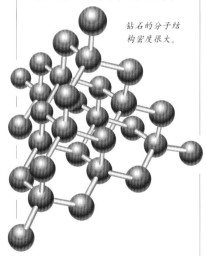

钻石的分子结构密度很大。

金刚石和石墨都是碳的同素异形体，但它们的外观却很不相同，这是由于它们的分子结构不同造成的。

石墨的分子结构密度较小。

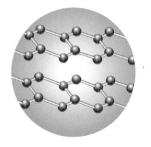

元素周期律
元素的性质随着元素的原子序数的增加而呈周期性变化的规律

元素性质的周期性变化，是元素核外电子排布的周期性变化引起的。元素原子性质周期性变化通常指：原子半径、化合价、金属性、非金属性，有时也涉及到宏观上单质和化合物性质的周期性变化。例如：因为元素原子的最外层电子排布呈现着周期性的变化。所以，同一个周期内的元素从前到后有逐渐加强或逐渐减弱的典型特征。每个周期都是以高活性的金属开始，越往右排列，元素的亲和力和金属特性就不断下降，直到典型的非金属性。与此相反，酸性却从左到右上升。每个周期最后是一种惰性气体。同时，在竖列(族)中的元素具有相近的性能。族号表明某元素的原子外壳层上有多少个电子。核电荷数和原子量从左到右、从上到下不断增加。

族
周期表中的竖列

周期表中有 18 个竖列，除第 8、9、10 三个竖列叫作第Ⅷ族外，其余 15 个竖列，每个竖列算作一族，共 15 个族。其中，7 个主族以符号 A 表示，7 个副族以符号 B 表示，稀有气体为 0 族，连同Ⅷ族，共 16 个族。同族中的元素性质基本相似。

周期
周期表中的横行

具有相同的电子层数，且按照原子序数递增的顺序排列的一系列元素称为一个周期。在周期表中一个横行就是一个周期，共 7 个横行，为 7 个周期。第 1、2、3 周期中分别含有 2、8、8 种元素，称为短周期。第 4、5、6 周期中各含有 18、18、32 种元素，称为长周期。第 7 周期现在只发现 26 种元素，称为不完全周期。周期的序数就是该周期元素的原子具有的电子层数。

元　素　周　期　表

碱金属

除氢元素外，元素周期表中的第 I_A 族元素

碱金属包括锂(Li)、钠(Na)、钾(K)、铷(Rb)、铯(Cs)、钫(Fr)六种元素，由于这一族的元素易与冷水发生剧烈的反应，生成氢气和金属氢氧化物(碱)，显强碱性，所以称碱金属。碱金属元素的单质都是金属晶体，具有银白色金属光泽，有良好的导电、导热性、熔点、沸点较低。碱金属都具有非常活泼的化学性质，从锂到铯金属活泼性逐渐增强。

钠是碱金属元素中最普通的元素，钠的用处很广，路灯放射出强烈的橘黄色光芒，因为灯内有钠蒸气。

碱土金属

元素周期表中第 II_A 族元素

碱土金属包括铍(Be)、镁(Mg)、钙(Ca)、锶(Sr)、钡(Ba)、镭(Ra)六种元素。由于它们的氧化物介于碱金属氧化物和"土性"(Al_2O_3 是黏土的主要成分，称为"土")氧化物之间而得名，镭是放射性元素。碱土金属的单质都是金属晶体，除铍呈钢灰色外，其他均呈银白色。它们都具有强的导电、导热性和延展性，属于轻金属。

我们所见到的烟火中的艳丽色彩主要来自碱土金属及其化合物。镁用于制造光彩夺目的白色，锶化物用来制造各种红色，钡的化合物则用来制造绿色。

硼族元素

元素周期表中第 III_A 族元素

硼族元素包括硼(B)、铝(Al)、镓(Ga)、铟(In)、铊(Tl)五种元素。这一族的元素的金属性明显地弱于前面所提到的元素。数量较少，总是以化合态出现的硼是典型的非金属，它不进行简单的离子键合，而且不与水反应。此族中的其他元素如铝，可以将三个价电子全部释放或释放出一个，并因此实现一种相对稳定的电子排列。

氮族元素中的氮是构成细胞中蛋白质的重要成分，动物主要通过食用植物及其他动物来获得氮。

碳族元素

元素周期表中第 IV_A 族元素

碳族元素包括碳(C)、硅(Si)、锗(Ge)、锡(Sn)、铅(Pb)五种元素。这五种元素最外层有4个电子，故得失电子都困难。这一族的前三种元素，即碳、硅、锗是共键化合的非金属元素。只有位于该族下的铅和锡才具有金属性能。因为原子核对其较外层电子的引力因壳层数的增加而受到限制。所有这些元素的共键电子能很容易被离解。

氮族元素

元素周期表中第 V_A 族元素

氮族元素包括氮(N)、磷(P)、砷(As)、锑(Sb)、铋(Bi)五种元素。从上到下，随着原子半径逐渐增大，元素的性质由氮、磷的非金属元素到砷的两性元素，再到锑、铋的金属元素。在氮族元素中，氮的非金属性最强，它的氧化性也是本族最强的。由氮和碱金属结合成的盐性结晶化合物称氮化物。

氧族元素

元素周期表中的第Ⅵ_A族元素

氧族元素包括氧(O)、硫(S)、硒(Se)、碲(Te)、钋(Po)五种元素。除氧以外,其余也称硫族元素。氧族元素在化学反应中易得到电子,主要显示非金属性、氧化性。随着核电荷数的递增,氧、硫、硒、碲得电子能力依次减弱,金属性逐渐增强,非金属性逐渐减弱。

海水中含有氟、溴、碘等卤族元素。

氧族元素的硫可用来制造火柴。

臭氧

臭氧的化学式O_3,是O_2的同素异形体。它是一种具有特殊臭味的气体,呈蓝色。空气中臭氧超标会对人体有害。在有水的条件下它是一种强力漂白剂,在25千米高空有一层臭氧层,这个臭氧层是因紫外线和氧起作用而生成的,它可以减少传送到地球表面的有害紫外线辐射,保护地球上的生物。

卤族元素

元素周期表中Ⅶ_A族元素

卤族元素简称卤素,包括氟(F)、氯(Cl)、溴(Br)、碘(I)、砹(At)五种元素。砹为放射性元素。卤素是成盐元素的意思,它们易与金属形成盐类。由于卤族元素是活泼非金属,所以在自然界中以无游离态存在。氟存在于萤石(CaF_2)和冰晶石(Na_3AlF_6)矿石中;氯、溴、碘存在于海水、盐湖、海洋生物或矿石中。卤族元素均有毒性,由氟到碘,毒性逐渐变小。氟、氯、溴、碘随着核电荷数的增加,电子层增加,原子半径增大,非金属性逐渐减弱。

惰性气体

元素周期表中第0族元素

惰性气体包括氦(He)、氖(Ne)、氩(Ar)、氪(Kr)、氙(Xe)、氡(Rn)六种元素。惰性气体除氦以外在外壳层有八个电子,有了这些电子,外壳层就充满了,无须与其他原子键合以减少或增加电子,这也就是它们不活泼的原因。

过渡元素

元素周期表内,从第Ⅲ_B族到Ⅱ_B族的68种元素

过渡元素是在元素周期表内,从Ⅲ_B族(Ⅳ_B、Ⅴ_B、Ⅵ_B、Ⅶ_B、Ⅷ、Ⅰ_B)到Ⅱ_B族,包括镧系和锕系都是过渡元素,共10个竖列,68种元素。所有过渡元素都是金属,它们的特点是:密度大,熔点高。其中,铁、镍、铜、锌、银和金这样的金属叫作"过渡金属元素"。过渡金属元素通常有着很高的熔点和很高的硬度,它们和非金属反应可以形成有着明亮颜色的化合物质。

过渡金属元素为固体时,它们形成晶体,晶体一般都很硬而且强度很高。这张图片就是银的晶体。

稀有元素

在自然界中含量稀少或分布稀散的元素的总称

稀有元素是在自然界中并不形成独立的矿床而以杂质形式分散于其他矿物中的元素。如硒(Se)、碲(Te)、锗(Ge)、镓(Ga)、铟(In)、铊(Tl)等。其中除稀有气体及硒、碲等元素外，都是金属元素，因此也有稀有金属之称。稀有元素常用于制造特种钢、超硬合金和耐高温合金。在电气工业、化学工业（作为催化剂或试剂）、陶瓷工业、原子能工业及电子学、火箭技术等方面，稀有元素也有广泛的应用。

稀有元素常被应用于火箭技术工业。

门捷列夫

季米特里·门捷列夫(Dimitri Mendeleyev, 1834~1907)，俄国化学家。他提出的元素周期表为当时公认的化学数据提供了许多修正的参考，同时成功预测了新元素的存在。现在的元素周期表，就是根据门捷列夫当年提出的原始周期表补充修订而成的。

· DIY 实验室 ·

实验：分离食品中的铁

准备材料：含铁量高的强化麦片、量杯、封口袋、木槌、碗、水、汤匙、带橡皮的铅笔、磁铁、小的塑料袋、胶带、纸巾。

实验步骤：
1. 用量杯量出一杯麦片倒入封口袋里，压平袋子，排去空气后把袋子封紧。
2. 用木槌把麦片砸成粉末。
3. 把粉末倒入碗里后，加入一杯水，然后把它们搅拌混合。
4. 把一块磁铁用胶带绑在铅笔上，然后放进塑料袋里用胶带封好。
5. 用带有磁铁的铅笔在麦片和水的混合物里搅动10分钟。
6. 把磁铁拿出来，然后用纸巾来擦包磁铁的袋子。你会看见有很硬的黑色物质附着在纸巾上，这就是金属铁。

原理说明：大多数麦片里面含有微量的铁原子。当你把麦片粉和水混合，就会形成浆液，浆液是一种固体物质和水混合产生的混合物。但是固体物质并没有溶解在水里，如果你的磁力不足以把麦片里的铁吸出来，通过把麦片压碎并和水混合形成浆液后，麦片里的铁就变"自由"了，这样磁铁就可以把它们吸上来了。

· 智慧方舟 ·

填空：

1. 原子序数是指原子核内所含有的_____。

2. 原子量是指某元素原子的_____。

3. 同位素是指_____不同的同一元素原子。

4. 元素周期表是_____提出的。

5. 元素周期表中的纵行表示_____，横行表示_____。

判断：

1. 目前世界上已发现天然存在的元素约有110多种。（　　）

2. 地球上最普遍的元素是氢和硅。（　　）

3. 碱土金属包括五种元素。（　　）

4. 卤族元素都是放射性元素。（　　）

5. 元素符号一般用该元素英文名称的前两个字母来表示。（　　）

化学分析

简易色谱分析法

1. 准备红色和蓝色食用色素、滴管、小容器、2张白色餐巾纸和纸巾、报纸、水。
2. 在相同的小容器中，混合红色和蓝色食用色素各2到3滴。
3. 把两张纸巾放在一起，再放到报纸上。把有颜色的混合物倒在纸巾中央。
4. 用滴管注射水到食用色素上，试着把颜色分开。这时有颜色的混合物分成紫色(红、蓝)和淡蓝色区。

想一想 为什么会出现这种现象?这说明了什么原理?

科学家正在利用电泳法检测DNA片段。

化学分析是指用多种方法仔细检验物质，以发现组成物质的成分。化学分析主要的方法有两种：定性分析与定量分析。定性分析的目的是鉴定样品中所含元素和化合物的种类，定量分析则用于测定元素在物质中的含量或比例。定性分析的内容有：加热未知样品以观察物质遇热释放出来的成分、焰色反应、是否溶于水、对试剂会产生何种反应等。对于成分已知的物质才使用精密的测量仪器进行定量分析。在诊断疾病、配制药物、检测污染、测定土壤或空气的酸度范围时，化学分析常常发挥着十分重要的作用。

焰色反应

用以检测物质组成成分的方法

多种金属和它们的化合物在灼烧时可使火焰呈现特殊的颜色，这叫焰色反应。人们常常根据物质的这种特性来检测组成物质的成分。检测时可将未知元素的化合物样品，置于铂丝末端或石棉上，从燃烧火焰的颜色，就可以鉴定出该物质所含的元素成分。

焰色的反应可以帮助鉴定化学元素。用铂丝一端蘸取少量样品放在本生灯上加热，火焰颜色会随样品的不同而改变。

电泳法

利用电流分离混合物，从而确定物质性质的定性分析法

电泳法采用电流来分离混合物里的物质。日常生活中常利用电泳法鉴定具有基因特性的个人指纹。先用酶将人体细胞中的DNA分解成小颗粒，然后将含有这些小颗粒的溶液放在特制凝胶上。颗粒会以不同的速度与电流做同向运动，片刻之后，它们就会分离形成不同的带状。每个人的DNA都能产生一个独一无二的带状模式。

色谱法

一种分离液体或气体混合物的定性分析方法

色谱法常应用于分离液体或气体混合物中的不同物质，是化学分析中一项重要的技术。色谱法可用于分离少量的物质，例如空气中的污染物；也可用于分离并定量一个化学反应产生的两种或多种物质；更可分离物质中别的杂质。色谱法主要分为两种：一种是液相色谱法，一种是气相色谱法。色谱法包括三个基本部分：被测物质(如钢笔水)、流动相(如水)和固定相(如纸巾)。流动相使物质在固定相上移动。色谱法产生的色带可以与色谱上的颜色进行比较，或者将某种单一化学成分从层板纸上提取出来，进行进一步检验。

液相色谱法

利用液体做流动相的色谱

液相色谱法可以用来分析细胞的蛋白质成分以及测定水污染。作为流动相的液体必须能在不改变被测物质分子特性的前提下溶解该物质。除了纸以外，固定相可以是平铺在玻璃上的有吸附力的薄层物质。这种利用薄层物质进行层析的方法主要用于检测食品添加剂。

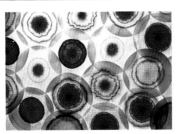

图中的每个纸圈称为色谱图，它表示布匹中工业染料的组成颜色。科学家可以通过每个颜色圈上线条的位置说明每种颜色中含有的是什么化学成分。

气相色谱法

利用气体做流动相的色谱

气相色谱法用带有压力的气体做流动相，通常用氦气或是氢气。用装在试管中的有吸附力的物质或是涂在试管内部的液体做固定相。利用气相色谱法，警察可以检测出爆炸地点留下的少量化学物质是什么；还可以用以检测尿液，以确定该人是否服用了非法类固醇或毒品。

这位科学家正在利用气相色谱法检测微量物质。

液相色谱法可用来分离墨水的各种染剂。先将两片吸墨纸条粘贴在铅笔上，然后架在广口瓶上使纸条的一端浸入水里。在稍高于水位的纸条下端滴几滴不同颜色的水溶性墨水。当纸条吸水时，墨水滴中不同颜色的色素便以不同的速率溶出并展开。

滴定法

一种测量溶液浓度的定量分析方法

滴定法可以测量出参加反应的溶液的体积。如果其中一种溶液的浓度已知，则可计算出另一种溶液的浓度。在滴定过程中，将测量过体积的溶液倒入烧杯里，另一种溶液则放入画好刻度的高滴定管中。滴定管底部的塞子可以使溶液缓慢加入烧杯中。两种溶液化学反应完成时即可找出反应的终点所在。例如，石蕊可作为酸碱滴定的指示剂。当石蕊刚刚由红色转变成蓝色(或由蓝色转变成红色)时，表示反应已达终点。

酸碱滴定法

应用中和作用进行物质检测的滴定法

在酸碱滴定法中借已知浓度的酸(或碱)溶液的用量，来计算被测溶液中碱(或酸)或能与酸碱起作用的物质的含量。

碱中添加了甲基黄指示剂，当溶液变成酸性，颜色会由黄色转为红色。

滴定管

夹子

烧杯

图中所标的酸碱滴定法中，酸的浓度已知，将它滴到盛有碱和少量指示剂的烧杯中。烧杯中碱的总量可以通过改变指示剂颜色所需的酸的总量算出。

氧化还原滴定法

应用氧化还原反应进行物质检测的滴定法

这是一种应用氧化还原反应进行滴定的方法。借已知浓度的氧化剂(或还原剂)溶液的用量，来计算被测成分的含量。这种方法包括高锰酸盐滴定法、碘滴定法等。

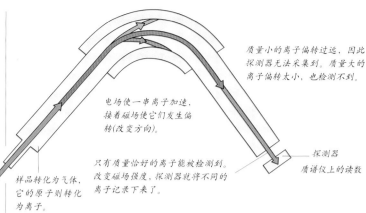

质量小的离子偏转过远，因此探测器无法采集到。质量大的离子偏转太小，也检测不到。

电场使一串离子加速，接着磁场使它们发生偏转(改变方向)。

只有质量恰好的离子能被检测到。改变磁场强度，探测器就将不同的离子记录下来了。

样品转化为气体，它的原子则转化为离子。

探测器
质谱仪上的读数

峰高表示每种离子的数量。

电解分析

化学分析中的一种定量分析法

电解分析按照以下过程进行操作：在一定条件下，电流通过溶液，使离子状态的被测物质失去电荷沉积在已知重量的电极上，根据电极增加的重量，计算被测物质的含量。

质谱分析

利用质谱仪来进行化学分析的方法

质谱分析可以检测化合物或混合物中存在的元素，并找出元素的同位素。质谱仪是一种机器，它能根据原子的质量分离样品中的原子，而且还显示样品中不同原子的数量。质谱仪将原子变成离子，使它们在磁场中发生偏转。较重的离子比轻一些的偏转大。有些离子因分离而散布出的图案就叫质谱。每种元素的离子会产生相同的质谱，因此，样品中的元素就可以依次被鉴定出来。

显微镜分析

利用显微镜来进行化学分析的方法

显微镜分析法将被测溶液与试剂溶液滴于载玻片上使起化学反应，在显微镜下观测其产物的结晶性(如颜色、结晶外形、界面角等)，从而鉴定样品中所含的成分。若被测物质以混合物状态存在于试样中，即可直接在显微镜下加以鉴定。显微镜分析法样品用量小，操作简便而迅速。

科学家可以利用显微镜对样品进行化学分析。

X射线结晶法

利用X射线照射晶体，以分析其结构的化学分析方法

这种方法利用X射线照射晶体。由于晶体内部的原子排列规则，成排原子的作用就像衍射光栅，能将X射线发散。射线间的干扰会改变射线的强度，但改变的大小取决于它们从晶体出来时与之所成的角度。放置在晶体四周的传感器可以测出射线的强度。计算机再利用这些信息画出晶体结构图。X射线结晶法是目前唯一能给出高分辨率的技术，它可以分辨到一个原子的水平，这是其优点；其缺点有两点：第一点是这种方法只能分析晶体，但并不是所有的生物大分子都能够获得晶体，这就使被测物体的范围受到限制。第二点是由于晶体往往是分子处于能量的最低状态，而分子的功能的行使多发生在激发态和过渡态，因此可以说X射线结晶法很难捕捉分子的功能状态。

碳定年法

能够确定物质所处年代的化学分析方法

　　碳像其他物质一样由原子组成。正常的碳原子的质量数为12，但也有质量数为14的碳原子形成。碳-14具有放射性，会以非常缓慢的速度衰变成其他元素。碳元素的半衰期为5730年。 生物死后，它们体内存留的碳-14便成为科学家测量其生存年代的重要证据。

碳-14的放射性衰变

几百万年前，一种叫菊石的贝类生活在海洋里。

↓

它死后，开始腐烂，并被埋在了泥土和沙子里。

↓

越来越多的泥层堆积起来，菊石慢慢变成化石。

碳-14有固定的半衰期，所以测定菊石化石所在的年代可利用其所含有的碳-14含量测定估计而得。

· DIY 实验室 ·

实验：分离花的颜色

准备材料：颜色鲜艳的花、清醋、汤匙、剪刀、烧杯或者玻璃碗、纸巾、衣服夹子。

实验步骤：1. 用剪刀剪下一条5厘米宽的纸巾，然后把花瓣用手撕成小碎块或用剪刀剪碎。

　　　　　2. 把剪碎的花放入烧杯中，加入一匙醋，用匙将花捣碎。

　　　　　3. 把剪好的纸巾条用醋浸湿后，将其一端浸入花液中，另一端用夹子卡到烧杯沿上，纸巾应垂直，其下端刚好碰到由花瓣和醋组成的混合液。

　　　　　4. 大约5分钟后，将纸巾取出，用另外两张干净的纸巾夹住此纸巾，将其中的大部分醋除去。

　　　　　5. 在纸巾上部干燥处，记录你所使用的花的类型和花色分离所需的时间。此外，还要记下实验的时间、日期以防止与后来使用的其他纸巾混淆。

　　　　　6. 把分离后的图晒干固定在一大张纸上，以便比较实验结果。仔细观察不同的花是否有类似的色带。

　　　　　7. 你可以根据不同的花得出的结果制作一个表格，记录花的名字和色带数，有些色带不清楚，你只要记录能清晰分辨的色带就可以了，另外还需要记录每个色带的颜色及每个色带到纸巾底边的距离。

原理说明：这是一种液相色谱法，构成花朵的色彩并不只是一种色素。把花的汁液滴在纸巾上时，有些色素可以很容易地渗透到纸内，而有些色素则不容易渗进去，因而色带便会向周围分散开来，分出几种不同的颜色。

· 智慧方舟 ·

填空：

1. 化学分析法主要有两种，分别为_____、_____。

2. 滴定法是化学分析中的_____分析方法。

3. 色谱法主要分为两种，分别为_____、_____。

4. X射线结晶法是一种_____分析方法。

5. 通过_____法可以确定死去生物的年代。

判断：

1. 焰色反应可用以检测组成物质的成分。（　　）

2. 酸、碱滴定法是化学分析中的一种定性分析法。（　　）

3. 气相色谱法可以用于检测食品添加剂。（　　）

4. 电泳法可以鉴定具有基因特性的个人的指纹。（　　）

5. X射线结晶法只能对晶体进行化学分析。（　　）

化学反应

变亮的铜币

1. 准备好柠檬、柠檬榨汁器、小盘子、旧的分币或者其他的铜币。
2. 榨出柠檬的汁液，倒进小盘子里。
3. 把一个铜币投进盛有柠檬汁的小盘子里，等待5分钟。取出之后，你会发现铜币锃锃发亮，看上去像是新的一样。

想一想 铜币的变化与柠檬有何联系？你能对这种现象进行解释吗？

在化学世界里，各种各样的物质发生着各式各样的化学变化。有时由一种物质变成两种或两种以上的新物质，有时两种物质变成了一种物质，有时两两反应又生成了两种新物质。尽管化学反应有千千万万，但基本类型只有化合反应、分解反应、置换反应和复分解反应等几种。

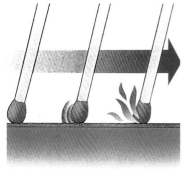

火柴能在摩擦后燃烧，因为摩擦过程中提供了足够的活化能。

活化能

分子由常态转变为活化状态所需的能量

若两个分子产生碰撞，则可生成化学反应。但原始物质只有在具备一定的条件下才能相互产生反应。外部输入能量后，含有足够活化能的粒子数增加，反应速度也因之而加快。任何一次化学反应都需要确切数量的活化能。若需要的活化能很少，那么在常温下就能进行反应。需要高活化能的反应在常温下根本不反应或反应得很慢。例如，一根火柴不会自行点燃，只有在毛糙的表面经过摩擦后才会点燃。这是因为摩擦过程提供了活化能，冲击后引起了放热反应，放热反应又产生出足够的活化能，才使火柴燃烧。

化学式

记录化合物所含成分的简便方法

化学式包括实验式、分子式、结构式。每一种元素都有自己的化学符号。化学式便利用这些符号，加上数字，来说明化合物中各元素所占比例。化合物的实验式所标示的是化合物当中每一种元素的原子种类和它们最简单的比例关系。例如乙烯的实验式便是 CH_2。化合物的分子式所标示的则是构成化合物中单个分子的原子种类和数目。如乙烯的分子式便是 C_2H_4，表示每一个乙烯分子是由2个碳原子和4个氢原子化合而成的。至于化合物的结构式，则是表示分子中使原子相结合的化学键的一种方式。

常见化合物的化学(分子)式	
化合物	化学(分子)式
水	H_2O
二氧化碳	CO_2
一氧化碳	CO
甲烷	CH_4
丙烷	C_3H_4
蔗糖	$C_{12}H_{22}O_{11}$
丙醇	C_3H_8
氨	NH_3
氧化钠	Na_2O
纯碱	Na_2CO_3
小苏打	$NaHCO_3$

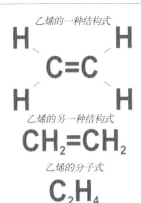

乙烯的一种结构式

$$H\overset{H}{\underset{H}{\diagdown}} C = C \overset{H}{\underset{H}{\diagup}}$$

乙烯的另一种结构式

$$CH_2 = CH_2$$

乙烯的分子式

$$C_2H_4$$

化学反应式

表示化学反应的方程式

　　用反应物和生成物的化学式来说明化学反应的始态和终态。例如，氮和氢化合为氨的化学反应式为 $N_2 + 3H_2 \rightleftharpoons 2NH_3$。反应物的化学式写在左边，生成物的化学式写在右边，各元素在反应式两边的原子数应相等。化学反应式不仅表示反应物和生成物是什么，同时也标记出它们之间的重量关系。在生产过程或实验室中，可根据化学反应式进行有关的化学计算。

化合反应

由两种或两种以上的物质生成一种新物质的反应

　　铁和硫都是元素。把铁屑与硫粉充分搅拌之后，它们便成了混合物。用磁铁可以从混合物中把铁屑吸出来。但如果铁屑和硫粉的混合物经过加热，便发生了化合反应，生成硫化物，此化合物就不会被磁铁吸引了。

分解反应

由一种物质生成两种或两种以上其他物质的反应

　　与化合反应相反，分解反应是把复杂的化合物分成几种较简单的化合物，例如：

$$2KClO_3 \xrightarrow{加热} 3O_2\uparrow + 2KCl$$

氯酸钾　　　　　氧　氯化钾

$$CaCO_3 \xrightarrow{加热} CaO + CO_2\uparrow$$

碳酸钙　　　　氧化钙　二氧化碳

磁铁能把铁屑从它与硫粉的混合物中分离出来。混合物加热之后就生成了一种叫硫化铁的新物质，这种新物质没有磁性。

复分解反应

由两种化合物互相交换成分，生成另外两种化合物的反应

　　复分解反应一般指酸、碱、盐相互间发生的非氧化还原反应，反应发生的条件是反应的产物，必有难溶物生成或产生气体及难电离的物质。例如，氢氧化钠溶液与酸溶液反应。

$$2NaOH + H_2SO_4 = Na_2SO_4 + 2H_2O$$

氢氧化钠　硫酸　　硫酸钠　　水

药片中含有碳酸氢钠和柠檬酸，当它与水混合后，药片中的化学物质结合在一起生成二氧化碳气体，这是一种复分解反应。

置换反应

由一种单质与一种化合物起反应，生成另一种单质和另一种化合物的反应

　　当铜线圈浸入银盐溶液时，铜会取代银盐中的银，这种反应就是"置换反应"。铜能取代银是因为它的活性比银大。其中，铜和硝酸银是反应物，硝酸铜和银则是生成物。

古代人曾将铁放在胆水(CuSO₄水溶液)中，铜离子会被置换出来，铜会沉淀。这就是古代湿法炼铜术。利用这种方法，古人制造出了大量的铜制品。

可逆反应

在同一条件下，同时向生成物和反应物两个方向进行的化学反应

有的化学反应只能从原始物质变为新的反应产物。有的化学反应能使反应的产物又还原成原始物质。可逆反应也可能在反应时产生出热量的影响下出现。在这种反应下，一定的时间之后发生数量相同的来回反应。若达到了平衡状态，反应似乎停止了，这时反应物质与反应产物的比例不再变化。但这种可逆反应实际上还在继续进行，这是一种动态的平衡。

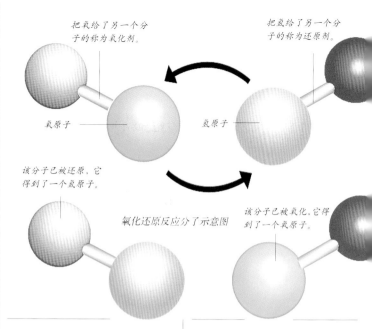

把氧给了另一个分子的称为氧化剂。

把氢给了另一个分子的称为还原剂。

氧原子

氢原子

该分子已被还原，它得到了一个氢原子。

氧化还原反应分子示意图

该分子已被氧化，它得到了一个氧原子。

吸热和放热反应

在化学反应中吸收热能或放出热能的反应

能量有多种形式，相互之间可进行不同难易程度的转换。化学能转换成热能是日常生活中最常见的。这种化学能"储存"在化合物分子结构的原子之间。碳在燃烧时，参与反应的物质(氧和碳)比反应中生成的二氧化碳含有更多的能量。反应过程中，多余的能量以光和热的形式释放出来。这样的反应过程被称为"放热反应"。如果反应后的生成物比参与反应的物质含有更高的能量，则在反应过程中需要消耗能量，这种反应称作"吸热反应"，这时的能量就被转换成潜热的形式。

氧化还原反应

物质与氧化合或失去氧的反应

氧化指物质与氧的化合反应，还原指含氧化物被夺氧的反应。一种物质被氧化，同时必有另一种物质被还原，两者是分不开的。因此叫作"氧化－还原反应"。由于在氧化还原反应中，总有电子的传递，所以从广义来说，一种物质失去电子称"氧化"，另一种物质得到电子称"还原"，但电子得失的数目必须相等。

树木燃烧时，能量以热的形式释放出来，这是放热反应的典型例子。

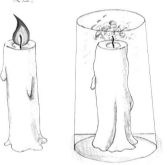

蜡烛在燃烧过程中发生了剧烈的氧化反应。

燃烧

一种发光发热的剧烈的氧化反应

任何发光发热的剧烈的氧化化学反应，都叫作燃烧。可燃物与空气中的氧气发生的一种发光发热的剧烈氧化反应就属于燃烧现象。例如，煤或汽油在空气中燃烧。有时，氧气也可以由其他的氧化剂取代，例如氯气。钠丝在氯气中就可以燃烧。

氧化剂和还原剂

能使其他物质氧化和去除氧化物中氧的物质

能使其他物质氧化的物质，称为氧化剂；能够去除氧化物中所含之氧的物质，即能使其他物质还原的物质，称为还原剂。比如氧化铜将碳氧化，所以是氧化剂；而碳能把氧化铜还原，所以就是还原剂。

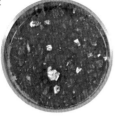

重铬酸钾是一种氧化剂。

催化剂

可改变化学反应速度而本身不发生变化的物质

催化剂是这样一种物质：可以在自己不发生变化的前提下，可改变化学反应的速度。例如，镍就可以用于促进氢气和一氧化碳反应以产生甲烷和二氧化碳。

质量守恒

化学反应过程中质量不发生变化

参加化学反应的各物质的质量总和，等于反应后生成的各物质的质量总和。在一切化学反应中，反应前后原子的种类和数量都没有变化，所以化学反应前后各物质的质量总和必然相等。在化学反应中，发生变化的是分子的种类和分子的个数。

· DIY 实验室 ·

实验：会变魔术的文字

准备材料：面粉、量杯、水、药房供应的碘溶液和滴量器、勺子、纸巾、小棉棒、柠檬汁。

实验步骤： 1. 在量杯中倒入 60 毫升水。

2. 在盘子里舀入一汤匙面粉，加水，用勺子搅拌均匀。

3. 取一根小棉棒，蘸上一点面粉和水的拌和物，在纸巾上写下一句话。（用来写字的拌和物风干后，纸巾上的字就不见了。）

4. 再取一根棉棒，蘸上几滴碘溶液，在刚才写字的部位上轻轻擦试。

5. 稍等一会儿后，在刚才用碘溶液擦拭的部位滴几滴柠檬汁。用面粉写的字在碘的作用下变成了蓝黑色，字迹渐渐清晰起来。要是再滴一些柠檬汁上去，文字又会重新消失。

原理说明：碘和面粉中的淀粉发生了化学反应，字迹会显现出来，并呈蓝黑色。当你朝上面滴柠檬汁时，柠檬汁中含有的维生素C就会和碘发生化合反应，重新生成一种无色的化合物。这时候，字迹就会再次消失。

· 智慧方舟 ·

填空：

1. 化学式包括_____、_____和_____三种。

2. 化合反应是两种或两种以上的物质生成_____的反应。

3. 由一种物质生成两种或两种以上其他物质的反应为_____反应。

4. _____一般指酸、碱、盐相互间发生的非氧化还原反应。

5. 燃烧是一种_____作用。

6. 氧化剂是指_____。

判断：

1. 乙烯的分子式为 CH_2。（   ）

2. 氢氧化钠与硫酸溶液的反应是一种复分解反应。（   ）

3. 当一种单质与一种化合物起反应，生成另一种单质和另一种化合物时，这种反应叫作置换反应。（   ）

4. 催化剂是一种能加速化学反应的物质。（   ）

5. 质量守恒是指在化学反应中质量不发生变化的现象。（   ）

酸、碱和溶液

· 探索与思考 ·

混合的溶液

1. 准备2个玻璃瓶、一些墨水和硬纸片、食盐、2根细长的木条。
2. 把2个玻璃瓶拿到洗手池边，在瓶子里装满水。在其中一个瓶子加入食盐，另一个瓶里加入墨水。
3. 分别用一根木条在2个玻璃瓶中混合搅拌一下。
4. 把硬纸片放在装有食盐溶液的那个玻璃瓶上。
5. 把硬纸片紧紧地压在瓶口上，小心地把玻璃瓶倒过来，把它和硬纸片一起扣在另一个玻璃口上。
6. 小心地把硬纸片抽走，不要让扣在一起的玻璃口互相错位。最后两种溶液融合在了一起，两个瓶子变成了一种颜色。

想一想 最后生成的溶液有什么特点？它与混合前的溶液有什么不同？

酸 是能在水中产生氢离子的化合物。氢离子能使溶液呈酸性。有些物质虽然种类各异，但是溶解于水中制成水溶液后常会显现出共同的性质。例如橘子汁、醋、汽水等尝起都有一股酸溜溜的味道。人们将具备这些共性的物质命名为酸。碱能溶解在水中，并可以和氢离子反应，中和酸性，生成水和盐。常见的碱有氢氧化钠、碳酸钙和氧化镁等。几乎所有的酸和碱都能溶解于水，生成溶液。在自然界中，单纯的物质是极少的，溶液是最主要的物质存在形式。

酸

电离时生成的阳离子全部是氢离子的化合物

酸是一种化合物，含有氢和另外至少一种元素，例如，硫酸(分子式 H_2SO_4)，就是由氢(H)、氧(O)和硫(S)三种元素构成的。酸通常以液态形式存在。大多数的酸性物质味道都是酸的，有些酸有毒，有些酸会严重地灼伤皮肤。但是也有些酸是无害的，还有一些酸可以吃，像橘子和柠檬中所含的柠檬酸。人的身体会分泌胃酸帮助消化食物。

酸溶解后产生大量氢离子。

强酸

在水溶液中几乎全部电离，腐蚀性非常强的酸

强酸的分子在水中能完全电离为氢离子和其他离子。强酸有腐蚀性，会腐蚀皮肤、木、布料和其他物质。硫酸、盐酸和硝酸是人们最熟悉的三种强酸。其中，硫酸可以用来制造肥料、炸药、塑料、油漆、染料、清洁剂和多种化学品，也可以用来制造汽车电池。如果没有硫酸，很多日常用品就不能制造出来。

阴离子 氢离子较多　　氢离子较少

浓强酸　　　　稀强酸

弱酸

溶于水后只有部分电离的酸

柠檬尝起来有酸味，因为它含有柠檬酸，醋有酸味是因为含有醋酸，而酸奶则含有乳酸。所有这些酸都是弱酸。弱酸溶于水中，只有很少量的分子会电离成氢离子。

柠檬酸是一种弱酸。

酸

酸溶液

碱

电离时所产生的阴离子全部是氢氧根离子的化合物

碱在水中溶解后能产生大量氢氧根离子。

碱旧称盐基，在生活中比比皆是——炉灶清洁剂、上光剂、发酵粉、消化药片、唾液、粉笔里面都可以找到碱。碱是能消除酸的物质，它可以溶解在水中。像酸一样，有些碱很危险，如果泼在皮肤上会造成灼伤。所有的碱溶解于水后都形成氢氧根离子。这些离子与酸中的氢离子反应，消除酸性。衡量碱性强度的标准是该碱能在水中形成氢氧根离子的数量，这可以用 pH 值来测定。

强碱

在水溶液中能完全电离的碱类物质

炉灶清洁剂内含有腐蚀性很强的氢氧化钠。它能与烹饪时溅落在灶壁上的焦结物和油垢起反应。因而可以很容易地将污渍清理干净。这意味着它们有很多氢氧根离子，所以有较高的 pH 值。还有些碱，如氢氧化钾与氢氧化钠都被称为强碱。溶解于水后，这些强碱的分子都电离为离子。

弱碱

在水溶液中只能部分电离的碱类物质

黄铜清洁剂是一种弱碱溶液。铜如果长期暴露在空气中，其表面会出现一层氧化层，黄铜清洁剂就能清除这种氧化层。氢氧化铵和碳酸氢钠就是弱碱，在溶液中，只有少数的分子会电离成离子，因而它们只含有少量的氢氧根离子，pH 值也较低。

pH 值

溶液的酸碱度

pH 值是"氢离子浓度指数"的简称，根据 pH 值可判定溶液的酸碱性。pH 值 = 7 为中性溶液；pH 值 < 7 为酸性溶液；pH 值 > 7 为碱性溶液，用 pH 试纸可粗略地测出溶液的 pH 值，pH 值的精确测定需用 pH 计或离子活度计。pH 值在科研、生产、国防等领域中应用广泛。

盐

酸和碱反应所生成的化合物

酸碱中和能生成盐。例如，盐酸和氢氧化钠反应形成氯化钠，即普通食盐，或简称为盐。盐类也可以用许多其他的方法制备：金属或金氧化物溶解于酸会形成盐；两种盐类起反应后将生成两种新的盐类；一种金属元素直接和一种非金属元素化合，也会产生盐。盐类是根据其组成的金属和非金属（或酸）而命名。例如，金属钾和非金属氟起剧烈反应，化合生成氟化钾，钙溶解在硝酸里产生硝酸钙盐。

将醋与碱混在一起就会发生化学反应，同时会产生盐。

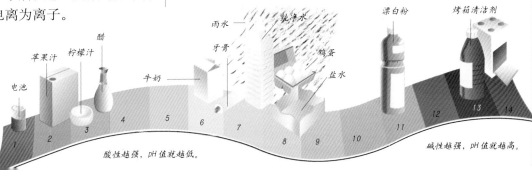

电池　苹果汁　柠檬汁　醋　牛奶　牙膏　雨水　纯净水　鸡蛋　盐水　漂白粉　烤箱清洁剂

1　2　3　4　5　6　7　8　10　11　12　13　14

酸性越强，pH 值就越低。　　碱性越强，pH 值就越高。

溶液

由溶质溶解于溶剂中所形成的液体混和物

在溶液中，组成溶质的原子或分子散布在溶剂分子中。组成溶液的各种成分是可分离的，若将溶液加热使溶剂的蒸发，便可使溶质析出。例如海水是盐的水溶液，人通过将海水引入浅池中，通过阳光加热进行蒸发以取得食盐。日常生活中其他常见的溶液还有糖浆、醋、柠檬水及墨水等。

我们平时所使用的墨水就是一种溶液。

水是一种最主要的溶剂。

溶剂

能溶解溶质形成溶液的液体

物质溶解于溶剂中即得该物质的溶液。溶剂分极性溶剂和非极性两类。最典型的极性溶剂是水，非极性溶剂比较常见的是烃类。很多有机物也作为溶剂使用，常称为有机溶剂，如酒精、汽油、苯等。在塑料、油漆、等工业生产中，经常使用有机溶剂。

溶质

能溶解在溶剂中的物质

溶质通常是固体(如盐水中的盐)，但也可能是液体，如白醋便是以醋酸液体为溶质所形成的水溶液。家用清洁剂中的氨水则是以气态的氨为溶质。溶质一般以分子原子或离子状态均匀地分布于溶液中。溶质粒子(如蔗糖分子、氢氧化钠溶液中的氯离子和钠离子等)的直径一般小于1纳米。另外在不同的溶液里溶质的溶解与结晶情况会出现一定的差异：在不饱和溶液，溶质的溶解速度大于溶质的结晶速度；在饱和溶液里，溶质的溶解速度等于溶质的结晶速度，但溶解的结晶仍在进行中，有时候可能溶液达到饱和浓度却未能析出晶体，此时加入一些晶粒就会析出晶体。

悬浊液

不溶性固体小颗粒悬浮于液体里形成的混合物

如果把泥土撒入水杯中，得到的便是悬浊液。仔细观察就会发现，在液体中悬浮着许多固体小颗粒，静置之后，固体颗粒还会沉淀下米。

这是因为，悬浊液里固体小颗粒稳定性差，不均匀，不透明，容易发生沉淀现象。日常生活中最常见的悬浊液应该就是泥浆水了。

乳浊液

不溶性小液滴分散到液体里形成的混和物

如果把植物油注入水杯中，振荡后在液体里会出现分散着的不溶于水的小油滴，得到乳状的浑浊液体。小液滴分散到液体里形成的混合物叫作乳状液，又称乳浊液。牛奶、冰激凌等都是乳状液。乳状液在工农业生产、医药、日常生活中都有广泛的应用。

牛奶是一种乳状液。

溶解

固体或气体分散到水或其他液体中的过程

溶解包含两个过程：一是溶质分散到溶剂中去，是个物理过程，要吸热；二是溶质与溶剂结合，是个化学过程，要放热。在溶解的过程中，固体或气体与它所分散在其中的液体共同组成溶液。比如，糖溶解在水中可以形成糖溶液。我们把糖的这种性质称为可溶性。

水溶解盐粒的过程

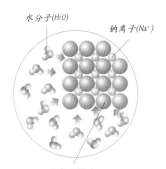

水分子(H₂O)
钠离子(Na⁺)
氯离子(Cl−)

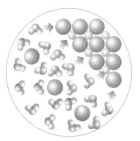

水分子把离子从晶体中拉出来。

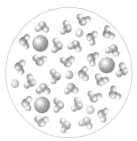

在溶液中水分子把离子包围起来。

· DIY 实验室 ·

实验一：制作酸碱指示剂

准备材料：一玻璃杯紫叶甘蓝汁、广口瓶、纸巾、盘子、滤网。

实验步骤：
1. 用滤网把紫叶甘蓝汁倒入空的广口瓶中。
2. 从纸巾上剪两张5厘米左右宽的小纸条下来。
3. 把纸巾条放在紫叶甘蓝液中浸泡1分钟左右。
4. 将纸巾条取出，放在一个扁平的盘子上，晾干。纸巾条吸收了紫叶甘蓝液后，就可以当作酸碱指示剂或者PH值指示剂使用了。也就是说，从现在起你就可以用你的纸巾条来测试溶液的酸碱性了。我们称之为指示剂。

原理说明：紫叶甘蓝内含有一种受酸碱影响会改变颜色的染料。所以，我们可以把紫叶甘蓝当作指示剂使用。

实验二：制作悬浊液

准备材料：4个装了一定量水的玻璃杯、勺子、咖啡、茶叶、可可、米。

实验步骤：将上述物质放入4个玻璃杯中，同时把玻璃杯中的东西搅拌一下。你可以清楚地看到水里的咖啡、茶叶、可可和米粒，一段时间后，它们中有的沉淀在了杯子的底部，有的随着你的搅拌在水里打转。

原理说明：咖啡分子、茶叶分子、可可分子以及米分子无法渗透到水分子之间。它们不能溶于冷水，而只能悬浮在冷水中，形成悬浊液。

· 智慧方舟 ·

填空：

1. _____是能在水中产生氢离子的氢的化合物。

2. _____是一种由溶质溶解于溶剂中所形成的混合物。

3. 如果把泥土撒入水杯中，得到的便是_____。

4. 小液滴分散到液体里形成的混合物叫作_____。

判断：

1. 硫酸是一种强酸。（　　　）

2. 柠檬酸是一种弱酸。（　　　）

3. PH值＝7的溶液为酸性溶液。（　　　）

4. 盐是酸和碱反应所生成的化合物。（　　　）

5. 溶解是固体或气体分散到水或其他液体中的过程。（　　　）

有机化学

·探索与思考·

变黑的面包

1. 准备好面包和烤面包机。
2. 给烤面包机接上电源，把面包切成片，然后插入烤面包机中。
3. 经过烘烤之后，面包会从烤面包机上跳起来，这时可以把面包取下来。然后你可以看到，面包片的颜色变深，有的地方甚至变成黑色。

想一想 面包烘烤后会生成的黑色物质是什么？

有机化学主要研究碳元素的化合物，这是因为碳元素在地球上的含量不足1%，但构成的化合物种类达600万种，比其他元素所有化合物的总和还多。这些形形色色的化合物中除包括塑料、燃料、肥料、合成纤维、杀虫剂等外，还有许多是生物的主要组成部分。由于一切已知的生物都建立在碳化合物的基础上，所以碳化合物一般都称作有机物。现今有许多有机化学家关注于制造新的有机物质，用于工业生产。有些人则研究有机化学物质在生物体起着什么作用，例如，他们研究酶时，先做出几种同中有异的分子，然后观察酶对每一种分子的作用。

碳元素的分子链

碳原子之间结成的极长的分子链

碳元素的外层有 4 个电子，属于元素周期表中的第 IV 主族元素。为了达到电子外层稳定状态，碳元素极易形成共价键化合。碳主要与其他碳原子、氢原子、氧原子或氯原子结合成电子对。碳原子与碳原子相互间结合成牢固的共价键，并依靠这种能力构成极长的分子链。例如，以数十亿计的碳原子结合成钻石或石墨，或者生物的有机体等。

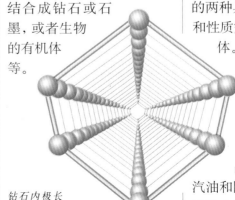

钻石内极长的分子链

功能团

有机化合物分子结构中能反映出特殊性质的原子或原子团

有机分子的性能不仅取决于碳原子的排列方式、排列长度或结合类型，也取决于分子内部有无功能团。功能团可以在碳化合物中代替一个或多个氢原子，从而改变化合物的性能。功能团的影响甚至能使有机化合物质按照它来排列。有机化合物中普通的功能团大约有二十种。在长度和形状各不相同的碳氢分子的不同位置上添加不同组合，就会产生几百万种有机分子。

同分异构

化合物有相同的分子式，但具有不同的结构和性质的现象

同分异构现象在有机化学中极为普遍。碳原子和同类原子相结合的能力非凡。分子结构不同而原子数量相同的化合物被称作"同分异构体"。异氰酸银(Agnco)和雷酸银(Agonc)是最早发现的两种具有相同组成但结构和性质完全不同的同分异构体。前者性质稳定，后者具有爆炸性。科学家用化学方法重新排列化学物的分子，从而形成同分异构物，做成新的产品。如清洁剂、油漆、汽油和阿斯匹林等都是用这种方法制造出来的。

有机化合物

碳和氢的化合物

有机化合物有近 600 万种，除了全部都含有碳元素外，其中大多数都含有氢元素，所以有机化合物是碳和氢的化合物，在化学上又简称烃。很多有机化合物除了含有碳、氢以外，还含有氧、氮、硫等其他元素，不过这些都只是碳氢化合物的"变种"，化学上叫"衍生物"。

脂肪族化合物

有链状结构的烃及其衍生物

凡具有链状结构的烃及其衍生物都属于脂肪族化合物。按照结构和性质可以将它们分成含单键的饱合化合物及带双键或三键的不饱合化合物。例如，乙烷、乙烯、乙炔、乙醇、乙酸乙酯、甲烷等。

烃烃中戊烷的三种同分异构体具有相同的分子式，由于原子的排列方式不同，所以，性质和结构完全不同。

烷烃

完全由单键相连接的有机化合物

最小的烷烃包括甲烷、乙烷，其他的烷烃由数千个碳原子组成。甲烷是无色无味的气体，分子式 CH_4，分子量为 16，性质稳定，是天然气、石油等的主要成分。但在适当条件下会发生氧化等反应。

乙烷的分子式是 C_2H_6，它是典型的烷类有机化合物。

氟利昂

含氟及氯的有机化合物

氟利昂即氟氯化烷，主要是含氟和氯的烷烃衍生物。氟利昂是无色、无毒、无味、没有腐蚀性，易液化的气体。常用作冷冻剂及杀虫剂的分散剂。现在已知氟利昂会破坏地球的臭氧层，对环境起负面作用。

冰箱常用氟利昂做制冷剂。科学家发现氟利昂会破坏地球大气层中的臭氧层，现在人们开始使用无氟冰箱。

烯烃

含有碳—碳双键的有机化合物

与烷烃相比拥有双键的烯烃更活跃。这是因为双键的一个可以打开与别的原子形成新的键。许多不饱和植物油中含有双键，它与氢反应生成固态饱和脂肪。油中有碳碳双键的地方就变成了单键。简单的烯烃结合在一起形成分子特长的聚合物。乙烯发生聚合反应生成聚乙烯。反应时每个乙烯双键中的一个会断开，与另外两个乙烯分子结合，这样聚合物的链就越来越长。

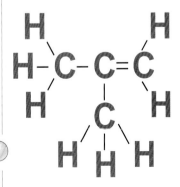

异丁烯属于烯类，分子式是 C_4H_8，其中的两个碳原子之间为双键。

芳香族化合物

具有苯环的烃及其衍生物

芳香族化合物主要是指具有一个或多个苯环的烃及其衍生物。苯环(C_6H_6)中的六个碳原子通过单键组合成一个匀称的六角形，每一个碳原子上另外又以单键形式结合了一个氢原子。没有键合的电子(六个碳原子外层各有一个未结合的电子)均匀地分布在环上，自由振荡。苯环通过这些活动的电子可参与其他的反应过程，另外，由于具有的环形结构，因此比同样大小的链状有机化合物性质更加稳定。

葡萄里含有葡萄糖，这是一种碳水化合物。

饼干里含有一种称为淀粉的碳水化合物。

用葡萄酿酒时，葡萄糖分解产生一种叫作乙醇的有机化合物。

苯环是由6个碳原子和6个氢原子组成。许多化合物就建立在这个六角形的苯环基础上的。

苯

最简单的芳香族有机化合物

苯是一种芳香的、无色的液体。有好几种工业产品，如聚苯乙烯、合成橡胶及尼龙，都是使用苯作为原料，苯也常常被用于清洁剂和染料的合成。苯最初是由煤焦油加热后收集其蒸气，再将之变成液体而取得，现在大量的苯是从石油中抽提获得的。它的衍生物广泛地用作合成树脂、合成农药等的基本原料。

萘

易升华的芳香族化合物

萘可从煤干馏和石油重整制得。萘为白色晶体，熔点为80℃，能挥发并易升华，不溶于水，易溶于乙醇、醚及苯中。和苯相比较，萘更易发生氧化、加氢、取代(卤化、硝化、磺化)等反应，可用作驱虫剂(俗称"卫生球"或"樟脑丸")但因其含有致癌物质，对人体有害，现已明令禁止驱虫剂中含有萘。

醚

含有一个氧原子的有机化合物

醚的化学性质一般比较稳定。例如，乙醚是最重要的代表物，可由乙醇制得。

醇

包含碳、氢、氧原子的有机化合物

几乎所有的醇都以液体形式存在。我们通常认为醇是啤酒、葡萄酒和烈酒的主要成分，其实这只是醇类中的一种(乙醇)，大多数醇在工业上均很重要。多数的醇作为溶剂使用。甲醇也称木醇，有很强的毒性，可用于工业制造塑料、颜料和油漆。乙醇也称酒精，是含酒精饮料中的主要成分。乙醇用于制造调味品、清洁剂和香水。有的醇也可作为黏稠物质(树脂)的溶剂，制造化妆品和乳液。乙二醇，是防冻剂的主要成分，用以防止汽车发动机的冷却剂冻结。某些有毒的醇，只能作为工业使用。

乙醇可作为一种麻醉剂，在手术中使用。

碳水化合物

由碳、氢、氧组成的有机化合物

碳水化合物是由碳、氢、氧三种元素构成的化合物，它们是在光合作用下由植物生成的。碳水化合物是糖类的总称，它们为生物的主要能源，也是植物以及某些动物的支持保护物，它们可以划分为：

一、单糖。即不能水解的最简单的碳水化合物，如葡萄糖。

二、双糖。水解后生成两分子单糖的糖，如蔗糖，麦芽糖等，

三、多糖。由许多单糖分子组成，如淀粉、纤维素等。

重要的醇

重要的醇有以下几种：

甲醇：是一种毒性很强的物质，由甲烷制得。

乙醇：主要用来制造酒类饮品，也就是我们一般所说的酒精；乙醇又是重要的化工原料和溶剂。

丙醇：为制造塑料的溶剂，也可作为液态燃料的除虫剂。

乙二醇：有毒，主要做防冻剂。

可塑剂醇：用来增加塑料的塑性。

清洁剂醇：用于制造肥皂以及其他清洁剂。

· DIY 实验室 ·

实验：寻找淀粉

准备材料： 芋头、碘酒、大米粒、汤匙、面条、水、吸管、4个纸杯或塑料杯、圆珠笔、胶带、蜡纸、报纸、若干纸条。

实验步骤：
1. 在操作台上铺上报纸，再取3张纸条，在每张纸条上分别标上"芋头"、"大米粒"和"面条"等名称，并在各个名称下放上相应少量食品。
2. 分别在每个食品上滴一滴碘酒，看看能否检测出一种食品样品中的淀粉量，然后试着比较一下哪种食品样品淀粉高一些。
3. 将标有1、2、3、4字样的胶带分别贴在4个杯子上。然后把一块芋头分成大小一样的4小块。并把它压碎，将4份芋头分别放在4个标有数字的杯子中。在标有"1"的杯子中倒入1汤匙水，然后按照标识上的数字倒入相应数量汤匙的水。
4. 分别将吸管放在每个杯子里进行搅拌，直到芋头已经完全与水混合在一起。
5. 用一支吸管分别从每杯水／芋头溶液表面吸3滴液体，并将液体滴在一张蜡纸上。在每次使用前要用水将吸管冲洗干净。
6. 最后分别将一滴碘酒滴在蜡纸上的4种溶液上，结果会发现4种溶液的颜色深浅各不相同。

原理说明： 芋头、大米粒及面条里都含有淀粉。淀粉遇碘会变成蓝色。同时，淀粉含量越高，颜色会越深。

· 智慧方舟 ·

填空：

1. 有机化学主要研究＿＿＿＿。
2. 碳化合物一般称作＿＿＿＿。
3. ＿＿＿＿可以在碳化合物中代替一个或多个氢原子，从而改变化合物的性能。
4. 分子结构不同而原子数量相同的化合物被称作＿＿＿＿。
5. 碳水化合物主要由＿＿＿、＿＿＿、＿＿＿三种元素组成。

判断：

1. 碳元素属于元素周期表的第 VI 主族元素。（　　　）
2. 有机化合物可以简称为烃。（　　　）
3. 乙烷属于脂肪族化合物。（　　　）
4. 萘可以制造卫生球。（　　　）
5. 乙醇也称酒精。（　　　）

材料

· 探索与思考 ·

能够延展的金属

1. 准备好金属铝制毛衣针、带软木塞的酒瓶、蜡烛和用纸片做成的箭头。
2. 把铝制毛衣针插入酒瓶木塞侧面，让它的另一端搭在另一只瓶口上。
3. 把一个纸箭头搭在一根缝衣针上，放在瓶口和毛衣针之间。然后放置一根蜡烛，紧靠在毛衣针中间部位。
4. 点燃蜡烛，纸箭头就会很快向左与右旋转。

想一想 纸箭头为什么会旋转？这说明金属具有什么特性？

材料是用来制造物品的物质，它们可以是天然的，也可以是人造的或天然、人造混合的。这些材料包括树木提供的木材和纸张、棉株提供的棉花、牲畜提供的皮革、羊群提供的羊毛；还有地下挖掘出来的物质所制成的材料，如陶土、石料、混凝土、石板、玻璃和各种金属。这些传统的材料至今仍然有很多用途。不过现在已经研制出无数的新材料，它们比传统材料更轻、更牢固和更廉价。

铁和钢

铁矿石中的铁元素和一种铁碳合金

铁的化学性质活泼，很少有纯净物，多数存在于铁矿石中。人类只能从铁矿石中提炼出铁。铁的熔点为1350℃，具有可塑性和延展性。铁与氯、氧和硫化合可形成各种化合物。如铁暴露在潮湿的空气中时，它会被腐蚀，形成人们常说的"铁锈"。

炼铁

将铁矿石中的铁成分还原并分离出的过程

铁是在一种叫高炉的设备中冶炼出来的，高炉是一座用钢和耐火材料制成的高高的火炉。铁矿石、焦炭和石灰石被分层装进炉内，用持续吹进炉膛内的热空气给它们加热。原料在炉内发生反应，形成生铁和叫作炉渣的废物。趁生铁和炉渣还处于熔化状态时，炉底的出铁口和出渣口分别将它们排出去。有一些铁水可在铸模中凝固成一种脆性较大的铁，称为铸铁或生铁。多数被熔化的铁会被继续冶炼成钢。

炼钢

将生铁中过量的碳和不需要的杂质去除的过程

炼钢是在炼钢炉里除掉铁中过量的碳和不需要的杂质。熔化的铁水被倒进炼钢炉，废钢也可以倒进去，然后吹入氧气。杂质被烧掉，铁里只留下少量碳，这样它就会变成不易脆裂的钢。

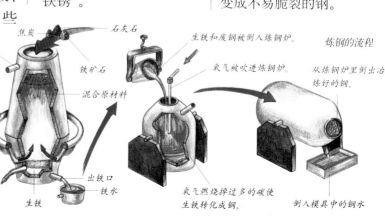

焦炭　石灰石　生铁和废钢被倒入炼钢炉。　炼钢的流程
排气　铁矿石　氧气被吹进炼钢炉。　从炼钢炉里倒出冶炼好的钢。
混合原材料
热气吹进内炉。
出铁口　铁水
出渣口　生铁　氧气燃烧掉过多的碳使生铁转化成钢。　倒入模具中的钢水

合金

由两种或更多种金属熔融混合而成的金属物质

合金是用几种金属按一定的配比熔合而成，是人类改造金属性能的重大发明。例如利用铜与锡的六种不同的配比，就能冶炼出适宜制作不同用途的青铜器。非金属与金属也能形成合金，如钢是铁与碳(0.2%～3%)的合金，能制成性能不同的各种工具。

不锈钢餐具

铜

红棕色质地柔软的固态金属元素

铜可单独存在于自然界，也可以与其他元素结合在矿石中。铜能够在含铅、锌、金、铂及镍的矿物中被发现。虽然铜较柔软，但它可与其他的金属混合形成坚硬的合金，像黄铜和青铜。纯铜是良好的电导体，因此常用它来做电线，铜管常被用在水管装置上，而铜镍合金则用来做钱币。铜具有可锻性及极好的延展性。一般的铜可以由其矿石中提炼，而纯铜则要用电解方式精制。

铝箔制品

铝

银白色质地轻软的固态金属元素

铝是银白色的金属，与铁和钢之类的金属相比，铝又软又轻，而且不易锈蚀。纯铝的导电性和传热性仅次于铜，是极佳的导体及传热体。另外，铝有外观漂亮、质地坚固、容易加工等优点。

贵金属

钌、铑、钯、银、锇、铱、铂、金

贵金属指的就是上述八种金属元素。之所以称这八种元素为贵金属。原因在于这些金属大多拥有美丽的色泽，且不易被腐蚀。不过，就化学的观点来说，这八种金属因为对化学药品的抵抗力相当大，在一般条件下，不易引起化学反应。

聚合物

分子量较一般有机化合物高得多的有机材料

聚合物是一种材料，它是由许多东西合成的。塑料是一种常见的聚合物，它是由许多相同的单体聚合成的大分子化合物。这些单体又是由原子构成的。有些天然材料也是由聚合物组成的，例如，木头和棉花就是一种叫作纤维素的天然聚合物组成的。聚合物产品与我们的生活密切相关，包括太空防护材料、液晶、以及日常生活使用的各种塑料制品等。

聚合物分子是由连结在一起的小分子，或者说是单体结合成的长链。塑料中的聚合物分子中含有数以千计的单体。图中的聚合物是聚二甲基硅氧烷。

木材

取自于树木的材料

木材取自于树木，人类对木材的使用已有上万年的历史，时至今日，它仍被广泛地应用。在建筑中，大量木材被用来制成屋檐、地板、门和其他一些木制品。还有大量的木材被用来造纸。不同树种的木材其特性也不同。例如，杉木很轻，而岑木则有弹性并能承受突然和反复的弯折和拉伸。

这座教堂是用木材建造的，距今年代已非常久远。

棉花是一种天然的纤维。

纸

由植物纤维交织而成的材料

大多数纸是用木质纸浆制成的，这种纸浆实际上是大量的植物纤维、木质浆与水和其他材料的混合物，这些物质混合在一起，然后用机器捶击。这时，含有大量水分的纸浆流到一条细孔网带上，水被沥干后，剩下来的薄薄的纤维层还要经过烘干，最后将光滑的纸片卷成卷，形成纸张。纸可以用于制造书和文具、盛液体的蜡纸壳以及汽车引擎的滤纸等。

纤维

用来制造布料和其他纺织品的材料

纤维主要分为天然和合成两种。天然纤维来自动物或植物，是一种长的细线，可用于制造布料和纺织品，从棉株上采下的棉花和羊毛是最常用的天然纤维。合成纤维则由化学物质制得，也同样被广泛用于制造纺织品和玻璃等高强度的材料。

尼龙

一种合成的纤维

尼龙是世界上最早的合成纤维。最初，尼龙是用来做丝的廉价替代品的。尼龙的纤维比棉和毛的都结实，有些尼龙甚至可以用来制造机器的齿轮和轴承，这种类型的尼龙还耐热，抗化学腐蚀。

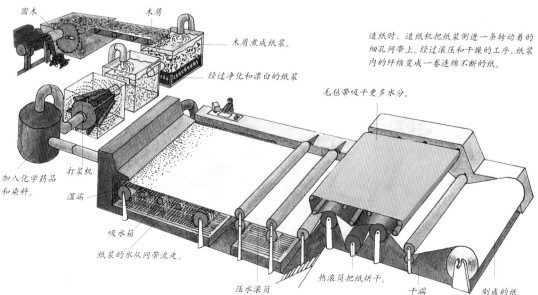

圆木

木屑

木屑煮成纸浆。

经过净化和漂白的纸浆

加入化学药品和染料。

打浆机

湿端

吸水箱

纸浆的水从网带流走。

压水滚筒

热滚筒把纸烘干。

干端

制成的纸

毛毡带吸干更多水分。

造纸时，造纸机把纸浆倒进一条转动着的细孔网带上。经过滚压和干燥的工序，纸浆内的纤维变成一卷连绵不断的纸。

塑料

利用从石油中提炼出来的物质制成的合成材料

塑料是一种很容易成形的合成材料。它是用人工方法合成的。大多数塑料是用石油中提炼出的化学物质制得的。一般来说，塑料轻巧坚韧，耐摩擦不会生锈腐烂，也不导电，应用极为广泛。普通塑料包括聚乙烯、聚氯乙烯和聚四氯乙烯。聚乙烯用来制造瓶子、碗和袋子。聚四氯乙烯用来制造不粘锅等厨具表面的不沾涂层。某些塑料里被充填了气泡，被用来制造泡沫塑料。

特氟龙炊具

特氟龙炊具

用聚四氯乙烯制成的炊具

特氟龙是一种人们很熟悉的用于炊具的不粘涂层的材料。它也被用作太空服的抗火、耐磨涂料。特氟龙如此光滑，是因为它过了几道喷沙和烘烤工艺处理，一种重要的化学制剂使它能紧紧地粘在锅上。

玻璃

由熔融物冷却而成，具有机械固体性质的非晶态物质

玻璃没有固定的组成，因制作玻璃的原料不同而有许多的种类。门窗上的玻璃，叫钠钙玻璃，以沙子(二氧化硅)为主，15％氧化钠和16％氧化钙加热至熔融后冷却而成。石英玻璃，以石英沙为主，膨胀系数低，耐高温，化学性质稳定，能透紫外线和红外线，用于制作光学仪器、激光技术。

玻璃罐

橡胶

由橡胶树的乳胶制造的弹性材料

橡胶是制造汽车轮胎和外科手术用的手套等各种产品的材料。橡胶最重要的特性是它具有弹性；它在拉伸或挤压时会变形，但又能回复成原来的形状。天然橡胶是用叫作乳胶的液体制造的，它主要从橡胶的树干上采集而来。第二次世界大战之后，用石油化工原料生产的合成橡胶开始普及。现在所有的橡胶产品中三分之二以上是用合成橡胶制成的。

汽车轮胎是由橡胶制成的。

陶瓷

用黏土、瓷石、高岭土等原料烧制而成的产品

陶与瓷有很大的不同。陶器以黏土为原料，加工方法比较简单，质地粗糙，致密性差，吸水性较强还常带有颜色；瓷器以瓷石加高岭土的两组份配料(即以一种高岭土和一种瓷石，或者以几种高岭土或几种瓷石配合组成的配料)质地坚硬洁白，吸水率很低，透明度较高，外观上具有"白里泛青"的特色。

染料

能改变材料颜色的物质

早期的染料是用动物和植物成分制造的。例如橘黄色的染料是用植物藏红花制成的，用来染军服的红色染料是用南美洲的胭脂虫制成的。今天，化学工业能产生出千万种不同颜色的合成染料。在进行布匹染色时，我们要使用一些叫媒染剂的特殊化学物品来促进染料在纺织物上的渗透作用和固定作用。如果在家里进行染色就可以使用盐作为媒染剂。染色后不会被洗掉也不会褪色。

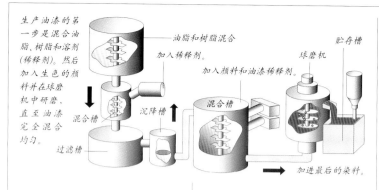

生产油漆的第一步是混合油脂、树脂和溶剂（稀释剂）。然后加入生色的颜料并在球磨机中研磨，直至油漆完全混合均匀。

油脂和树脂混合
加入稀释剂。
加入颜料和油漆稀释剂。
球磨机
贮存槽
混合槽
沉降槽
混合槽
过滤槽
加进最后的染料。

油漆

有色的液状物质

油漆具有装饰作用，也能保护及美化建筑和机器的外观。油漆含两部分：色素（颜料），以及溶解颜料的液体（接合介质），油漆到物体表面后，液体蒸发掉，只留下颜料。许多油漆是油性的，干燥后可以防水。油漆的接合介质中，可以含干性油及树脂，加速油漆干燥，使之形成一层坚硬的外层。

肥皂和清洁剂

能除去衣物或皮肤上所沾附污垢的物质

肥皂和清洁剂用于洗涤，二者的功用相同，皆能使油脂溶入水中，以去除衣物及皮肤所沾附的污垢。肥皂和清洁剂的化学制法是不同的，肥皂是钠或钾等金属与脂肪酸所形成的化合物；制造时先将脂肪或植物与氢氧化钠等强碱——加热，然后加入盐，使肥皂自溶液中析出，析出的肥皂再制成条状或片状，并加入香料，即为成品。

化妆品

由色素制成的用来涂抹在身上，使人美丽的物质

化妆品由植物、油类、蜡、滑石、黏土和各种金属化合物混合而成。女人是化妆品最大的消费者，不过有些男人也用化妆品。现在的化妆品含有脂肪、油及由动植物体内提取的香精，有些香料是在实验室人工合成的。研制一种新的化妆品时，要确保所含的化学品不会伤害皮肤。对唇膏等产品的配制更需要严格控制，因为这些化妆品有可能进入口腔。

各种化妆品

黏合剂

用来黏结物质的材料

我们使用胶水、胶黏剂等黏合剂来黏结大量不同的材料。胶通常都是液体的，一触摸就会感到发黏。胶水一与空气接触就会变硬成固体，于是就能把东西粘到一起了。最初的黏合剂来自动物及植物。在19世纪，橡胶是黏合剂的主要成分。现在，我们所使用的多数胶都是人造化学药品制成的。它们干得快而且能形成强而有力的键。一些干得最快的胶被叫作超级胶，它们在几秒钟之内就能凝固。

水泥

用石灰石粉和化学材料混合制成的物质

建筑水泥是用石灰石粉和化学材料混合制成的一种黏合剂。把砂石粉和石灰粉混合在一起，放入1300℃～1400℃的焙烧炉中煅烧，再加入少量石膏，就可制成现代建筑中普遍使用的水泥了。水泥呈粉状，与水和沙混合后形成的泥浆，叫灰浆。将灰浆抹在两块砖之间，干燥后，便会将砖粘在一起。现在生产水泥所用的矿石都是经过严格挑选的，不同的矿石含有不同类型水泥所需的适量的铁、铝和锰。

混凝土

用石灰与沙子、沙砾和小石头混合制成的物质

　　混凝土是一种人造石料，它是由一定量的粒料（一般为沙子和碎石子）与水泥混合而成。当把水加入这一粒料混合体中时，大量晶体体积增大并相互结合，这样就可以从整体上凝结为固态物质。通过改变混凝土的基本成分配比可以制出不同种类的混凝土。减少粒料和水的比例，增加水泥的含量，可以得到强度较高的混凝土，要想得到更高强度还可以在混凝土中加入钢筋。混凝土的强度随着其凝结时间的增加而增加，一般其凝结时间需要数天（凝固过程越长，其强度越高），此后的至少五年时间中，混凝土的强度一直在增加。混凝土的性能也可通过其他方式加以改变。混凝土的种类有防水渗透型、透气型、光滑型和仿镶木纹理型等。

通过适当支撑或加固，利用混凝土可制出许多富于想像力的建筑结构。

· DIY 实验室 ·

实验：自制纸张

准备材料： 铝箔纸、剪刀、铅笔、废纸、有盖的罐子、热自来水、木头汤匙或抹刀、金属、3茶匙玉米粉。

实验步骤：
1. 剪三条约15厘米的长的铝箔纸，把它们叠成三个边长为15厘米的方片。
2. 用铅笔尖在铝箔方片上以1厘米为间距戳几列小孔。
3. 把废纸剪成或撕成碎片。把碎片放进罐子，再往里面倒大约占杯子3/4体积的热水。盖上瓶盖，放置3小时左右。
4. 等到罐里的纸糊变得黏稠时，把它倒进金属模子里。
5. 把玉米淀粉溶解在一小杯热水中，再把溶液倒进纸糊，搅拌均匀。
6. 在户外把一块铝箔方片浸入纸糊，直到铝箔完全被纸糊浸没。
7. 从纸糊中取出铝箔，把它平放在一块平板或者洗干净了的桌面上。将粘在铝箔上的纸糊压平，挤出纸糊里的水。
8. 把报纸铺在一个阳光充足的地方，把带有纸糊的铝箔放在报纸上。
9. 继续挤压铝箔上的纸糊，挤出里面的水。等待阳光将铝箔上的纸糊晒干。大约在3小时后，你就可以把晒干了的纸从铝箔上取下来了。

原理说明： 纸是由含有纤维素的原材料（如木头、稻草、亚麻、大麻、棉花等）制成的。在生产纸张的过程中，人们选用像碎木块这样的原材料制造出一种由水和纤维构成的黏稠混合物——纸浆。然后，将干纸浆压成一张张的纸。

· 智慧方舟 ·

填空：

1. 铁中含有_____，如果把它去掉，铁就会变成钢。

2. 青铜是锡和铜的_____。

3. _____是良好的电导体，因此常用它来做电线。

4. 贵金属是指_____、_____、_____、_____、_____、_____、_____等八种元素。

5. 聚合物分子是由连接在一起的_____结合成的长链。

6. 纤维主要分为_____和_____两种。

7. 炊具的不粘涂层含有_____。

8. 能黏结物质的材料是_____。

——力、运动和机械——

力

处在力的世界中的人，时时刻刻受到各种各样力的作用。人的走跑跳跃，每一个动作都受到重力作用；人手握东西，脚踩大地，是摩擦力的作用结果；人呼吸、喝水、唱歌都是利用压力实现的；人要过桥，桥对人施加支持力；人要跑步，会受到空气的阻力等等。力还会使静止的东西移动。同时使用两种或两种以上的力，可以把物体拉长、压扁、弄弯等。

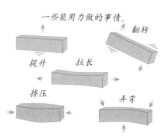

一些能用力做的事情。

提升　拉长　翻转　挤压　弄弯

力的类型

引力、电磁力、强相互作用力、弱相互作用力

在自然界中，只存在四种基本形式的力：引力和电磁力、强相互作用力和弱相互作用力。前两种是在宏观世界中显示作用的力；后两种是作用距离在 $10^{-15} \sim 10^{-16}$ 米范围内的微观世界的力，它们在原核子内部显示其作用。我们常说的压力、支持力、阻力、动力等名词是按力的性质和力的效果来命名和分类的。从力的性质来看，我们把力分为重力、摩擦力、弹力等。拉力、压力、动力、阻力等是以力的效果来命名的。效果不同的力，性质可以相同，如压力和支持力都是弹力；效果相同的力，性质不一定相同，如重力、摩擦力有时候是阻力，而弹力与重力有时是动力。

万有引力

普遍存在于宇宙中任何有质量物体之间的相互吸引力

万有引力(或引力)是最基本的力之一。任何一种物质都有引力，从小小的大头针头到一颗行星，都无一例外。引力吸引着其他的物质。而且，物体离得越近，万有引力也就越强，离得越远，万有引力也变得越来越弱。我们的日常生活中，体积最大的物质是地球。地球的引力使我们和其他物体都向其靠近，并且能站在地面上。

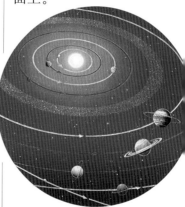

太阳的引力使行星在各自的轨道上运转。

万有引力定律

两物体之间力的大小受其质量及二者间距离平方的影响

万有引力定律是英国科学牛顿于1687年正式发表的。它描述的是：宇宙间的一切物体都是相互吸引的，两个物体间的引力大小，跟它们的质量的乘积成正比，跟它们的距离的平方成反比。

重力

地球对物体的吸引力

地球有一种奇异的力量，它能把飘在空中的物体向下拉，这种力叫作重力。人使劲往上跳，即使跳得很高，总是很快落到地面上；火箭能在离地面万米以上的高空飞行，当燃料用尽后，仍要乖乖地降到地面。这都是因为它们受了重力的作用。重力的大小叫物重。如果同样物重的物体到了北极或南极，它的物重将发生改变。

当你跳绳时，总是很快落到地上，这因为有重力作用的缘故。

失重和超重

重力和支持力不平衡造成的现象

在电梯启动和停止的瞬间，人们会有一种不太舒服的感觉。这是由于人体产生了超重和失重的现象。当一个物体加速上升或减速下降时，支撑物体的力将大于物体的重力，这就是超重。反之，当一个物体减速上升或加速下降时，支撑物体的力将小于物体的重力，这就是失重。

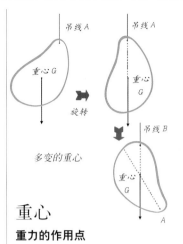

多变的重心

重心

重力的作用点

生活中我们会发现，高高的竹竿有时不用扶，就能立在地面上。有的人用一只手指，可以平稳地托起一本书。每一个物体都可以找到能够支撑它全部重量的点，这一点就是重心。走钢丝的杂技演员之所以不会掉下来，是因为他的重心正好落在钢丝上。通常物体的重心越高，就越不稳定。积木搭得太高容易倒塌，就是这个道理。

坐过山车时，人能体会到失重的感觉。

弹力

物体发生弹性形变时所产生的力

发生弹性形变的物体，由于要恢复原状，会对与它接触的物体产生力的作用，这种力叫弹力。弹力产生在直接接触而发生弹性形变的物体之间，弹力的方向总是与形变物体发生形变的方向相反。通常说的压力和支持力都是弹力，压力和支持力的方向总是垂直支持面而指向被压或被支持的物体，即总是跟两物体接触面垂直。拉力也是常见的弹力，绳对物体的拉力，是因为绳发生形变而对物体产生弹力，拉力的方向就是沿着物体向绳收缩的方向。

摩擦力

相互接触的两个物体，当它们要发生相对运动时，摩擦面间就产生阻碍运动的力

摩擦力一定要阻碍物体的相对运动，并产生热。当你扔出一个球，球在空气中运动时，球与空气之间就存在摩擦力，我们称之为空气阻力。当太空的尘埃物质进入地球大气层，与空气发生剧烈摩擦而燃烧发光，这就是流星。物体表面越是粗糙，产生的摩擦力就越大。机器运转时的摩擦会造成机器磨损和过热，所以人们常给机器加油。但有时摩擦力又是不可缺少的。如人行走的时候，摩擦力使我们的脚能紧贴地面。当摩擦力太小时，就会滑倒。

静摩擦力

两个相互接触的相对静止的物体，在接触处产生的阻碍相对运动趋势的力

当你推地面上的箱子时，如果未能推动，是因为箱子和地面之间有静摩擦力的缘故。当物体之间没有发生滑动，仅仅有滑动的趋势时，产生的摩擦力叫静摩擦力。静摩擦力的大小与使物体产生相对运动趋势的外力相等，方向相反。外力增大，静摩擦力也增大，但静摩擦力有个最大的值叫最大静摩擦力，即静摩擦力大小的变化范围在零和最大静摩擦力之间，外力超过最大静摩擦力，物体开始滑动。

滑动摩擦力

一个物体在另一个物体表面滑动时，在接触面上产生的阻碍物体相对运动的力

两个表面粗糙的物体，当其接触表面之间有相对滑动趋势或相对滑动时，彼此作用有阻碍相对滑动的阻力，即滑动摩擦力，摩擦力作用于相互接触处，其方向与相对滑动的趋势或相对滑动的方向相反。

滑雪者在冰雪上轻松地滑行是因为滑雪板与冰雪产生摩擦，摩擦力使冰雪遇热融化成水，表面变得光滑，因此摩擦力减小。当滑雪板经过后，其表面又冻成冰了。

滚动摩擦力

一个物体在另一个物体表面滚动时，在接触面上产生的阻碍物体滚动的力

物体滚动时，接触面一直在变化着，物体所受的摩擦力，称为"滚动摩擦力"。接触面越软，形状变化越大，则滚动摩擦力就越大。一般情况下物体之间的滚动摩擦力远小于滑动摩擦力。在交通运输以及机械制造工业上广泛应用滚动轴承，就是为了减少摩擦力。

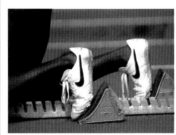

短跑运动员在起跑时用力踩下起跑器，就会从地面一个获得强烈的反作用力，从而迅速地跑冲出去。

作用力与反作用力

大小相等、方向相反的力

当你对物体施加一个力的同时，一定会有一个力从物体反弹回来，你所施加的力称为作用力，而从受力物体反弹回来的力称为反作用力，两个力的大小相等，方向相反。例如，当一辆小汽车的车轮在马路表面向前推进时，路面便有一个反方向的力作用在轮胎上。火箭发动机喷出的高速高温的气体会引起一个方向相反大小相等的力作用在运载火箭上，使它加速前进。

向心力

物体在做圆周运动时受到的指向圆心的力

向心力是以力的效果来命名的。也说是说，使物体做圆周运动的力就是向心力，它可以是重力、弹力、摩擦力、电场力、磁场力或它们之中几个力的合力。向心力在日常生活中经常会遇到，比如，当你骑自行车转弯时，身体要斜向圆心，就是为了让地面的支持力充当向心力；飞机在做圆周运动时，向外的机翼要高于向内的机翼，这样升力充当了所需的向心力；火车的铁轨在弯道处同样也是外轨高于内轨，轨道对火车的支持力充当了向心力。

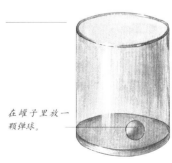

在罐子里放一颗弹球。

把罐子以圆圈方向转动。

弹球会移到圆罐边，绕着罐壁打转。

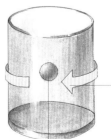

上图表明离心力的作用使得物体高速向外移动。

离心力

向心力的反作用力

离心力是向心力的反作用力，它们大小相等，方向相反。例如，链球运动员旋转链球时，手对链球施加的力是链球受到的向心力，而手上感觉到的链球对手的作用力，就是离心力。

压力

垂直作用在物体表面上的力

压力是垂直作用在物体表面上的力。例如，把书放在桌上，它对桌面的作用力就是压力，它的大小等于书的物重；如果书不是放在桌面上而是放在斜板上，这时书对斜板的压力是书的物重的一个分力，其大小要比书的重量小。同样，汽车如果沿盘山公路上山，这时汽车作用在盘山公路上的压力也不等于汽车的物重，其大小要比汽车的物重小。

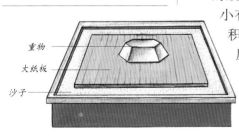

把同一重物放在大小不同的纸板上，我们会发现，盛放小纸板和重物的盒子与放大纸板的盒子相比，纸板下沉了许多。这说明，压力作用的效果不仅与压力的大小有关，还与受力面积的大小有关。

压强

物体单位面积上受到的力

托起两个同样质量的物体时，所受到的压力是相同的，但是，当质量相同而与物体的接触面积不同时，这种感觉会不一样。如果将两块相同质量和相同形状的砖分别以水平和垂直方式放在同样疏松的沙土上，就会看到两块砖陷进沙土中的深度不同。这是因为将砖垂直放时，砖与沙土的接触面积小，压力集中在较小的面积上，单位面积所要承受的压力就大，所以砖陷得就深；而将砖平放时，砖与沙土的接触面积要比垂直放时大得多，单位面积要承受的压力就小得多，因此砖也就陷得浅。物体在单位面积上所受的压力，人们称之为压强，正是因为压强不同，两块砖陷入沙土中的深度才不同。压力作用的效果不仅跟压力的大小有关，还与受力面积大小有关。如果总压力相同，减少接触面积，压强将增大；反之，增加接触面积，压强会减小。

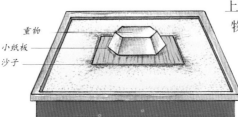

合力

其作用效果能够代替几个力共同对物体作用的效果

如果若干个力(或连续分布的力)同时作用于一物体，它们对物体运动产生的效果与另外一个力单独作用时相同，则这个力就是它们的合力。例如轮船匀速前进时同时受到推进力和水的阻力作用，但它们的合力等于零。

船在水中行进时，受到的合力等于推进力和阻力的差值。

分力

合并起来能产生合力效果的几个力

如果一个力作用于某一物体，对物体运动产生的效果相当于另外几个力同时作用于该物体时产生的效果，则这几个力就是原作用力的分力。常把一个力分为某几个指定方向上的分力，从而研究这个力在各指定方向上产生的效果，例如用一斜向上方的力拉一水平面上的重物前进时，这力可分为两个分力：一个水平向前，使重物前进，一个垂直向上，减少重物对地面的压力。

力矩

力对物体作用时所产生的转动效应的物理量

力矩越大，转动状态就越易改变。例如当你用手推门，如果你在距门转轴的某一距离处施加一个力，那么此力就能将门打开。如果力的作用点离转轴较远则转动效应更强。这种转动效应的度量就是力矩，它表示为该力的大小乘以距转轴的距离。

力偶

大小相等，方向相反，但不在同一直线上的两个力

力偶能使物体转动或改变其转动状态。例如汽车驾驶员双手转动转向盘时所施加的就常是一个力偶。力偶的转动效应决定于力偶矩，即其中任一个力的大小和两力作用线之间垂直距离的乘积。

力的平衡

几个力同时作用于一个物体，而物体运动状态不发生任何改变的情况

当几个力同时作用于一个物体时，物体的运动状态（静止或匀速运动）没有发生任何改变，这是因为所有力的作用恰好相互抵销。例如，放在桌上的物体，受到地球施于它的重力和桌面的向上的支持力，这两个力大小相等，方向相反，且在同一直线上，因而相互平衡。

浮力

浸在液体（或气体）里的物体受到液体（或气体）向上托的力

浮力的大小等于被物体排开液体（或气体）的重量，当浮力大于物体重量时，物体上浮，否则物体下沉。如由于氢气球的重量小于同体积的空气重量，所以会在空气中上升；船舶或木块的重量等于其浸没部分排开的水体重量，所以浮于水面；石块的重量大于其同体积的水重，所以在水中下沉。

阿基米德定律

物体受到的浮力等于它所排开的液体所受的重力

阿基米德定律是以发现它的古希腊数学家阿基米德的名字命名的。它的详细内容可以表述如下：浸在液体中的物体受到向上的浮力，浮力的大小等于它排开的液体所受到的重力。其实在气体中的物体也受到浮力的作用，因而同样遵从阿基米德定律。

人在水中能够漂浮起来是因为受到浮力的作用。

力的测量

用仪器对力进行的测量

测量力的仪器叫测力计，即我们通常用的是弹簧秤，弹簧秤是利用弹簧的伸长与所受到的拉力成正比这一性质制成的。用弹簧秤测力时，弹簧的弹力与作用在弹簧秤上的外力平衡，平衡的二力总是大小相等，所以弹簧的弹力等于外力，弹簧秤的示数就是所测的力。

在地球上，1千克质量大约重10牛顿，确切地说为9.8牛顿。这个牛顿测力计测出一个苹果的重量不足3牛顿。

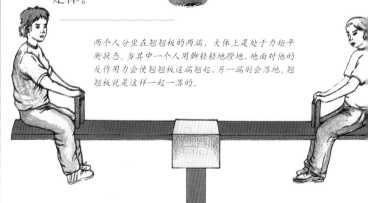

两个人分坐在翘翘板的两端，大体上是处于力矩平衡状态。当其中一个人脚轻轻地蹬地，地面对他的反作用力会使翘翘板这端翘起，另一端则会落地。翘翘板就是这样一起一落的。

力学

研究物体机械运动规律及其应用的学科

　　根据所研究物体的性质，力学可分为质点力学、质点组力学、刚体力学和连续介质力学(包括弹性力学和流体力学)；根据所研究问题的性质，力学又可分为运动学、动力学和静力学。力学是许多工程技术的重要基础，并已发展了许多应用力学部门如材料力学、弹道学等。在物体速度很大，可与光速相比时，牛顿力学不再适用，须用相对论力学。对于微观粒子如电子、核子等，牛顿力学也往往不适用，而须用量子力学。

阿基米德

　　阿基米德(Archimedes，公元前287~前212)，古希腊杰出的数学家和物理学家，出生于希腊的殖民地西西里岛的首府叙拉古。阿基米德自幼聪颖好学，善于观察思考。他对待科学研究的态度是勇于创新而又严肃认真，曾在几何学、静力学以及机械的发明创造方面取得了巨大的成就。

· DIY 实验室 ·

实验：自制测力计

准备材料： 木板、棉线、纸、胶水、纸杯、钉子、锤子、橡皮筋、铅笔、剪刀、硬币若干。

实验步骤： 1. 在木板上方的中央钉一枚钉子，把木板靠在墙壁上(可以通过在木板旁边放几本书来固定木板)。

2. 在钉子下方的木板上粘一张纸。

3. 把橡皮筋挂在铁钉上，用铅笔把橡皮筋最下端的位置画在纸上。

4. 在纸杯上钻三个小洞，在上面系三根短线。

5. 把纸杯系在橡皮筋上，在纸上记下此时橡皮筋的长度。

6. 先在纸杯里放一枚硬币，然后再放几枚进去。每次加完硬币后，在纸上记下橡皮筋被拉长后的长度。结果纸杯里放的东西越多，橡皮筋就拉得越长。

原理说明： 纸杯里放的东西越多，纸杯的重量就越大，纸杯受到的重力就越大。相应地，橡皮筋也会被拉得越来越长。

· 智慧方舟 ·

填空：

1. 在自然界中有四种基本形式的力，即引力_____、_____和_____。

2. _____力往往阻碍物体的运动，并产生热。

3. 静摩擦力有个最大值叫_____。

4. 物体作用于做圆周运动物体上的力叫_____。

5. 垂直作用在物体表面上的力叫_____。

判断：

1. 任何物质都有引力。(　　)

2. 万有引力定律是英国科学家牛顿发现的。(　　)

3. 重力和支持力不平衡会导致失重或超重现象。(　　)

4. 物体表面越粗糙，产生的摩擦力就越大。(　　)

5. 作用力与反作用力大小相等，方向相反。(　　)

6. 阿基米德定律对气体情况也适用。(　　)

运动

观察摆

1. 准备好毛线针、软球、长度为3米的细金属丝、胶带、纸板、铅笔。
2. 把球穿在毛线针上。用胶带把针固定在细金属丝的一端上。
3. 把金属丝的另一端弯成一个套环，把做好的"摆"固定在天花板的一个钩子上，让它在一张桌子的上方摆动。
4. 在纸板上画一条直线，把纸板黏在桌子上，让露在小球外面的针尖垂直地指向纸板上的直线。并让摆沿直线摆动起来。

想一想 在单位时间内摆的摆动次数是否相同？

运动是由力引起的。任何静止的物体，一旦有力作用于它，便会产生运动，而且一直以匀速直线运动前进，直到有外力使它加速，或改变方向，或速度减慢，甚至停止。世界上有各种各样的运动。物体按直线方向的运动是直线运动，例如火箭发射到太空；物体围绕圆心的运动是圆周运动，例如投掷链球。判断一个物体是否在运动，并不是一件容易的事。比如正坐着读书的人，虽然他的胸部随着呼吸起伏，但可以说他对于书来说并没有运动。所谓物体的运动，是指这一物体相对于另一物体的位置发生了变化。

位移

质点的位置变化

在某些条件下，可以整个物体看作一个有质量的点，这种用来代替物体的、有质量的点叫作质点。它是一个有大小和方向的物理量。质点在某一段时间内，如果由初位置移到末位置，则这个初位置到末位置的有向线段就叫作位移。位移是一个有大小和方向的物理量，它的大小是运动物体初位置到末位置的直线距离；方向是从初位置指向末位置。位移只与物体运动的始末位置有关，而与运动的轨迹无关。如果质点在运动过程中经过一段时间后回到原处，那么，路程不为零而位移则为零。在国际单位制中，位移的法定计量单位为米。此外还有推导单位厘米、千米等。

速度

表示物体运动的方向和位置变化快慢的物理量

速度指物体运动的快慢和运动的方向。例如，气象报告中说："台风正以每小时40至50千米的速度向东北偏东方向前进"，"每小时40至50千米"是指台风运动的快慢，"东北偏东"是台风前进的方向。但在日常生活中，常常更关注物体运动的快慢，而并不注意它们的方向，所以，平常所说的"速度"大多是指动的快慢，其实是速率。

在自行车比赛中，运动员的速度不断发生改变。

速率

单位时间内物体运动的距离

速率是路程与时间的比值，它表示某一物体在单位时间内所发生的位移。如果路程的单位是千米，时间的单位用小时，那么速率的单位就是千米每小时。如果一辆汽车一小时行驶了80千米，那么汽车的速率就是80千米每小时。

当一个网球拍击中网球时，网球感受到了一个加速度，同时达到了很高的量值。

加速度

描述速度变化快慢的物理量

在匀变速直线运动中，速度变化与所用时间的比值叫加速度，其国际单位是米／秒²。加速度有大小，有方向，是矢量。加速度与速度变化和发生速度变化的时间长短有关，但与速度的大小无关。举例来说，以 1000 米／秒速度匀速飞行的飞机，其加速度是零。在枪膛中的子弹，在扣动扳机火药爆发的那一时刻，子弹的速度几乎为零，但其加速度可达 4×10^5 米／秒²。在运动学中，物体的加速度与所受外力的合力大小成正比，与物体的质量成反比，方向与合外力的方向相同。

跳伞时张开双臂可以增加空气的阻力。

重力加速度

由于地球引力作用而产生的加速度

在地球表面上方不太高的范围内，质点因受地球引力作用而产生加速度，这种加速度称为"重力加速度"。也可以说：物体由于重力作用而获得的加速度叫作"重力加速度"。实际研究中，我们常把空气阻力忽略不计，认为物体在运动过程中只受到重力作用，此时它的加速度就看作是重力加速度。在地面附近，任何物体的重力加速度在同一地点都相同，但在不同地点，物体的重力加速度稍有不同。这种加速度用字母 g 表示。经过测定后发现，在赤道附近，$g = 9.78$ 米／秒²；在地球北极 $g = 9.83$ 米／秒²。在一般要求不太精确的计算中，可近似地取 $g = 9.8$ 米／秒²。

终端速度

物体在液体或气体中落下时所达到的均匀的速度

当跳伞运动员从飞机上跳下时，重力将他向下拉。随着降落速度的增加，空气对运动员的阻力也逐渐增加。当他受到的重力等于它所受到的阻力时，他将以稳定的速度匀速降落。此时运动员所达到的最高速度称为终端速度。例如跳伞运动员若不张伞其终端速度约为50 米／秒，张伞时的终端速度约为 6 米／秒。

参照物

描述物体运动的情况时选作标准的物体

由于一切物体都在运动，要确定一个物体的运动情况，就必须假定某个物体不动，参照这个物体来确定其他物体的运动。为了研究物体运动而假定为不动的那个物体，叫作参照物。例如，一个星际火箭在刚发射时，主要研究它相对于地面的运动，所以把地球选做参照物。但是，当火箭进入太阳运行的轨道时，为研究方便，便将太阳选做参照物。

研究物体在地面上的运动，选地球做参照物最方便，例如，观察坐在飞机里的驾驶员，若以飞机为参照物来看，驾驶员是静止的；如以地面为参照物来看，驾驶员则是运动的。

机械运动

一个物体相对于别的物体的位置改变

地球的转动，汽车的行驶，弹簧的压缩和伸长等，都是自然界中最基本、最普遍的一种运动形式。这种运动称作机械运动，简称为"运动"。机械运动是物体之间或同一物体各部分之间相对位置随时间而变化的过程。平动、转动和振动是机械运动的三种基本形式。

除车轮之外，火车上的每个点都在进行平动。

平动

物体内各点的运动情况都相同的运动

如果一个物体上任意两点所连成的直线，在整个运动过程中始终保持平行，这种运动叫作平动，也称平移。在平动过程中，物体内各点都有相同的运动状态（速度、加速度）。平动物体上任何两点连线的方位在运动中保持不变，例如蒸汽机活塞的运动。

匀速直线运动

物体以一定速度进行的直线运动

物体在一条直线上运动，如果在任意相等的时间里移动的距离都相等，这种运动就是匀速直线运动，简称匀速运动。在笔直的马路上以一定速度行驶的汽车或在天空中以一定速度飞行的飞机等，都可以说是在做匀速直线运动。

变速直线运动

速度发生变化的直线运动

变速直线运动是指快慢改变或方向改变以及快慢和方向同时发生变化的运动。变速直线运动运动的路径虽是直线，但却不规则，汽车行驶在笔直的马路上，而其速度却变化不定，这就是典型的变速直线运动。

匀变速直线运动

物体在一条直线上运动时，在相等的时间内速度的变化相等的运动

当飞机起飞时，在逐渐增加速度的那段时间里，乘客会感到一股被压向座椅的力。此时，如果速度增加的比例一定（匀加速度），那么，这架飞机就是在做匀变速直线运动。从高处往下掉落的石头，以及在没有摩擦阻力的斜面上滑落的皮球等，都是在做匀变速度直线运动。

平抛运动

将物体向水平方向抛出的运动

在高空中，将物体用一定的初速度沿水平方向抛出，物体受到跟它的速度方向不在同一直线上的重力作用而做的曲线运动就叫作平抛运动。平抛运动是一种较简单的曲线运动。它可以看作一个水平向前的匀速直线运动和另一个竖直向下的自由落体运动的合运动。

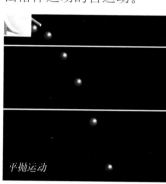

平抛运动

斜抛运动

以任意初速度抛出的物体在地球重力作用下的运动

将物体斜向射出，在重力作用下，物体做曲线运动，它的运动轨迹是抛物线，这种运动叫作"斜抛运动"。它可以看作是一个水平方向的匀速直线运动和一个竖直向上抛运动的合运动。斜抛运动与平抛运动都属于抛体运动。抛体运动有两个共同点，一是物体在抛出的一刹那有一个初速度；二是抛出后，物体只受到向下的地球引力作用，即它们做匀加速运动。

由于在进行圆周运动，因此会有一股称为离心力的力量作用于坐在秋千上的人身上。

圆周运动
物体沿圆周的路线所做的运动

圆周运动指物体沿着圆周的路线所做的运动，像自行车车轮空转时，车胎、钢丝上的每一点都绕着车轴做圆周运动。也有一些物体的运动路线是扁一点的圆，叫椭圆。像地球和其他行星绕太阳旋转形成的圆圈就不是正圆。在天体世界，这种运动方式是非常普遍的。做圆周运动的物体，它运动的方向每时每刻在改变，因为它一直在拐弯，所以这是一种变速运动。

自由落体运动
可以忽略阻力，只在重力作用下降落的运动

自由落体运动是一种物体只受重力作用而从静止状态开始降落的运动。空气阻力忽略不计，只在重力作用下降落的物体，叫"自由落体"。如在地球引力作用下由静止状态开始下落的物体。如不考虑大气阻力，在该区域内的自由落体运动是匀加速直线运动。

转动
物体上各点都围绕着中心做圆周运动

运动物体上，除转动轴上各点外，其他各点都绕同一转动轴线做大小不同的圆周运动，这种运动叫作"转动"。物体上各点的运动轨迹是以转轴为中心的同心圆。当物体绕一固定轴线转动时，称为"定轴转动"，如门、窗、机器上飞轮的运动等。当物体绕一固定点转动时，称为"定点转动"，如回转仪的转子的运动等。

振动
物体或质点相对于平衡位置所作的往返运动

振动是一种很有规律的来回运动。做振动的物体每隔一段时间就回到它原先的位置上。钥匙上拴一根绳子，提着绳子一头，钥匙就竖直悬着。把钥匙拉向一侧，然后放开，它就不停地由这一侧摆向另一侧，又由另一侧摆回这一侧，这把钥匙就是在作来回振动。打开家中机械台钟的后盖，可以看见一个不停摆动的摆砣，它也在作振动。振动的特点是：一、振动物体在来回运动；二、振动物体每次都要经过一个平衡位置，或者叫中间位置，它不偏向任何一侧。振动的种类很多，有由于重力而引起的振动，如摇椅；弹性所引起的振动，如弹簧。

合成运动
两个或多个运动加起来的结果

自然界中物体的运动大多属于合成运动。合成运动指物体实际的运动情况是两个或多个运动加起来的结果。这个实际的运动叫合成运动，两个或多个运动就叫分运动。例如，从河一侧游到对岸去，如果水不动的话，垂直河岸游过去最近，用的时间也最短；如果水流动的话，我们向垂直河岸方向游过去，河水却将我们往下游方向带去一段距离，结果，实际游泳的路线是一条与河岸斜交的直线，但用时并没有增加。这条斜线就是合成运动的路线，这个合成运动可以看成是人垂直河岸游泳这个分运动，与河水沿着河岸流动这个分运动相加的结果。

下图为单摆的振动。在一定时间间隔内，用频闪照相机将单摆的振动拍成照片，就能清楚地看出单摆的速度变化。间隔较宽的地方，表示摆动速度较快。由图可知，正中央的速度最快，两端的速度为零。

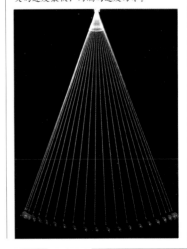

永恒运动

无需借助外力维持而能永远持续的运动

太空探测器能在太空中永远运行，因太空中没有空气，也就没有摩擦力使它减速。地球上不可能出现这种永恒运动，若无外力维持运动，则与空气或其他物体间的摩擦使物运动减慢直到停止。

一种假想中的"永动机"

牛顿第一运动定律

一切物体在没有受到力的作用的时候，总保持静止状态或匀速直线运动状态

宇宙飞船在发射台上保持静止状态，直至发动机起火，迫使它向上运动。物体这种保持静止状态或运动状态的倾向叫作惯性。在太空中，惯性能使飞机永远以同一速度持续运动，除非用发动机使飞船减速或加速，或者飞船撞到某个物体上。地球上的运动更复杂些，物体需在空气中或水里运动，这使物体减慢，同时引力把物体向下拉。

根据牛顿第二定律，要想施使质量很大的物体产生加速度，必须施加极大的力量，因此这种搬运车上装配着特殊的柴油引擎。

牛顿第二运动定律

速度的变化取决于力的大小及物体的质量

牛顿第二定律解释了物体受到外力作用时，物体是如何加速或减速的。速度的变化取决于力的大小及物体的质量。轿车的质量大于自行车的质量，所以轿车加速或减速时需要较大的力。

牛顿第三运动定律

两物体相互作用时，分别受到大小相等，方向相反的力

牛顿第三定律是：每个作用力都有一个大小相等、方向相反的反作用力。宇宙飞船的起飞就是这个原理，发动机中燃料的爆炸是作用力，飞船的运动是反作用力。

动量

物体质量与速度的乘积

物体的质量与速度决定物体的动量。比如说，你很难感觉有人用木片轻拍你的肩膀，但是如果那个人摆动木片，并用这块木片打你，你就会感觉到痛。木片并未加重，这是运动速度加快使其动量增加所产生的结果。

当白球与红球相撞时，白球将其大部分动量传递给红球。两球均向前运动，两球动量之和，与白球在碰撞前的动量相等。

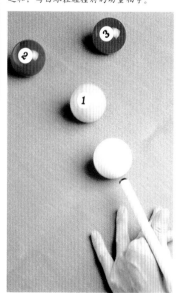

身体向前跌倒

在公共汽车载着乘客不停地往前行驶中，遇到意外紧急刹车时，乘客的身体会由于惯性而往行驶方向倾斜。

身体向后倾倒

静止时公共汽车的乘客有继续停留在原地的趋势，当公共汽车突然启动或加速时，乘客由于惯性而朝和汽车行驶方向相反的方向倾斜。

动量守恒

物体系统碰撞前后的总动量不变

力由一物体作用于另一物体，第二个物体会产生一个与该力大小相等但方向相反的力作用于第一个物体，所以两物体动量的改变率相等，但方向相反。两物体总动量并未改变，所以动量是守恒的。例如当一个运动的球与一个静止的球相撞时，所有动量都将转移到第二个球，如果两球质量相等，第二个球将以相同的速度和方向前进。动量守恒定律不但在宏观世界适应，就是在高速的亚原子粒子系统中也仍然成立。

牛顿

艾萨克·牛顿（Isaac Newton，1643～1727），英国著名的物理学家、数学家和天文学家。他一生为物理学的发展做出了杰出的贡献。他在前人研究的基础上，创立了经典物理学的理论体系；在光学上，他发现了色散现象，设计发明了反射式望远镜。他还在数学、哲学和天文学上做出了很大的贡献。

· DIY 实验室 ·

实验一：会发出声音的绳子

准备材料：细且坚固的绳子或线、45 到 60 厘米长且有两个孔的大钮扣。

实验步骤：1. 把绳子穿过钮扣孔，把末端打结。把钮扣放在绳子中央。

2. 把钮扣两端的绳子，各套在两只手的食指上。转动钮扣几次，向着你或往外转皆可，但要保持同一方向。

3. 当绳子"绕成一团"后，手分开，把绳子拉紧。然后手收拢，再分开。拉紧、放开交互进行，直到绳子解开为止。

4. 钮扣转得很快，最后会扭转到相反方向。如果你旋转得够快，还会听到嗡嗡声。

原理说明：这是惯性定律的作用。嗡嗡声是来自绳子周围空气震动的声音。

实验二：滚动比赛

准备材料：大小一样橡胶球和铁球各一个。

实验步骤：把橡胶球和铁球放在户外的空地上，在它们身上施加一个同样大小的推力，让它们滚动起来。你会发现橡胶球滚动得快，铁球滚动得慢。

原理说明：当你在橡胶球和铁球上施加了一个同样大小的力后，橡胶球得到的加速度比铁球得到的加速度大，所以橡胶球滚动得更快一些。

· 智慧方舟 ·

填空：

1. _____是物体保持静止或匀速状态的性质。

2. _____表示物体运动的方向和位置变化快慢的物理量。

3. 为了研究物体运动而假定为不动的那个物体，叫作_____。

4. 机械运动包括_____、_____和_____。

5. 动量表示物体_____和_____的乘积。

判断：

1. 速度指物体运动的快慢。（　　）

2. 如果一个物体在一条直线上运动就叫作匀速直线运动。（　　）

3. 自由落体运动是物体不受任何阻力，只在重力作用下降落的运动。（　　）

4. 牛顿第三运动定律是：每个作用力都有一个大小相等方向相反的反作用力。（　　）

5. 力发生作用时，两物体的动量是守恒的。（　　）

机械

撬起重物

1. 准备好格尺、书和小盒。
2. 把格尺放在小盒上，然后在格尺的一侧放一本书。
3. 把小盒放在靠近书的一边，轻压格尺看能不能撬起书，小盒放在格尺的中间，再轻压一次格尺；把小盒放得离书远一点，再轻压一次格尺，你会发现这三次用力所产生的效果截然不同。

想一想 为什么每次小盒换位置，用力会产生不同的效果？

机械就是能够帮助人们用简便方法来完成复杂工作的装置。有些机械的构造很简单，例如，杠杆、楔子、螺旋、轮、轴和滑轮等等。而结构复杂的机械则通常是简单机械的合体，并通常依靠发动机或马达发动。

作用力

作用在杠杆臂上的压力或推力统称为作用力。用力的目的是克服物体的重量，也就是负载。

负载

支点

简单机械
一种使作用力发生改变使之更加有效地做功的装置

所有机器都是由六种最简单的机械组成的，它们是杠杆、轮轴、斜面、螺旋、劈和滑轮。能加到机械上的力称为作用力，而机械做功的力称为负荷。不管是什么机械，它们都有一个相同的作用，那就是帮助人们做事，许多像开罐头、紧螺丝等习以为常的事情，离开机械，人们很难办到。

杠杆
一种用于移动物体的简单机械

杠杆是由三部分构成的：把被移动的物体称为负载；用来移动它的力量称为作用力；杠杆还需要一个枢轴，或者叫支点。将一根木头当作杠杆并将它放在一块小石头(作为支点)上，它就可能举起重得多的物体。

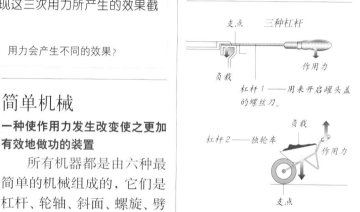

支点　三种杠杆

作用力

负载

杠杆1——用来开启罐头盖的螺丝刀。

负载

杠杆2——独轮车

作用力

支点

作用力

杠杆3——渔杆　*负载*

支点

杠杆的种类
按力的作用点所分的类别

杠杆机械分为三类。第一类最为常见，即杠杆的支点在负载和作用力之间。属于这种类型的有天平和螺丝刀。第二类是指负载在支点和作用力之间的杠杆，属于这种类型的有坚果钳和独轮推车。第三类是指作用力在支点和负载之间的杠杆，属于这种类型的有锤子、镊子以及渔杆等。

轮轴

由一个大轮与一个轴组成的简单机械

　　汽车方向盘是常见的轮轴。司机用不大的力偶转动汽车方向盘，在轴上就能产生很大的力，使汽车灵巧地转弯。在大轮上施力，在轴上可获得较大的力，这种轮轴是一种省力机械。轮轴有各种形态，不一定有明显的轮和轴，例如，带锁的门把子，拧螺丝钉的起子，其较粗的手柄也相当于大轮。辘轳和卷扬机的摇臂，也相当于大轮。

斜面

可以节省移动物体所需的作用力的斜坡

　　斜面是与水平面成一定角度的平面。在斜面上推或拖一重物，使它沿着斜面向上移动时，比使重物沿竖直方向升高省力。例如把重物搬上运货汽车时，为了省力，往往利用一块斜滑板。斜面与水平面之间夹角越小，升高重物时就越省力。如扶梯和有坡度的路面等也是斜面，在坡度较小的扶梯或路面上行走比较省力。

斧头是一种劈。

螺旋

利用斜面原理组成的简单机械

　　螺旋可看作为一圈一圈绕轴旋转的斜坡，就像一张楔形的纸旋绕着一只铅笔。螺纹可以使力增加，因此越好的螺纹，增加的力就越大。起子旋转螺丝钉就可以将其镶入木头中。这是将物体固定在一起的简单而有效的工具。不过施加在螺纹上的力有一定的限制，因为太大的力会使螺纹被破坏。

螺旋是环绕在圆柱体上的斜面。转动螺旋，斜面也会急上急下。

劈

由背靠背的两个斜面组成的简单机械

　　劈可以看成背靠着背的两个斜面。在使用劈时，劈不是作为斜面上运动的那个物体，相反，它作为斜面自身在运动。凿子、斧子和犁铧等工具就是利用劈的原理做成的。例如，某人用一把斧头劈木头时，他施加一个作用力于斧头柄上，斧头柄施加一个力于斧头背上，斧刃同时产生一个力，正是这个力将斧头推入木头中，并穿过木块，把它劈成两半。

劈的作用示意图

滑轮

周边有槽可绕中心轴转动的轮子

　　滑轮也是一种简单机械，它通常是由一个带凹槽的轮子绕上绳索、缆绳或链条组成的。人们常在绳子的一头系上重物，拉动另一头，把重物提起来。滑轮分为动滑轮和定滑轮两种，动滑轮可以省一半的力，但不改变力的方向，而定滑轮没有机械优势，它的作用不是省力，而是改变力的方向。向下用力比向上用力更方便、更容易。

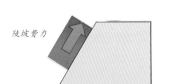

陡坡费力

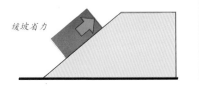

缓坡省力

这是一个滑轮组。上面是定滑轮，是固定的；下面是动滑轮，通过绳子和定滑轮穿在一起，可以上下移动。

定滑轮

动滑轮

负载

复杂机械

由若干简单机械组合而成的机械

复杂机械由两种或两种以上简单机械组合而成。剪刀就是由两个杠杆和两个斜面(即刀刃)共用一个支点组成的复杂机械。生活中，几乎所有带活动零件的物体都可以看作是机械。比如门把手，就起到了杠杆的作用，通过它转动镶在门上的轴，从而可以轻易地开门或关门。

启瓶器

利用螺旋和杠杆原理制成的机械

启瓶器通常是结合了螺旋和杠杆的原理用以减小拔出塞子所必需的力。这个工具包含了这样两种简单的机械，使之工作起来更有效。

滑轮组

由定滑轮和动滑轮组成的滑轮装置

几个滑轮组合在一起，就是滑轮组，滑轮组里有定滑轮和动滑轮。例如，有两个滑轮，其中定滑轮位置固定，拴在较高的横梁上，而动滑轮钩住需要移动的物体。绳子的一端系在定滑轮上，然后将另一端从动滑轮下面穿过，再穿过定滑轮，拽动自由一端的绳子，就会将力作用于物体上，并将其吊起。因此滑轮组常被用于建筑工地和工厂，人们用它提重物或搬运机械。

骑自行车时、踩住踏板、用力转动链轮，链轮上的链条带动后面的变速轮，自行车便向前行驶。

齿轮组

能精确控制轴或轮的转速、运转方向、扭转力矩大小的简单机械

齿轮是轮边上有齿牙的轮轴，一般是成组使用。齿轮相离时采用链条传动，也可以成角度相连，用轮边上的齿牙啮合传动。齿轮组传动效率很高，不会丢转。主动齿轮与从动齿轮的转动方向正好相反。从啮合点看，主动齿轮与从动齿轮的线速度是相同的，因轮的半径不同而有不同的角速度，从而改变了从动轴的转速。又因齿轮组传递的功率是不变的，从动轴转速的变化会改变轴扭转力矩的大小。当从动轴的转速慢于主动轴时，便可获得较大的扭转力矩；反之，亦然。这些特点使齿轮组广泛用于各种机械。

这是简单的齿轮示意图。两个齿轮啮合在一起，转动其中一个，就能带动另一个。小齿轮比大齿轮小两倍，转动的速度比它快两倍。

把手

刹车

车座

后链轮

前链轮

车链

踏板

链条

链条

齿轮系统之间的传动装置

自行车利用了链条的传动。将链条套在两个有齿的轮子上，形成一个齿轮系统，踏板转动前链轮，通过链条再使后链轮转动，后链轮又连接着后车轮。这样自行车就开始前进。有些自行车有好几个前链轮和后链轮。当你换档时，就会移动链条使其卡入与你要求的最适配的齿轮中。上陡坡时使用最小的前链轮和最大的后链轮，在平路和下坡时使用最大的前链轮和最小的后链轮。链条传动的效率较高，不会出现丢转的现象。

发动机和马达

为现代机械提供动力的装置

现代机械大多用发动机和马达作动力。发动机能够把热能、电能等变成机械能，带动其他机械工作。最早的发动机是蒸汽发动机，由蒸汽产生热能。现在发动机叫内燃机，依靠燃料在发动机内部燃烧时产生热能而工作。汽车发动机就是内燃机。汽油燃烧时推动汽缸里的活塞往复运动，曲轴把往复运动变成回转运动，带动车轮旋转。马达又叫电动机，是把电能转变为机械能的动力机械。电能来自电站或蓄电池。

· DIY 实验室 ·

实验：制作简单滑轮组

准备材料：2个铁丝晾衣架、2个空线轴、2把椅子、约3米长的细绳、木棍、剪刀、书。

实验步骤：1.把2个晾衣架掰开，在每个衣架上分别套一个线轴，然后把晾衣架掰回到原来的形状。

2.把2个椅子背对着放在一起（中间最好留一定的距离），在两个椅子的靠背上架一根木棍。

3.把其中一个衣架系在木棍上。

4.用细绳捆住书本，把细绳的另一端挂在两个线轴上，把两个线轴连在一起。

5.牵着细绳从线轴上挂下来的那一端往上拉，直到书本离开地面。当你牵着绳子往上拉时，书本迅速离开地面，向上升起。（这比你自己用手提书本省了不少力）。

原理说明：简单滑轮组是由两个有着一条共同轴线的滑轮组成的。由于物体的重量分散在两段绳子上，所以，当你使用简单滑轮组时，只需要用一半的力气就可以提起重物。

· 智慧方舟 ·

填空：

1.简单机械包括_____、_____、_____、_____、_____和_____。

2.劈是利用_____原理制成的。

3.滑轮组一般由_____和_____组成。

4.大多数齿轮都由_____和一个外缘带齿的轮子组成。

5._____是能够为现代机械提供动力的装置。

判断：

1.杠杆一般分为三类。（   ）

2.扳手转动螺母时利用的简单机械是轮和轴。（   ）

3.剪刀是一种简单机械。（   ）

4.启瓶器是利用螺旋和杠杆原理制成的。（   ）

5.自行车链条通过齿轮运转。（   ）

6.发动机能够把电能转化为机械能。（   ）

—热与能—

能量与功

· 探索与思考 ·

反弹

1. 准备好实心橡胶球、圆珠笔。
2. 把笔尖插进球。注意不要把笔尖全部插进球。
3. 拿住笔，将有球的一端朝下，手臂平举。现在，扔下笔和球，结果笔甩掉球，像箭一样弹去。与之相反，球还没有笔弹得高。

想一想 球为什么没有笔弹得高？如果没有球，笔会弹现在的高度吗？

所有东西都需有能量才能生存、移动或运作。植物的生存需要能量，人类通过进食获得能量维持生命；机器需要能量才能运转：有的利用电力，有的则燃烧燃料利用其蕴藏的能量。这些所有的能量差不多全都来自太阳。能量有许多不同的形式，从核能和化学能到热能、电磁能和电能等。在机械系统中，两种主要的能量形式是势能和动能。能量与做功有密切联系，能量反映了物体做功本领的大小，能量的大小可以用能够做功的多少来量度。它们是同一事物的两个方面，常用同样的单位计量。

功

能产生力量来推动或改变一个物体状态的情况

物体如果受到力的作用，并且在力的方向上运动了一段距离，这就是功的定义。功的两个不可缺少的要素是：力和在力的方向上动的距离。例如，推车前进，车受到了推力，并且在此力的方向上运动了一段距离，是推力对物体做了功。可是如果人们手拎重物站住不动，或者走了一段距离，尽管付出了力，却没有对重物做功，所以功的表达式为："功＝力×物体在力的方向上运动的距离"。用于衡量功的单位是"焦耳"，它是以英国物理学家焦耳的名字命名的。

功率

表示物体做功快慢的物理量

做功有快有慢，为表示做功的快慢，科学家提出了功率的概念。功跟完成这些功所用时间的比值叫功率。功率的数值是单位时间内所做的功，也就是每秒钟所做的功。例如我们爬楼，无论是走上去还是跑上去，所做的功都是一样的，但经验告诉我们，跑上去要比慢慢走上去累得多，这就是因为跑上去时做的功率比走上去时的功率大的缘故。功率的国际单位是瓦特，称为瓦(1瓦＝1焦耳／秒)，这个单位是以英国发明家瓦特的名字来命名的。功率也可用马力来表示，1马力等于745.7瓦特。

机械能

物体所具有的做机械运动的能量

机械能时时刻刻存在于人们身边，比如行驶的汽车、飞行的飞机等都具有机械能。机械能包括动能和势能。

车在人的推动下向前行进了一段距离，那么，我们就可以说人对车做了功。假设此人给车的推力为300牛顿，车前进了5米，共用了10秒钟的时间，那么人对车所做的功为300×5=1500焦。功率为1500÷10=150瓦特。

动能

由于物体运动而具有的能量

动能是机械能的一种。物体所具有的动能取决于物体的质量和运动速度。同一物体，速度越大，则动能越大。流水和任何运动的物体都具有动能。

保龄球顺着球道往前滚，最后把瓶子撞倒了，这说明保龄球具有动能，而且能量发生了转移。

势能

与物体位置有关的能量

势能是由相互作用的物体之间或物体本身的各部分之间的相对位置或位形所具有的能量，势能分为三种，即重力势能、引力势能和弹性势能。物体由于被举高而具有的能量，叫作重力势能。例如：被举高的重锤、空中的飞机、扔到空中的蓝球等都具有重力势能。万有引力是引力势能的一种。物体由于发生弹性形变而具有的能力，叫作弹性势能。例如：拉长的橡皮条、弯曲的直尺、拉开的弓等都是由于弹性形变而具有的能量，所以具有弹性势能。

热能

分子热运动的动能

人们曾经以为热是一种能从热传递到冷的流体，但事实并非如此。热实际上是一种动能，它由物质内部来回振动的分子引起。物体的温度越高，分子运动得越剧烈，物体所具有的热能就越多，热能总是将能量从高温区传向低温区，比如，一杯热饮料中的能量能从饮料传到周围温度低的空气里。热能的多少往往用温度来衡量。

水坝里的水蕴含有势能。

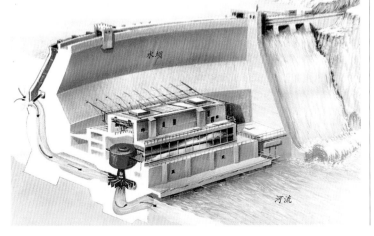

水坝

河流

电磁能

以波的形式传播的一种能量

我们每天看到的光就是一种电磁能。电磁能以各种各样的波的形式传播，这些波同时具备某些电的属性和磁的属性。除了可见光外，紫外线、微波和红外线都是电磁能的表现形式。太阳和其他恒星都能释放出巨大的电磁能。电磁能是基本的能量形式，所有生命的存活都与此息息相关。

CT机使用的是电磁能。

光子

具有电磁辐射性质的粒子

光子是具有电磁辐射性质的粒子。电磁辐射与波类似，但可以确定的是电磁辐射波只会以波包形式出现。波包是具有特定能量的粒子。它的能量与辐射的频率成正比。德国物理学家普朗克是第一个揭示上述理论的人。

人们吃的食物里含有化学能。

化学能

存储在化合物化学键里的势能

燃料燃烧时所产生的热能由燃料物质中的化学能所形成，例如：燃烧液态丙烷时，液态丙烷中的碳原子和氯原子结合之际所具有的化学能，比燃烧所形成的二氧化碳以及水中的化学能多，多余的化学能以热的形式释放出来，于是造成了燃烧液态丙烷会产生热的结果。像这种储存于物质分子中的能量就是化学能。各种化合物，比如人们吃的食物，用来点蜡烛的火柴都储存有化学能，甚至人们身体的细胞里也储存有化学能。

电能

在电线中流过的或振动的电子所具有的能量

当你晚上脱毛衣时，时常被静电击中，你所感受到的就是电能。运动的电荷形成电流，并产生了电能。电器设备，如收音机、电灯及电脑等，用的都是来自电池或发电厂的电能。

原子能

一种储存在原子核里的势能

原子核发生核聚变或核裂变时，就会释放巨大的能量。原子能做和平用途时可以生产电力，但如果用来制造核弹，破坏力便很强。太阳能也是一种原子能，它发生的是轻核聚变。

能量循环

各种能量之间的循环

人们利用的能量几乎全部来自于太阳。太阳的能量穿越太空来到地球上让植物生长。植物为人类提供粮食，以植物为生的动物为人类提供肉类，这些都是食物能量的来源。植物还为我们提供燃料，因为煤和石油这些化石燃料都是几百万年前的植物和微生物形成的。雨水要凭借太阳能才可以从海面上蒸发而成，等雨水落入江河中后，又可以给人类提供水电的便利。

太阳能的传播形式

在太阳的内部，核反应产生巨大能量，以光能和热能的形式从太阳表面释放出来，在未来的50亿年里，太阳将仍有足够的核能令它发光。

来自太阳的能量
平均来说，每平方米的地球表面从太阳所得到的能量，跟从一个有一根发热棒的电热炉产生的能量相同。

植物和动物储藏的能量
绿色植物利用太阳能把水和空气中的二氧化碳等简单的物质变成食物。我们以进食植物或动物取得能量，而动物又以植物为食，所以说我们的能量归根结底来自太阳。

生活所需的能量
我们所吃的食物供给我们能量，即使睡觉也需要能量保持体温和维持体内器官运作。白天我们就需要更多的能量来活动肌肉。

矿物燃料中的能量
千百万年前，植物和小生物生长时，从太阳吸收能量。它们死去后，被一层又一层的沙石覆盖，沙石渐渐形成岩层。年深日久，这些死去的动植物变成煤、石油和天然气，称为矿物燃料。

来自矿物燃料的能量
我们在地下开采煤矿、石油和天然气。石油经过提炼，制成汽油、煤油和柴油需经燃烧，才能释放能量。这个燃烧过程在暖气系统、发电站，以及汽车、货车、火车、船和飞机内的引擎中进行。

能量守恒

能量永远不会消失、创造、减少或增多

　　能量不能被创造也不能被毁灭，能量只能从一种形式转换成另一种形式。比如，当你举起铁锤敲钉子时，举起的铁锤就拥有了势能。当铁锤砸到钉子上时，能便做了功，钉子被钉进了木头里，势能（储存的能量）就被转化成了动能（运动的能量）。也就是说，能量是守恒的，它的总量保持不变，在某一过程结束时，能量的总量和开始时一样。能量守恒原理表明：宇宙中的总能量一直是恒定的。

弓箭手用弓箭射击时，能量发生了转换，但总能量未变。

焦耳

　　詹姆斯·焦耳（James P·Joule，1818～1889），英国物理学家。他与开尔文及化学家道尔顿共同从事研究工作。他由所做的实验，发现热的产生通常是因为另一种能量的流失所造成的，因此他推导出热本身也是一种能量类型的观点。能量单位后来便以他的名字来命名。

· DIY 实验室 ·

实验：自制太阳能炉

准备材料：鞋盒、圆规、铅笔、剪刀、硬纸板、铝箔、胶带、打孔器、木签、一端可弯曲的吸管、蛋糕。

实验步骤：
1. 用圆规在盒子的侧面画个弧，弧线要基本画在长边的中间。在盒子的另外一面也画个对应的弧形。用剪刀将两个弧形剪下。
2. 在弧形缺口上放一块纸板并使纸板与弧形相适合。在纸板的两侧分别用铅笔做个记号来标明要在什么地方剪下。把纸板拿下来，并将其剪成与弧形相适应的形状。
3. 将纸板剪好后，将一面涂满白胶，然后粘上铝箔，铝箔的光面朝上，尽量不要把铝箔弄皱，要保持平整。
4. 将用铝箔覆盖的硬纸板安到弧形部位，亮面朝上，将纸板用胶带粘到盒子上。
5. 从硬纸板上剪下两个长方形，并在每个长方形的中央剪个孔，距一端2.5厘米。将长方形纸板用胶带固定到盒子的两个侧面，两个孔在弧形铝箔两面的顶部。
6. 将吸管用胶带固定在木签子的一端，并将其弯成一个柄。
7. 将木签从一个孔中穿过，把蛋糕穿到签子上，然后将签子推入另一个孔中，这样方形纸板就可能支撑它。将盒子放在室外的阳光下，定时转动手柄以便使蛋糕均匀受热。这样一个太阳能炉就制成了。

原理说明：来自太阳的热能可以通过反射和聚焦变得更强、更热。弧形铝箔的弧度变大或变小，可以反射更多阳光，以此来聚焦热量。

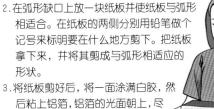

· 智慧方舟 ·

填空：

1. 功有两个不可缺少的要素，分别为_____和_____。
2. 功率是_____和_____的比值。
3. 地球上所有的能量都来自于_____。
4. 机械能包括_____和_____。
5. 运动的物体具有_____能。
6. 水坝里的水具有_____能。
7. 化学能是存储在化学键里的_____。
8. 弓箭手弯弓射箭时，箭具有_____，当弓箭手松开弓弦的时候，弓箭具有了_____，于是箭就射了出去。

热

煎、烤、炒食物

探索与思考

比比谁热得快

1. 准备好耐热罐、木尺、金属汤匙、塑料抹刀（这三者的长度最好都差不多）、热水、牛油和冷冻豌豆。
2. 分别在木尺、金属汤匙、塑料抹刀的顶端用牛油固定一颗冷冻的豌豆，然后把另一端放进耐热水罐里。
3. 把热水倒进罐子里，热会经由水朝物体的上方传导使得牛油融化。你会发现金属汤匙上的牛油很快就会融化，首先让豌豆掉下来。然后是木尺和塑料抹刀。

想一想 为什么三种物品上的牛油融化的快慢有所不同？

热传导

热量传递的一种基本方式

热传导不借助于物质的宏观移动，而是由于大量分子、原子或电子的互相撞击，使能量从物体的温度较高部分传至温度较低部分的过程。热传导是固体中热传递的主要方式。其特点是没有做功而使内能改变。比如把金属匙放进热茶，匙柄不久便会热起来。茶的热能使匙柄下半部的分子加快振动，这个能量传到邻近的分子，令这些分子振动得更快。在气体或液体中，热传导进程往往与对流同时发生。各种物质的导热性能存在差异，金属的导热性能较强，所以做饭的炊具大多是金属的。木头的导热性能较差，所以水瓶塞子、炒菜的铲柄等物品常用木头制成。此外石棉的导热性能也较差，常被用作绝热材料。

热 是一种能量，温度较高的物体可以向外辐射热，比如火焰。热能从温度高的物体传向温度低的物体，如加热一锅水。热是物质分子运动的一种表现，它来自人们对冷热的感觉，如天气热，火炉热等。其实热的本质是物质中大量的分子做无规则运动，这种运动越剧烈，物体的温度就越高。加热可以使物体的温度变得越来越高，直至熔化或沸腾。

热运动

物质中分子的无规则运动

热是物质的一种运动形式，目前知道构成物质的分子、原子和电子等所进行的无规则运动即属于热运动。热运动越剧烈，物体的温度越高。

物质中大量原子的剧烈运动导致了热的产生。

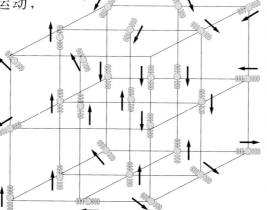

热对流

液体或气体中较热部分和较冷部分之间通过循环流动相互掺和，使温度趋于均匀的过程

热对流是液体或气体热传递的主要方式。对流往往自然发生，例如煮水时水的上下循环流动。对流现象在房间取暖过程中很重要。中央暖气设备就是用产生对流气流的方式将暖气传送到各处，使房子内暖和起来。双层透明的窗户可以防止暖气自房里逸出，因为在两片玻璃间的地方，其空间并不够产生对流以传送热气。对流现象也发生在大气中，上升的暖气流可以让鸟不用拍动翅膀就可以在空中翱翔。

热辐射

借助电磁波传递能量的方式

不管冷热程度和周围情况如何，物体经常以电磁辐射的形式发出能量。热辐射是传热的方式之一；和热传导、对流不同，它能把热量以光的速度穿过真空从一个物体传给另一物体。太阳传给地球的热量就是以热辐射方式经过宇宙空间而来的。

热辐射
热以波的形式移动。

利用放大镜来烧纸

热绝缘

物体不与外界发生热量交换的状况

人们通常用棉絮、石棉等导热不良的材料或真空夹层将物体与其周围隔离，以保持其温度不变。有时还用镀银的反射面包围物体，以减少其与周围物质通过热辐射而发生的热交换。例如保温瓶就是通过真空夹层和镀银面来实现绝缘的。

热对流
热随着物质的流动而移动。

烧水

膨胀

一个物体体积或长度的增加

膨胀现象一般在温度改变时出现，通常温度升高会引起物体的膨胀，这是因为较高的温度使得组成物质的分子运动加快，分子间的距离加大。因此，金属道路和铁路桥的长梁都有小缝隙，以便让金属在天气炎热时有空间膨胀。

收缩

一个物体体积上的缩小或减少

当物质被冷却时，组成此物质的分子振动会变慢，此时，分子间的吸引力会将分子吸附得更为靠近，所以物质就会轻微地收缩。也有不少物质在一定温度范围内（例如水在0℃～4℃之间）温度上升时，体积反而缩小。气体也会因为压力的改变而产生收缩，这种情况一般是在压力变大的时候发生。

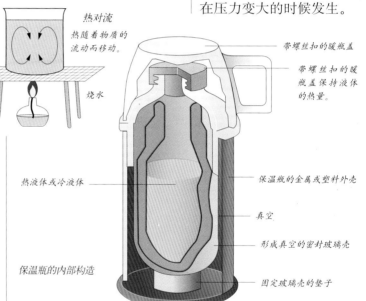

带螺丝扣的暖瓶盖

带螺丝扣的暖瓶盖保持液体的热量。

热液体或冷液体

保温瓶的金属或塑料外壳

真空

形成真空的密封玻璃壳

固定玻璃壳的垫子

保温瓶的内部构造

温度

某物质含有的热能的多少

温度不同于热量。热是能量的一种，而温度是物体的冷热程度。温度通常用摄氏度（℃）来表示，水在0℃时会结冻，在100℃时会沸腾。我们用温度计测量温度，人的体温通常是37℃左右。

温度计

精确测量温度的仪器

常用温度计是根据液体热胀冷缩的性质制成的。温度计有各种不同类型，如体温计、电阻温度计、辐射高温计、光测高温计、气体温度计等。

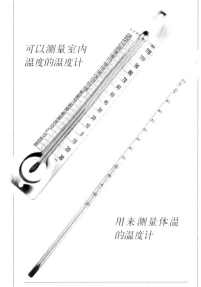

可以测量室内温度的温度计

用来测量体温的温度计

华氏温标

一种度量温度的温标

华氏温标是以德国科学家华伦海特的名字命名的，符号记为"F"。华伦海特是第一个制造酒精温度计和水银温度计的人，他以冰和盐的混合物的温度作为0°，并以这种温标为标准，纯水的温度为32°F，水的沸点定为212°F。

摄氏温标

一种测量温度的标准单位

现在人们经常使用的摄氏标温(单位符号℃)是瑞典科学家安德斯·摄尔修斯发明的。摄氏温标规定水的沸点为100℃，而冰点为0℃。在实行公制的国家中，摄氏温标是测量温度的标准。

量热器

测定热量并用以测量比热、潜热和化学反应热的仪器

量热器最普通的结构是把一个金属杯放在另一个有盖的大杯中，并插入搅拌器和温度计。两杯并不直接接触，夹层中充满不传热的物质(一般用空气)，使热量不致散失或传入。内杯中放一定量的水，使它同投入的已知温度和质量的待测物体进行热交换，用搅拌器搅拌使温度迅速变得均匀。然后测量水在待测物体投入前后的温度差，就可以确定所传递的热量，并由此推算比热、潜热或化学反应热等量值。

量热器的内部构造

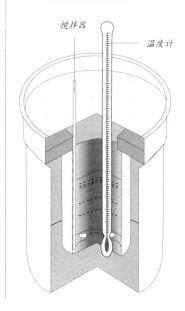

搅拌器

温度计

开氏温标

一种用于测量某一个系统的绝对温度单位

开氏温标又称热力学标，是英国科学家开尔文爵士于1848年提出的。符号记为"K"。开氏温标以绝对零度为起点，水的冰点定为开氏273.16°(或写为273.16K)，即相当于摄氏温标0°，水的沸点定为开氏373.16°。

比热

1克物质温度升高1℃时所需吸收的热量

各种物质的比热不同。对同一物质(特别是气体)，比热的大小又与加热时的条件，如温度的高低、压强和体积的变化情况有关。此外，同一物质在不同温度下比热也不同。如水的比热为1卡(克·度)，冰为0.5卡(克·度)。

热力学定律适用于任何热能改变的系统，热力学定律充分说明热能是如何转换成为功而推进火箭。

气体吸收热能

气体逐渐膨胀并加热，使内部能量增加。

热能转换为功

压缩气体并冷却，停止做功。

燃料　气体　点火

热力学

研究热现象中物态转变和能量转换规律的学科

热力学从大量经验中总结了自然界有关热现象的一些共同规律，而且得出热力学第一定律、热力学第二定律及热力学第三定律。第一项定律是：热只是能量的一种形式，且宇宙中总能量守恒不变。热力学第二定律阐述道：热能必由较热的物体传向较冷的物体，不会有热逆流情形。第三项定律认为：无论任何方法都无法使得热自动流失而达到开氏温标绝对零度的状态。因为物质会立即吸收周围物体的热量来补充自己。

华氏度与摄氏度之间的转换

摄氏度和华氏度之间的温度转换非常容易。

将华氏度转换为摄氏度时，把华氏温度减去32再除以1.8。

例一：将76°F转换成摄氏度

76－32＝44

44÷1.8＝24.4

因此，76°F＝24.4℃

将摄氏度转换为华氏度时，把摄氏温度乘以1.8再加32。

例二：将35℃转换成华氏度

35×1.8＝63

63＋32＝95

因此，35℃＝95°F

· DIY 实验室 ·

实验：制作温度计

准备材料：水和冰、酒精、透明的细口玻璃瓶或罐、漏斗、烧杯、食用色素、透明塑料吸管、模泥、白纸和胶带、钢笔和剪刀。

实验步骤：1.量出等量的酒精和凉水。用漏斗将液体倒入瓶子，将瓶子装满。

2.往瓶中加入几滴食用色素（任何颜色），并摇动瓶子使液体混合。

3.在瓶盖上打个孔，把吸管插到瓶盖上，吸管要恰好浸到液体中。使吸管固定在合适的位置上，用模泥将吸管的周围封严。

4.剪下一块纸并将纸粘到吸管上。

5.随着液体达到室温，它将沿吸管上升。将液体达到的高度在纸上标为"室温"。

6.把温度计放在一个热水烧杯里。当液体上升时，将液体达到的高度在纸上标为"热水"。

7.将温度计放在一个冰水烧杯里，并放置几分钟。将液体在纸上达到高度标为"冷水"。这样一个温度计就做成了。

原理说明：大多数液体都有热胀冷缩的性质，我们利用这个性质来确定"室温"、"热水"、"冷水"三种标度，从而制成了温度计。

· 智慧方舟 ·

填空：

1.构成物质的分子、原子和电子等进行的无规则运动属于_____。

2.热量传递包括三种方式，分别为_____、_____、_____。

3.物体的膨胀现象指的是物体_____或_____的增加。

4.保温瓶通过_____来实现热绝缘。

5.温度是物质或物体所含_____的计算单位。

判断：

1.热是物质运动的一种形式。（   ）

2.热对流是气体或液体热传递的主要方式。（   ）

3.温度计是根据热胀冷缩的原理制成的。（   ）

4.膨胀现象一般在温度改变时出现。（   ）

——交通运输——

船

· 探索与思考 ·

沉与浮

1. 准备好16个曲别针、大小相等的两张锡箔纸、水。
2. 用一张锡箔纸包住8个曲别针，紧紧包成一个小纸团。
3. 将另一张锡箔纸的四边向上折起，做起一个小纸盘。把8个曲别针放在纸盘上。
4. 将纸团放入水中，纸团沉到水底。
5. 将纸盘放入水中，纸盘浮在水面上。

想一想 为什么纸团与纸盘在水中会出现一沉一浮的现象？

船是人类使用最久的运输工具。由最早的独木舟到帆船，再到以蒸汽机、内燃机以及核能为动力的船只，都是采用"空心"的办法增大可用的浮力。现代船的构造同以前的船只相比已经越来越复杂。由于船只可以装载大量的货物，所以在货物运输方面船只发挥着举足轻重的作用。为了一次性装载足够的货物，超级油轮应运而生。同时因为安装了抗拒海浪的回转稳定器，所以油轮可以在江海航行中安全而又高效地完成运输任务。

船浮起的原理

利用浮力的作用使船浮起来

上面所做的实验其实已经说明了船为什么能浮起来。把一个物体放入水中时，如果所排出的水重与物体的重量相等，那么物体便会浮在水面上，这是因为有和排出之水重量相等的浮力在起作用的缘故。船能在水上航行也是依照这个原理。而且，所有的船都是中空的，因而平均密度小于水。船进入水中，只要在载重量不超过吃水线，船就可以安全地浮在水面上。如果超载，就有发生沉船的危险。

船的稳定性

使船在海浪中保持稳定状态的性能

现代航船之所以舒适平稳，是因为有一种稳定船身的装置——回转稳定器。这种稳定器由一对旋转翼片构成，船身两侧各有一片，翼片连接到发动机驱动的回转仪上，船身开始晃动时，翼片也开始旋转，回转仪随即同步转动以抗拒翼片的转动，并因此减轻船晃动的程度。大型远洋货轮在深海中靠将水从船的一边抛到另一边的方法来保持平稳，当船身向一侧倾斜时，水通过一根管子流向位于相反那一侧的水缸里，以此来保持整艘船的平稳。

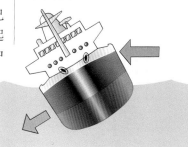

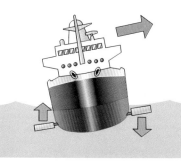

回转稳定器是用来稳定船只的大型回转仪。旋转中的回转仪会抗拒企图改变其轴向的力，因此，回转稳定器可以抗拒海浪对船身的晃动而使船只逐渐回复稳定状态。

动力引擎

使船产生航行动力的机器

目前船所用的动力引擎，大多以涡轮机和柴油引擎为主。涡轮机虽需使用大量燃料来发动，但产生的动力也相当大；柴油引擎则只需少量燃料即可运转。此外还有一种核动力船，使用核动力引擎。

涡轮机

能驱动船只高速行驶的动力引擎

涡轮机能产生相当大的动力，因此多用于大型船只。许多高速行驶的船只都采用燃气涡轮机，燃气涡轮机是一种小型、可产生大动力的动力引擎，具有极高的转速，需要复杂的变速系统变速后带动螺旋桨。这种引擎通常使用在气垫船上。

柴油机

能提供大功率动力的引擎

狄塞尔于19世纪末期发明的柴油发动机广泛应用于各种型号的船只。柴油机利用燃料在汽缸中爆炸，获得推力，利用转动曲柄轴，驱动螺桨轴及螺旋桨前进。持续低速行驶、节省燃料是柴油机的特点。由于它功率大，芬兰等国的破冰船也使用柴油机。但这种柴油机转速较慢，体积也过于庞大。

核能

利用原子能来驱动船只的动力

核能动力船利用原子炉产生水蒸气来驱动涡轮机。其优点是只需少量的燃料，即可航行相当长的时间，但核能存在潜在危险，这种危险性意味着核能很难广泛用于商船。现在，核能主要用于军事船只上。

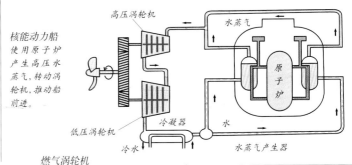

核能动力船使用原子炉产生高压水蒸气，转动涡轮机，推动船前进。

高压涡轮机　水蒸气

低压涡轮机　冷凝器　冷水　水　水蒸气产生器

原子炉

燃气涡轮机

燃烧室　叶轮　减速齿轮

空气

螺桨轴

螺旋桨

驱动船前进的一组旋转叶片

螺旋桨由发动机提供动力在水中转动，它以较高的速度将水向后推，水的反作用力使船前进。在船运领域，螺旋桨现在仍是应用最多的推进设备。

满载吃水线标记的含义

S　夏季的满载吃水线
W　冬季的满载吃水线
WNA　冬季在北大西洋的吃水线
T　热带的满载吃水线
F　夏季在淡水中的吃水线
TF　在热带淡水中的吃水线
C　深水区的满载吃水线

水流喷射器

一种新型推进装置

水流喷射器的基本构造为一条长管，其中端装有高速旋转的叶轮。海水从喷射器的前部管口吸入，经叶轮加速后从后部管口高速喷出，推动船只前进。喷射器最初主要应用于滑艇等小型船艇，但现在已装配于水翼艇和其他高速客运船上。

满载吃水线

船能在水面上漂浮的最低位置

船上如果货物装得太多会有危险，因此，为了解船所装载的货物达到何种程度的吃水量，通常在船舷（船侧）附上满载吃水线标志。下图中所示的是航行远洋区域、近海区域的船只上所附的标志。满载吃水线因航线的不同而有变化。

满载吃水线的标志示例

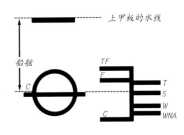

上甲板的水线

船舷

TF
F
T
S
W
WNA
C

气垫船

利用船底与水面间的高压气垫作用，使船体部分或全部离开水面，以实现快速航行的船舶

气垫船在船底附加一圈由橡胶制成的垫子，里面充塞高压气体，利用尾端的螺旋桨装置推动前进。

气垫船在真正意义上并不是船，它靠巨大的气流完全离开水面，像飞机一样在波浪上面"飞行"。气垫船上的大型风扇使下向气流通过船外沿的通气口。这些气体被柔软的橡胶围所阻挡，在船下方蓄积起来，将船体上托。船尾安装的两部风扇由分立的发动机驱动，形成推力使船前行。船的航向由螺旋桨后部的方向舵和船首的推进器控制。由于船体的重量通过气垫被分散到很大的面积上，所以气垫船也可以在加拿大北部冻土层这样的复杂地形上行驶。

船坞

停泊、修理或制造船只的场所

船坞一般设在沿海地区或大江大河的河口地带。船只进出有些船坞时要通过一些水闸，这就要求船坞里面的水位始终能保持在一定高度。船的一部分零件在船坞制造，另一部分则在其他工厂制造，但最终都要在船坞中进行组装。船坞有很多种结构。最古老的船坞是岸壁型船坞，只是简单地沿着海岸修筑的一道岸壁。岸壁起着加固海岸和停靠船只的作用，为船只提供装卸货物的平台。平台式船坞是沿海岸伸入海中的长方形平台，有一条通道与海岸连接。浮桥式船坞是浮于水上并可移动的船坞。它会随着水位的变化而上升或下降，为便于登岸，有一道栈桥通过铰链与海岸连接，另一端则搭在船坞上可以自由升降。

水翼船

利用装在船底的水翼在航行中所产生的上升力高速航行的船舶

水翼船在船身下面装有特殊的翼片，翼片不动时，水翼船就像一艘普通船一样轻轻浮在水面上。但当船只开启翼片并全速前进时，船能在水面极迅速地滑过。翼片的存在大大减少了水与船身之间的摩擦。这使水翼船能在水面上高速行驶，时速可达到110千米。水翼船有V型半入水式和全入水式船翼。全入水式船翼在强度上需要昂贵的辅助装置，但在较大的风浪时也能平稳前进，慢速行驶时经常可以将船翼向船体收回。

超级油轮

一种巨大的货轮

超级油轮的吃水线以下的部分较为狭窄，目的是为了减少航行阻力，但为了增加容积和浮力，它的船底部位都比较宽大。一些超级油轮长度超过455米，宽达60米。最大的巨型油轮重达50万吨，体积庞大，无论停泊或调转航向，都需要数里的海面，甚至于减速停止时还需驶出好几千米。

水翼船原理图

升力
船身被升力托出水面。

V型翼片

水流
水流过翼片产生升力。

破冰船

能在海面上破冰前行的船

破冰船的主要功能是将河川、港口或南北极附近航线中的冰块打碎,疏通航道以运送补给。破冰船本身非常坚固,船首呈"L"型,船头底下有高温喷气的设备,可以将冰融化,然后再进行破冰;如果还是不行,则船会倒退约百米左右,再往前冲并往上滑行将冰压破。破冰船一般破冰厚度可达90厘米。苏联于1974年建造的"亚鲁古基号"核能破冰船可以打碎240厘米厚的冰层。在冰层非常厚的地方,破冰船可以直接驶入冰层,用倾斜的船头滑行在冰上,借着船身重力把冰层切开。

世界之最

速度最快的船:世界上速度最快的船是澳大利亚人肯·沃比发明设计的水面滑行快艇——澳洲精神号。这艘快艇的最高时速为556千米。

最长的船:世界上最长的船是航海巨人号油轮。船首到船尾长达458米。

最大的客轮:世界上最大的客轮是伊丽莎白号,重达8.3万吨。

· DIY 实验室 ·

实验:制作划桨船

准备材料: 长方形盒、软木塞、卡片、曲别针、牙签。

实验步骤: 1.将长方盒四边开口处贴牢。

2.如图1所示,用笔将两个A点连接起来,把盒面划分成两半。

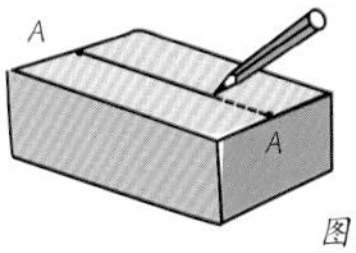

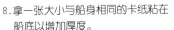
图1

3.如图2所示,量出A点和B点间的距离,再以等距的A点连线上画出C点,然后连接B点和C点。另一端的画法相同。

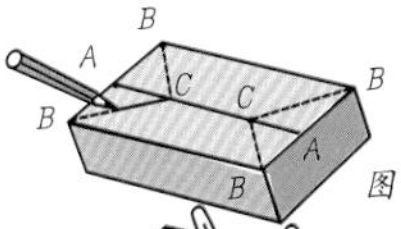

图2

4.盒底也以同样方法画线。

5.沿线将上下底切开。

图3

6.如图3所示,将盒子上端较长的边缘往内折,用胶带贴好后再用曲别针固定。

7.将船的一端按图4的虚线处往内折,使两片三角形ABC重叠,并用胶水粘牢。另一端也是同样做法。

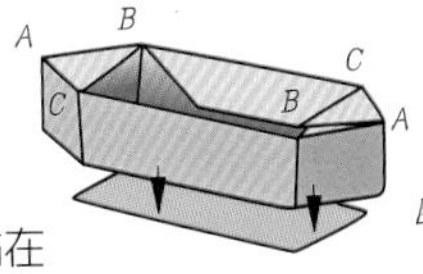

图4

8.拿一张大小与船身相同的卡纸粘在船底以增加厚度。

9.如图5所示在船中粘一个软木塞,当作椅子。

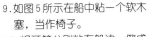

10.将牙签分别粘在船边,做成桨架。这样一般小小的划桨船便做成了。

图5

· 智慧方舟 ·

填空:

1.船进入水中,如果所浸盖的水的重量_____它自己的重量时,船就可以浮在水面上。

2.船主要依靠_____来抗拒海浪的晃动。

3.船的动力引擎主要有_____、_____、_____几种。

4._____船是一种能水陆两用的船。

5.水翼船的时速可达到_____。

判断:

1.船之所以能浮在水面上是利用了浮力的原理。(　　　)

2.螺旋桨是船类运输中应用最多的推进设备。(　　　)

3.满载吃水线会因地点的不同而有变化。(　　　)

汽车

轮子实验

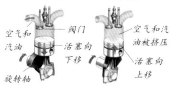

1. 准备好木板、椅子、玩具汽车和积木。
2. 将木板放在椅子上，做成简易斜坡。
3. 顺坡推下一辆玩具小汽车，然后，再推下一块积木。结果积木不像小汽车那么容易滑动。

想一想 与积木相比，玩具小汽车能够快速滑动的优势在哪儿？

1. 空气和汽油的混合物被吸进汽缸。
空气和汽油
阀门
活塞向下移
旋转轴

2. 活塞向上移动挤压混合物。
空气和汽油被挤压
活塞向上移

3. 火星塞的火星使混合物爆发。
火星塞点燃
活塞向下移

4. 活塞向上移动把废气推出汽缸。
废气排出汽缸
活塞向下移

此图是汽油引擎的四冲程循环。

汽车是我们最常用的交通工具。也是我们日常生活中碰到的最复杂的机器之一，它的各种部件要超过14000个。大多数汽车是由汽油发动机驱动的，但也有汽车使用柴油发动机。汽车的传送系统把发动机产生的能量传递给车轮，驱动汽车前进。驾驶员可以选择变速箱里不同的排档，从而可以让发动机以不同的速率来驱动车轮旋转。当驾驶员要换排档时，可以脚踩踏脚板，让离合器使发动机与变速箱脱离连接才行。汽车上还有另外两个脚踏板，一个是加速踏板，控制发动机速度；另一个是刹车踏板，驾驶员用力踩下时控制刹车。驾驶员转动汽车方向盘可以转动汽车前轮，来改变汽车行进的方向。

汽车的动力引擎

使汽车产生行进动力的装置

引擎是推动汽车的动力发生装置。利用燃料在汽缸中爆发时产生的气体压力推动活塞，使之下移，经由连杆转动曲轴产生动力。多年来，不同的发动机不断地出现并被淘汰，包括蒸汽发动机、燃气发动机和电动机。但是，汽油和柴油发动机为几乎所有的现代交通工具提供动力。它们被叫作内燃机，因为它们的动力来自于汽缸内燃烧的燃料。

汽油发动机

以汽油为燃料的引擎

大部分汽车都有汽油引擎，空气和汽油的混合物被推进一个称为汽缸的中空室，经由火星塞的火星爆发，把汽缸里的活塞朝下推送，曲柄系统把这种上下运动转换成曲轴的旋转运动，带动齿轮箱中的传动装置，从而使车轮转动起来。大部分的汽车有四个或六个汽缸。

这是汽车的一些主要部件。由弹簧支撑的悬架可以减少路面对驾驶员和旅客的冲击。蓄电池为发动机提供电力，散热器是发动机冷却系统的一部分。

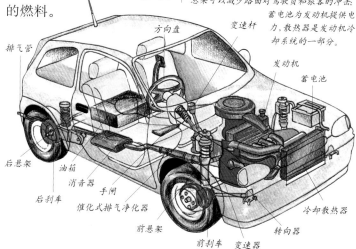

方向盘
变速杆
排气管
发动机
蓄电池
后悬架
油箱
消声器
手闸
后刹车
催化式排气净化器
前悬架
前刹车
变速器
转向器
冷却散热器

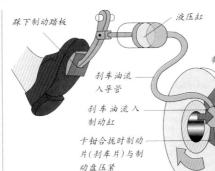

踩下制动踏板

液压缸

制动盘

刹车油流入导管

刹车油流入制动缸

卡钳合拢时制动片(刹车片)与制动盘压紧

现代汽车每只轮子上都有制动装置,当驾驶员踩下制动踏板时,这些制动装置可以同时工作,制动装置有两大类:盘式与鼓式制动器,但不管何种制动器,都使用液压装置。这个示意图说明了盘式制动器的工作原理。

柴油发动机
以柴油为燃料的引擎

柴油引擎的作用方式和汽油引擎类似,但没有冒出火星。空气和柴油的混合物在汽缸里被强力予以压缩,使其受压变成高温空气后,将作为燃料的柴油以雾化状态喷入其中,发生爆炸而产生动力。卡车、掘凿机、牵引机等需要大量动力的车辆,都采用柴油引擎。

离合器
将引擎的旋转动力传达到变速器,使之隔断的装置

在汽车行驶过程中,驾驶员可根据需要踩下或松开离合器踏板,使发动机与变速器暂时分离和逐渐接合,以切断或传递发动机向变速器输入的动力。

差速器是驱动轴之间一组复杂的齿轮,当车辆转弯时,它能调整内外两轮的转速。

差速器

驱动轴

外轮比内轮运动的路程多。

转弯时差速器使外轮比内轮转速快,以使两轮处于同一线上。

变速器
变换引擎与传动轴两者间的转速比,以调节旋转扭力的装置

变速器又称变速箱,它能使离合器切离,操作变速杆以变换速度。自动变速器则是只要将变速杆设定于一定的位置,就会随着引擎的转速和汽车的行驶状况自动换档的变速装置。装用自动变速器的汽车不用离合器即能驾驶,可减轻驾驶者的疲劳。

差速器
使汽车转起弯来比较容易的装置

当汽车拐过一个拐角时,汽车的外轮比内轮走的路要多一些,因此外轮必须转行更快一些。如果内外轮单靠同一根轮轴,那将是不可想像的。因此车轮轴要分成两部分,这两部分彼此相连,并且靠一个叫差速器的轴承系统与发动机里的牵引杆相连接,当汽车做直线行驶时,两个轮子都以相同速度转动,当转弯时,差速器使得外轮加速而内轮减速,从而保持车身平衡。

制动器
刹车

制动器俗称刹车。许多现代汽车都有盘式制动器,当然也有用鼓式制动器的。盘式制动器有一个与轮子以同样速度旋转的扁平圆盘,叫制动盘。制动盘的两面各有一个刹车片,用制动卡钳夹在一起。当司机脚踩着制动踏板时,刹车油从一个液压缸流出到轮胎那儿的制动汽缸,制动汽缸然后产生一个强大的力挤压刹车片使它们压在制动盘上,这样制动盘和车轮就都慢下来了。

悬架装置
提高乘坐舒适性及稳定性的装置

车辆在行驶过程中,由于路面凹凸不平,车轮会随着跳上跳下,悬架装置能避免整个汽车失去控制,并使车轮尽可能地接触地面,增加汽车的可控性。悬架装置有好几种,大多数汽车都使用弹簧减震器。现代汽车的悬架装置一般使用液压缸减震,取代了过去的弹簧减震器,这样的汽车称之为"有效悬架装置",每一车轮的高度都由与汽车中心电脑相连的液压减震器控制。

当加速时，有效悬架装置防止前轮离地。

当急转弯时，内轮有上升的趋势，有效悬架装置有助于使其不离地面，这样大大提高了汽车的可控性。

当紧急刹车时，有效悬架装置可防止车的前部下轧。

仪表与附属装置

组成汽车的小机械装置

为使汽车能够行驶，汽车除了装有引擎、动力传达装置、转向装置、悬架装置、刹车等装置以外，还装有许多小机械，这些小机械合称为附属装置。装在仪表板上的仪表与灯，用来指示驾驶者了解汽车各部分的状况，因此装设在容易看见的位置。此外，雨刷、挡风玻璃、喷洗器、通风器、空气调节器等也属于重要的附属装置。有许多空气调节器使用电脑控制，这种装置能随时保持车内空气的清新、舒畅。为了避免操作错误，上述小机械安装的位置与形状都是经过研究的。

安全系统

提高汽车安全性的系统装置

汽车的安全系统有两种作用。首先，如果汽车发生冲撞，外壳将消耗掉大部分冲击力，给驾乘人员提供了直接的保护。因此汽车的钢质外壳设计成发生冲撞时能从前或从后开始逐步"折叠"。假如全部设计成刚性，那么汽车和里面的人在发生碰撞的瞬间会从运动状态立即转为静止状态，这样将增加危险性。有了折叠区后就能减缓静止的时间，减少相撞时对人产生的作用力。另外在碰撞时发动机能在车身内移动，不致于使驾乘人员受到伤害。为了防止油箱破裂而引起燃烧，油箱通常安装在两个车轮之间加固后的位置上。

安全气囊

在汽车撞车时能起到有效保护作用的装置

汽车发生撞车时，气囊能对驾乘人员起到有效的保护作用。气囊在撞车的瞬间，仅需1/100秒的时间就能充满空气，它防止驾乘人员撞上方向盘或从挡风玻璃处抛出车外。

安全带能对人起到保护作用。

安全带

汽车撞车时能防止系带者猛烈前冲的装置

安全带具有可调节性。系带者在正常行驶时可以任意活动，但如果汽车突然停止，安全带会锁定，将系带人固定在座位上。安全带只有正确系在身体上时才能起作用。现在许多汽车上还装有紧带器，防止人体在撞车时从安全带下向前滑出。

防抱死制动器

紧急刹车时，防止车轮被卡死的装置

如果车辆刹车过猛，车轮可能会被卡死，导致驾驶者失去了对车的控制，车轮打滑甚至撞车。防抱死制动器(ABS装置)在车轮上设有与电脑相连的感应器，它能迅速调整制动压力，使轮子又能重新转动让汽车仍然可以掌握方向。

车辆发生碰撞时，安全气囊会马上自动打开。

未来汽车

高速环保型汽车

　　未来的汽车主要从设法降低燃料的消耗和爱惜自然资源的角度出发进行设计。它可能将由重量轻、抗腐蚀的材料制造，造型将更加优美，还会降低阻力，提高燃料的利用率。

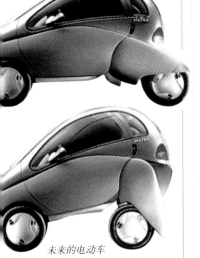

未来的电动车

最早的汽车

　　最早的汽车是在1769年，由法国人尼古拉斯·卡格诺特制造的，它主要用来牵引大炮。这辆三轮牵引车必须每过10分钟就得停下来，等待加足蒸汽才能继续前进，每小时只能行驶5千米。但它是第一辆靠自身动力来行驶的交通工具。

· **DIY 实验室** ·

实验：制作赛车

准备材料： 4个相同的果酱罐盖、4片2厘米厚的软木塞、2段8厘米长的衣架铁线（比瓶的宽度长一些）、4颗珠子、4段3厘米长的吸管、铁钉、长条形饼干盒。

实验步骤： 1. 如图1所示，在果酱罐盖和软木塞的中心点用锥子钻一个孔。

2. 如图2所示，把软木塞放在罐盖下面，并对准洞孔，然后用两根钉子把它们钉在一起，就完成车子的轱辘了。

3. 如图3所示，用衣架铁线来当轮轴，依序串起一个轮子、一个珠子、两段作为轴承的吸管，最后是一颗珠子和另一个轮子。珠子起垫圈作用。

4. 用虎口钳夹住轮轴的尾端将之折弯，使轮子不会掉出来。然后再用上述方法做第二组轮子。

5. 依照图4上的黑色实线将饼干盒割开，虚线是折线。

6. 依照图4箭头的方向，将纸盒折成如图5的形状，两头需粘贴的部分要粘牢。

7. 如图6所示，将两组自由旋转轮用胶带和做好的车身粘起来，然后再用胶带将吸管的轴承部位和车身粘贴牢固。这样，一辆赛车就制作好了。

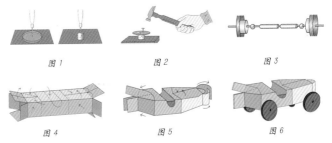

图1　　　　　图2　　　　　图3

图4　　　　　图5　　　　　图6

智慧方舟

判断：

1. 汽油和柴油发动机被称作内燃机。（　　　）

2. 柴油引擎与汽油引擎的区别是柴油引擎没有火星冒出。（　　　）

3. 制动器俗称刹车。（　　　）

4. 离合器能起到刹车的作用。（　　　）

5. 现代汽车一般通过"弹簧减震器"来增加汽车的稳定性。（　　　）

简答：

1. 现代汽车主要有哪些动力引擎？它们通过什么方式工作？

2. 现代汽车的安全系统在哪些层次上发挥作用？

火车

旋转

1. 准备水壶、空易拉罐、剪刀、曲别针。
2. 把易拉罐的铝皮剪成圆形，再剪出同样大小的八瓣。把每一瓣铝皮都按同样方向扭转60°，做成叶轮。
3. 在叶轮中心钻出小孔，穿在已经拉直的曲别针上。
4. 往水壶里加水，将水烧开。壶嘴喷出水蒸气。
5. 把叶轮放在壶嘴，叶轮旋转起来。

想一想 叶轮旋转的动力是什么？

动力来源

蒸汽、柴油、电等

最早的火车以高压蒸汽为动力，并使用了一百多年。20世纪50年代，以柴油为动力的内燃机车和以电为动力的电力机车取代了蒸汽机车的地位。它们动力更强，维修更为容易。

蒸汽机车

火车是"列车"的习称。早期皆以蒸汽机车为牵引动力，机车运行时冒烟、喷蒸汽，所以称之为"火车"。火车由机车及其牵引的车厢构成。现代火车机车以柴油和电作为动力，运行在固定于地面的铁轨上。铁路运输具有运输能力大、连续性强、能源消耗低、运行时间性强和便于调度指挥等优点。一列现代的货运列车，无论是内燃机车，还是电力机车，其运载量都相当于50辆大卡车的运载量，而一列高速客运列车的载客量则相当于200多辆汽车的载客量，而且更为舒适、快捷。

铁路

金属制的火车运行轨道

铁路是使用光滑的金属轨道来修筑的道路。用火车来运载重物比公路运输效率更高。修筑铁路时要把钢轨铺设在混凝土或木制的轨枕上。轨枕的作用是保持铁轨平稳并承受驶过的列车重量。每节铁轨之间总是留有很小的间距，作为气候炎热时的膨胀缝。两根铁轨之间的距离是固定不变的，称为轨距，最常用的轨距是1.44米。为了避免碰撞事故的发生，铁路沿线被划分为若干地段。每一地段的起始点都设有信号标志。信号标志转为正确的颜色或位置时，火车才能通行。

特制的可移动的铁轨控制，称为道岔。道岔设在任何铁轨分岔地点，使火车改变行驶的轨道。

蒸汽机车

以蒸汽机作为动力的机车

蒸汽机车的动力来自燃煤或木柴，它们通过燃烧使水沸腾产生高压蒸汽。煤水车中的煤被铲入燃烧室，燃烧室产生的热量作用于锅炉中的水，从而产生蒸汽并压入发动机前部的汽缸。汽缸中的活塞与带动主动轮的长杆相连，带动四个主动轮转动，以推动机车前进。

内燃机车
以柴油作为动力的机车

推动车辆的动力发生装置——内燃引擎的发明后，对于其后的火车发展，做出了极大的贡献。柴油内燃机车类似于一辆大型载重卡车的发动机，它的活塞与转动曲轴的连接棒相连结，驱动车轮的能量就来自于这个曲轴。柴油内燃机车驱动火车要比蒸汽机车的效率高三四倍，并可以取得较大的牵引力，适用于缺水、干线运输繁忙的地区。

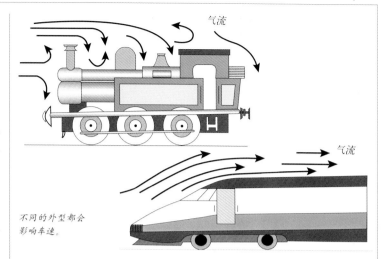

气流

气流

不同的外型都会影响车速。

内燃机车

电力机车
利用电力获得前进动力的机车

电力机车是牵引高速列车的理想机车。它通过顶端的导电弓从车顶上方的电缆，或者从特殊的第三条铁轨获得电流。机车内部或车身底下的电动马达带动驱动轮行驶。电力机车比柴油机车和蒸汽机车速度更快，更干净，而且还不必花费太多时间来维修管理。

电力机车

驾驶室

驾驶室
司机驾驶工作室

火车与汽车的最大不同之处，在于它行驶在固定的轨道上。尽管如此，司机仍须操纵不少杠杆以保证列车安全行驶。内燃或电力机车的驾驶室内有仪表板，仪表板上的各类刻度盘能指示时速、制动装置的工作情况以及内燃机或电源提供的动力情况。同时，还能及时提醒司机注意车灯和自动门出现的故障。

外形
影响车速的外部形状

列车的外形对它的行驶速度有很大影响，流线型的列车速度更快。逆风行驶时，如果机车头部扁平，气流就将受到阻碍，但同样情况下，气流会顺利地从流线型机车顶部通过。

地铁
建于城市地下的铁路

在人口稠密的城市，地下铁路是最快捷的运送方式。第一个地下铁路系统于1863年在英国伦敦启用。现在许多城市都拥有地下铁路网。它具有客运量大，减少路面交通压力，节省占地空间等优点。地铁通常铺设在城市地下隧道中，另外为了方便乘客，地铁会在地面建造相距很近的车站。目前大部分的地铁机车都是电力机车，时速16～80千米不等，比路面交通延误时间少。

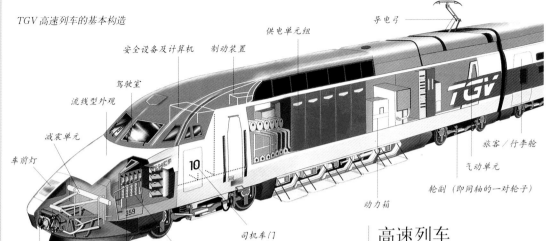

TGV高速列车的基本构造

导电弓
供电单元组
安全设备及计算机
制动装置
驾驶室
流线型外观
减震单元
车前灯
旅客/行李轮
气动单元
轮副（即同轴的一对轮子）
动力箱
自动联结器
制动控制板
信号发射天线
司机车门

轻轨列车在城市里很常见

轻轨

旧式有轨电车的新称

在世界许多城市里，都可以看到一些行驶在人们头上的高架列车，这就是近年来发展很快的城市高架轻轨铁路。所谓轻轨铁路，即列车载重量小、车厢节数少的有轨电力火车系统。目前的轻轨铁路，有的建在地面上，有的建在距地面20～30米的空中。每列轻轨有3～11节车厢，平均10分钟一班，具有准时、快速、便捷的特点。

单轨列车

能行驶在单根轨道上的一种轻轨列车

单轨是由单根预制混凝土轨梁组成的轨道，轨道可高于或低于水平地面，也可与地面持平。列车可在轨道上方行驶，也可悬挂于其下方行驶。水平和竖直排列的橡胶车轮采用电力驱动，牵引列车前进并保持其在单轨上的稳定性。橡胶轮胎直接接触平滑的轨梁，磨损程度很小，而且与沿金属轨道行驶的金属车轮列车相比，维修保养费用较低。

高速列车

利用电力高速行驶的列车

这种现代化的高速旅客列车用电动机牵引，它从架空线获得高压电流。来往于城市间的高速列车，例如日本的子弹头列车和法国的TGV列车，都可以通过列车上方的电缆获得电力。高速列车时速可达750千米左右，大大缩短了旅行时间。

转向架

使高速列车在行进过程中保持平稳的装置

高速列车的车轮、轮轴由一结实的钢架结合连接起来。这一钢架称为"转向架"。转向架放置在机车车箱两头的底部，并带有悬挂装置以保证行驶平稳。

轮轴
悬挂处
转向架
铁轨

磁悬浮列车

利用磁场悬浮于导轨上方运行的列车

　　磁悬浮列车是一种与传统火车完全不同的新型高速列车。它不由普通机车牵引，而是通过磁场来推动火车前进。在磁悬浮列车的车厢底部装有一种超导磁铁，当电流通过时，会产生强大的磁场力，这种磁场力会使火车与专门建的导轨之间出现一种看不见的"磁垫"，使列车"悬浮"在导轨上行驶。

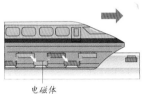

电磁体

磁悬浮列车靠导轨电磁体与火车内电磁体之间强大作用力保持浮在导轨上。火车两侧的磁铁使火车固定在导轨上行驶。磁场也推动火车前进：火车前面的磁铁吸引火车向前走，后面的磁铁与火车相排斥，把火车往前推。磁场就这样沿着导轨拉动火车。

电磁体

第一台火车头

　　世界上第一台工作蒸汽火车是英格兰的理查·特里维西克于1804年制造的。这是利用蒸汽力量行驶于轨道上的最早的火车。这台蒸汽机车，首次行驶近15千米，时速约为8千米。

实验：制作简易磁悬浮列车

准备材料： 长6厘米、宽3.875厘米、高0.25厘米的木板，长24厘米、宽4厘米、高0.75厘米的木板，两对磁条，其中一对长24厘米、宽0.5厘米、高0.125厘米，另一对长6厘米、宽0.5厘米、高0.25厘米，两对圆形的小磁铁。

实验步骤：
1. 制作轨道：将长24厘米、宽0.5厘米、高0.125厘米的磁条放在长24厘米、宽4厘米、高0.75厘米的木板上，并使其北极朝上。磁条距木板边缘0.125厘米。
2. 制作车厢：长6厘米、宽3.875厘米、高0.25厘米的木板用作车厢，将长24厘米、宽0.5厘米、高0.125厘米的磁条的北极朝下放在木板的底部，磁条距木板边缘0.125厘米。
3. 在轨道的两端和车厢头尾分别粘贴两对小圆磁铁，磁铁均北极朝外。
4. 将车厢置于轨道上，使车厢悬浮于轨道上方。
5. 给悬浮列车一个适当的推力，这时就可以欣赏到"零高度飞翔了"。

悬浮磁列车示意图

悬浮磁列车

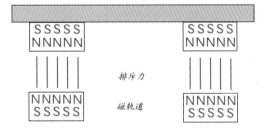

排斥力

磁轨道

填空：

1. _____是建于地下的铁路。

2. _____是一种能行驶在单根轨道上的轻轨列车。

3. 高速列车主要利用_____行驶。

4. _____通过磁场来推动火车前进。

判断：

1. 铁路的轨距通常都是固定的，一般为1.44米。（　　）

2. 火车按照它的动力来源主要可分为蒸汽机车、内燃机车和电力机车三种。（　　）

3. 内燃机车主要采用柴油动力。（　　）

4. 世界上第一台工作蒸汽火车是由理查·特里维西克发明的。（　　）

航空器

探索与思考

玩纸飞机

1. 按照本节最后的实验方法制作纸飞机，然后在广场或运动场等较宽阔的地方丢纸飞机玩。
2. 将纸飞机两边的主翼往上翘约1厘米，使纸飞机往正前方远处直线飞行。

想一想 为什么翘纸飞机的主翼，就能使它向前直线飞行？如果让纸飞机向左或向右飞行，飞机的机翼应该怎样弯曲才恰当？

人类第一次飞行是在1783年10月，法国的蒙戈费埃兄弟制成充满热空气的气球，把两位朋友送上了天空，从而实现了人类在空中飞行的梦想。1903年，美国人莱特兄弟制造出第一架能持续在空中飞行的动力飞机。现今各种如滑翔机、直升机等就在此基础上迅速发展起来。

飞行原理

通过动力而向前飞行

重于空气的飞机前进的无形力量是机翼周围的气流。机翼上方和下方的空气压力差产生飞机的升力。升力能抵消飞机的重量；飞机引擎产生推力，与阻力抗衡；阻力是飞机在空中向前行驶时遇到的天然障碍。机翼、水平尾翼及其可移动的操纵面能够改变机翼和尾翼的气流，驾驶员利用它们能够改变飞机的方向和高度。

作用于飞机的力

推力、升力、阻力、重力

飞机在空中飞行时，推力、升力、阻力以及重力等四种力共同作用于飞机上。当飞机以稳定的速度做直线水平飞行时，四种力的作用是平衡的。就是说升力抵消重力，推力抵消阻力。

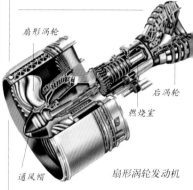

扇形涡轮

后涡轮

燃烧室

通风帽

扇形涡轮发动机

动力引擎

使飞机飞行前进的动力装置

大多数现代航空器都使用喷气式发动机。这种发动机先通过燃气涡轮吸入空气，压缩后与汽油混合，然后以连续爆炸的方式燃烧，加热后空气膨胀，通过排气管向后排出，形成"喷气"。喷气式发动机有几种不同设计，大部分的喷气式客机由扇形涡轮发动机驱动，这种发动机有比普通喷气发动机前部压缩机的叶片还要长的扇片，这些扇片像扇子一样发挥作用，推动空气在燃烧室周围流过，而非全部流进燃烧室内部。这种设计的结果是产生更强大的推动力，并能减少噪音。

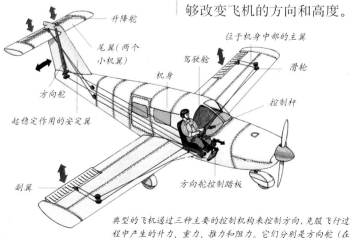

升降舵

位于机身中部的主翼

尾翼（两个小机翼）

驾驶轮

滑轮

机身

方向舵

控制杆

起稳定作用的安定翼

副翼

方向舵控制踏板

典型的飞机通过三种主要的控制机构来控制方向，克服飞行过程中产生的升力、重力、推力和阻力。它们分别是方向舵（在这里以绿色显示出）、升降舵（以橙色显示出）和副翼（以红色显示出）。

机翼

通过空气的浮力支撑飞机飞行的部件

机翼的主要功用是产生升力，以支持飞机在空中飞行；为了获得这种升力，机翼上面是隆起的而下面却是平的，空气在隆起的表面流动的更快，其流程更长。机翼上面承受的空气压力也小于下面，由此机翼的形状产生了升力。机翼同时也起一定的稳定和操纵作用，是飞机必不可少的部件。机翼上一般安装有飞机的主操作舵面：副翼、升降翼，还有辅助操纵机构如襟翼、缝翼等。

在机翼下缓慢流动的空气产生的向上的压力比机翼上流速较快的空气产生的压力大，机翼下较大的空气压力使飞机获得一个向上的升力。

表面的空气流动距离较大。

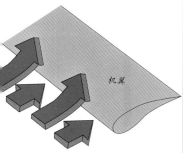

机翼

从下面流过的空气

机翼将空气流劈为两股。

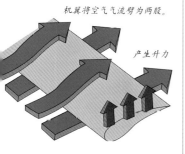

产生升力

机翼上面的空气压力比机翼下面低。

副翼

安装在机翼翼梢后缘外侧的一小块可动的翼面

副翼是用于飞机横向操纵的狭而长的翼面，一般安装于机翼的外侧。翼展长而翼弦短，副翼的翼展一般约占整个机翼翼展的六分之一到五分之一左右，其翼弦占整个机翼弦长的五分之一到四分之一左右。当飞行员向左压驾驶杆时，左面的副翼向下翻转，使飞机左侧升力减小，带动右面的副翼向上翻转，使飞机右侧的升力加大，这时飞机就向左滚转，反之亦然。当副翼翻转角度不大时，飞机将向左侧倾斜。在转弯时，这种倾斜可以提供必要的向心力，减小转弯半径。

三角翼

三角形的机翼

机翼为飞机的主升力面，飞机在高速飞行时，当气流流经机翼表面后，在机翼后缘所产生的紊流相当严重，而紊流会减低飞机机翼所产生的升力，进而降低操控性能。为了获得高速的飞行能力，必须使飞机在飞行时能获得更佳的性能，有一些航空器，例如协和式飞机，并没有尾翼。双翼整个延伸到后方，形成三角形的形状，从而解决获得高速时的气流问题，这被称作三角翼。三角翼对于高速飞行很有利，但在低速飞行时效果并不好。

旋翼怎样旋转

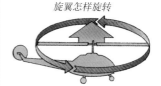

上升——每片旋翼叶呈倾斜角度。

向前——旋翼叶朝前稍有倾斜。

向后——旋翼叶向后倾斜。

侧飞——旋翼叶向右或向左倾斜。

旋翼

翼形旋转叶片

直升飞机通过座舱上方高速旋转的旋翼产生升力。旋翼快速旋转，会产生大于直升飞机的重力的升力，飞机就能垂直起飞；若旋翼旋转放慢，当升力和飞机的重量近似相等时，直升飞机就停在空中不动；如果旋翼再转动得慢些，使产生的升力小于飞机的重量，直升飞机就会凭着自己的重量徐徐下降。旋翼还能前、后、左、右倾斜。如果向前倾斜，它就会产生一个力推动飞机向前飞行。同样道理，旋翼向后、向左、向右倾斜，直升飞机就能跟着向后、左、右方飞行。

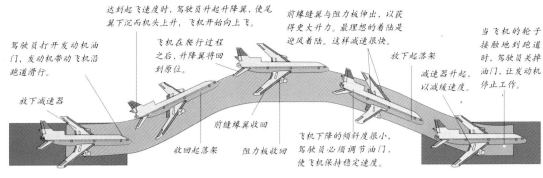

驾驶员打开发动机油门，发动机带动飞机沿跑道滑行。

放下减速器

达到起飞速度时，驾驶员升起升降翼，使尾翼下沉而机头上升，飞机开始向上飞。

飞机在爬行过程之后，升降翼将回到原位。

前缘缝翼与阻力板伸出，以获得更大升力。最理想的着陆是迎风着陆。这样减速很快。

放下起落架

当飞机的轮子接触地到跑道时，驾驶员松掉油门，让发动机停止工作。

减速器升起，以减缓速度。

前缝缘翼收回

收回起落架

阻力板收回

飞机下降的倾斜度很小，驾驶员必须调节油门，使飞机保持稳定速度。

黑匣子

黑匣子

记录飞机飞行时的各种数据

黑匣子是飞机上记录飞行数据的记录器，用来记录飞行的全过程。黑匣子被很好地保护起来，即使飞机发生事故，黑匣子仍然不能受损坏。当发生飞行事故后，找到黑匣子并分析其中记录的情况，可以帮助人们找出事故的原因，避免再次发生同样的事故。

驾驶舱

飞机的控制中心

驾驶舱是飞机的控制中心，舱口内布满了各种各样的操纵器、仪表和电脑。驾驶员运用导航系统直接连接人造卫星，而电脑操纵的自动驾驶仪能以远比人更准确的方式驾驶飞机。最先进的仪表板上安装着电视、雷达及多功能显示器，为驾驶员提供安全飞行所需的各种资料。

雷达测高仪

测定飞机飞行高度的仪器

雷达测高仪用来测定飞机所处的高度。一个无线电信号从飞机上发射到地面后又反射到空中，飞机的天线就能收到这个信号。根据从发射信号到接到反射信号的时间间隔，就可以算出飞机的飞行高度。

机场

民用航空机场和有关服务设施构成的整体

机场的设施建设发展很快，最早的机场除了着陆跑道外，其他设施都非常简单，所以只能用于白天航班起落。现代国际机场有若干条起降跑道，有的跑道长度超过3000米，并备有完善的信号装置。机场最重要的系统是指挥塔，飞行指挥人员通过雷达装置监视附近飞机的一切活动，并通过无线电与准备起飞或降落的飞机保持联系。

起飞和降落

飞机升天和降落的过程

几乎所有的飞机都需要一条长长的平坦跑道进行起飞和降落，起飞所需的能量比飞行过程中其他环节要多得多。一架飞机在起飞时最重，因为携带了大量燃油，发动机必须加速运转，使机翼产生一个大于飞机自身重量的升力，从而飞上天空。

热气球与飞艇

利用气囊升空的航空器

热气球或飞艇的气囊能够排开很大体积的空气，从而产生升力。如果热气球或飞艇的总重量小于升力，它将上升。当气囊中的空气被加热时，热气球也会上升，这是因为热空气的密度小于周围大气中冷空气的密度。大多数气球或飞艇内所充气体为氦气，它是一种密度很低的不燃性气体，可以用它来产生升力。飞艇还装有发动机、方向舵和升降舵，它们可以帮助飞艇控制飞行速度和方向。

未来环保飞机

噪音小、污染少

为了减少飞机污染的负面影响，人们已经开始考虑将环境保护的要求纳入到新飞机的设计和制造中。未来飞机的发动机不仅"清洁"、噪音小，而且其污染更少，外形更具流线型，这样就可以减少燃料的消耗，减轻发动机的噪音，尤其是起飞和降落时的噪音。另外，它还能够满足人们在生态保护上更迫切的要求。目前飞机制造商正在开发"环保"飞机。

人们想像中的未来环保飞机

最早的动力飞机

1903年12月17日，美国的威尔伯·莱特和奥维尔·莱特兄弟俩设计制造的"飞行者号"飞机在美国北卡罗来的纳州的基蒂霍克试飞成功。这是世界上公认的第一架飞上天空的可操纵载人动力飞机。这驾飞机共进行了四次飞行实验，第四次由哥哥威尔伯驾驶，在59秒的时间内飞行了260米。

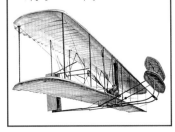

· DIY 实验室 ·

实验：制作纸飞机

准备材料：明信片、糨糊、剪刀、曲别针

实验步骤：
1. 按图1画好的图案剪好机体。
2. 剪好机体后，模仿图2顺着虚线用刀片轻轻画线，以利折叠。
3. 如图3所示，从画线处折好后，在两边的内侧涂上一点糨糊。
4. 如图4所示，用手指加压粘牢。
5. 将做好的机体放在一边，分别将图1的三角翼、尾翼剪下，折好，按照图1所示的尺寸，将三角翼粘在机体上。然后在三角翼处涂上糨糊。
6. 如图5所示，飞机做好后，在三角翼处装上机体与尾翼，将切口往上折。
7. 将曲别针放置机头时，须将重心调至A处。这样，一架纸飞机就做好了。

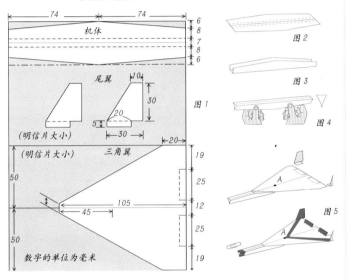

· 智慧方舟 ·

选择：

1. 下列哪些力是飞机飞行时受到的力。（　　）

A. 升力　B. 重力　C. 拉力　D. 阻力

2. 机翼和水平尾翼装有可移动的操纵面，它们是（　　）。

A. 副翼　B. 升降舵　C. 方向舵　D. 旋翼

3. 下面哪种机翼是协和客机所特有的。（　　）

A. 垂直尾翼　B. 水平尾翼　C. 前缘缝翼　D. 三角翼

4. 能够帮助人们分析飞机飞行事故原因的是（　　）。

A. 仪表　B. 雷达测高仪　C. 引擎　D. 黑匣子

——声与光——

波

· 探索与思考 ·

水波

1. 准备好大碗、水及铅笔。
2. 在碗里加满水，等待水面完全平静下来。
3. 让铅笔和水面互相垂直，然后用笔尖在碗中央的水面上轻轻碰几下。
4. 在你用铅笔轻轻触碰的地方出现了一轮轮圆形的波纹。这些波纹从水面中央慢慢地向四周蔓延开去，越变越大。离圆心越远，波纹的形状就越不明显。

想一想 为什么用笔轻触水面会出现波纹?你能判断这个波纹的性质吗?

体育场里的人浪是模拟横波。当观众有规律地站起坐下时，在体育场的看台上便形成了移动的人浪。但人浪中的观众个体仅坐下又站起，并不沿波的方向移动。

波 是振动传播的过程，是能量传递的一种形式。声音、光波及电磁波皆以波的形式前进，都能将能量从一处传到另一处，但又没有物质的转移。波峰是波在一个方向的最高点，波谷则是波的最低点。正弦波是最简单的一种波，它的特性以振幅以及波长来表示。大多数的波都是波形不变，且以特定速度前进的正弦波。波可以根据其来源、振动形式、振动方向以及速度等方面来区分。各种波在传播、反射和折射等方面原理都相同。

机械波

机械振动在媒质中的传播过程

在上面的实验中，当你用铅笔笔尖轻触水面时，接触点就产生了一个机械振动，这个振动通过水这个载体得以向四面传播，因此，我们就能看到一轮轮圆形的波纹——水波。像这种通过媒质(能传递振动的物质)传播的波叫机械波。同样，我们可以抡动绳子制造一个沿着绳子传播的机械波。可见机械波的产生，首先要有做机械振动的物体，也就是机械波的波源；其次，要有能够传播这种机械振动的媒质。在机械波的传播过程中，媒质并不随波一起传播。

横波

媒质粒子的振动方向与波的传播方向垂直的波

波源的振动由媒质传播出去，形成一个具有波峰和波谷的完整波形，这就是横波。由于每个媒质粒子都在不断地振动，波峰和波谷的位置将随时间而转移，即整个波形在向前推移，这就是横波的传播过程。水波是一种横波，所以在海水中漂浮的瓶子只有在水流推动或风吹动时才会流动，否则仅随着波浪上下起伏。

如果用手握住一条长绳子的末端，然后快速上下摆动，在绳上即可产生机械波。

纵波

媒质粒子振动方向与波的传播方向一致的波

在纵波的传播过程中，沿着波前进的方向会出现疏密不同的部分，因此纵波也称"疏密波"。声波在空气中传播时，由于空气微粒的振动方向与波的传播方向一致，所以是纵波。压缩一个弹簧玩具，然后放开，借助于它的软簧的运动，我们可以体会纵波运动的情形。地震波中也有一种纵波，它通过岩石交替的压缩和延伸运动进行传播，作为媒质的岩石沿波的传播方向振动。在地震波中，纵波的速度能达到 5 千米／秒以上。

表面波

发生在两种媒质接触面的波

表面波通常发生在液体或气体的接触面，是横波和纵波的结合。由于各媒质粒子振动的振幅随粒子在媒质表面下的深度的增加而迅速减小，因此这种波只存在于媒质表面附近。生活中常利用表面波检查物体表面是否有裂纹，当表面或近表面有裂纹时，表面波回波信号会很强。

表面波的示意图

振幅

传递波的媒质粒子离开静止位置的最大距离

弹奏吉他时，琴弦会上下振动。琴弦远离静止点的最大距离就是振幅。振幅与能量有关，振幅大时声音也大。地震的级别就是根据它的振幅确定的。振幅每增加 10 个单位就相当于增加里氏震级 1 级。大地震的振幅大到可以毁灭整个城市。

波长

两个相邻的、在振动过程中对平衡位置的位移总是相等的媒质粒子间的距离

相邻的两个波峰(或波谷)间的距离即横波的波长。纵波的波长可由它的一个密部到相邻的下一个密部的距离来表示，对一个波进行描述，波长是一个重要的量度。测量波长可用波长计。

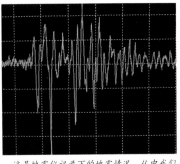

这是地震仪记录下的地震情况，从中我们可以看到振幅的大小变化情况。

波的频率

单位时间内通过某个给定点的波的个数

频率是波的重要量值之一。频率的国际单位制是赫兹。无线电的频率范围由数十万赫兹到数百万赫兹，光的频率范围有数兆赫兹。声波的频率范围比光要低的多，我们听得见的声音频率范围约在50赫兹到2万赫兹之间。波的频率与波长有关系，波长乘以频率等于波的速度。增加波动频率就会缩短波长。

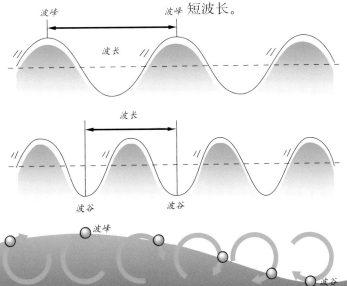

波峰　　波峰
波长

波长

波谷　　波谷

波的方向

波峰

波谷

波的反射

波遇到它无法通过的物质时被反弹回来的现象

反射是波的重要特性之一，如果没有波的反射，人们将无法看到镜中自己的像。反射时，波在遇到某一障碍物的表面后会按入射时的角度折回。光照在镜子上再折回，声音遇到岩石表面后的回声，都是反射现象。

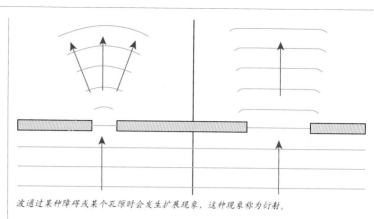

波通过某种障碍或某个孔隙时会发生扩展现象，这种现象称为衍射。

波的折射

波由一物体进入密度不同的另一物体时产生的屈折现象

折射是波的重要特性。由空气进入砖墙的声音会折射，当声波穿透砖块再度进入空气时，它会再度折射回到原方向。将一根筷子插入盛有水的碗中，可以看到筷子在水下的部分发生弯曲。原因是光也是一种波，从水下进入空气时，发生了折射。利用同样的道理，可以解释为什么有经验的渔民叉鱼时不将鱼叉对准看到的鱼的位置，而是稍微偏离一些。

波进入不同媒质时会发生折射现象。

折射

折射波

声波

空气

砖

波的衍射

波绕过障碍物传播的现象

衍射是波的重要特性。当一串波通过一个孔隙时，若孔隙的距离与波长相当，就会发生明显的衍射现象，否则，衍射现象就不明显。由于衍射的原因，在墙角拐弯处发出的声音，即使没有直线传播也能被听到。

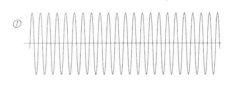

①

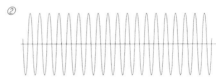

②

③

波的干涉

两个或更多的波相遇时彼此相互作用的现象

干涉也属于各类波的重要特性。干涉有相长干涉（振幅加大）和相消干涉（振幅减小）两类。发生干涉时，如果两个波的振幅相互叠加形成一个较大的波，这就称为相长干涉，反之，称为相消干涉。两波相遇时可在某些地方发生相长干涉，而在另一些地方发生相消干涉。左图中波①和波②的频率十分相似，但是又不完相同。两波相遇时它们的波峰和波谷的某些部位连成一线，体积增大，发生相长干涉，而在有些地方，其中一个波的波峰与另一个波的波谷相遇，彼此抵消，振幅减少，发生相消干涉，图③即两波相遇的结果。

驻波

两个波发生干涉时生成的一种波

　　对着空玻璃瓶口吹气，瓶子能奏出某一音高的音符，因为吹气时，瓶子里的空气发生振动。但是，瓶子里的空气是不完全振动。在密封的瓶底，空气不振动；在瓶子的上部，瓶口完全敞开，空气可以随意振动。在瓶子的顶部和底部之间产生一种固定声波叫驻波。它的形状只有正常波的四分之一大小。驻波的最窄处根本不振动，叫作波节，在瓶子底部形成。它的最宽点在瓶口处，叫作波腹，此处的振动最大。

共振

在受迫振动中，策动力的频率和物体固有的频率相等时，振幅最大

　　物体都有固有的振动频率，在一个周期变化的策动力的作用下，都会发生受迫振动。如果策动力的振动频率等于物体的固有振动频率时，物体会发生振幅最大的受迫振动。弹性较差的物体会因此碎裂。所以步行的队伍通过桥梁时，会要求打乱步伐，以免接近桥梁固有频率而共振以致断裂。乐器的共鸣箱，就是利用共振现象来改善音质，增加音量。例如笛子借吹进笛子中的空气和管内的空气产生共振来发出声音。

· DIY 实验室 ·

实验一：如何看见声波

准备材料： 塑料薄膜、橡皮筋、小塑料盘、锅、饭勺、米粒。

实验步骤： 1.把塑料薄膜绷在盘子上，用一根橡皮筋固定住。

　　　　　2.把米粒放在绷紧了的薄膜上。

　　　　　3.手持锅放在盘子旁边，用饭勺用力敲打锅的侧壁。你会发现，米粒纷纷从塑料薄膜上跳了起来。

原理说明： 当你用力敲打锅的侧壁时，旁边的空气振动起来，形成声波。声波撞到盘子上，使得上面的塑料膜也一起振动起来。米粒被薄膜的振动所带动，最终跳了起来。

实验二：排笛里的共振现象

准备材料： 3个大小不一的易拉罐、双面胶、彩带若干、6根吸管、美工刀、胶带、剪刀、水。

实验步骤： 1.将吸管对切，以3根为一组的方式，用胶带缠绕住，再用胶带固定在易拉罐的开口处，依次做出3个备用。

　　　　　2.把双面胶粘在罐侧，以与罐顶端平齐的方式粘合起来。

　　　　　3.在罐外侧裹上一层彩带，以增加美观度。

　　　　　4.用嘴吹吸管，每个罐头所发出的音域及音量，均不相同。如果在罐内加水，会发出更具特色的声响来。

原理说明： 在排笛中所运用的是共振原理，当气流由吸管进入罐内，振动的空气借着空罐发生共鸣，发出声响。由于每个罐的体积及材质均不相同，所以可以做乐器使用。

· 智慧方舟 ·

填空：

1.机械振动在媒质中的传播过程叫＿＿＿＿。

2.传递波的媒质粒子离开静止位置的最大距离叫＿＿＿＿。

3.波的反射是指＿＿＿＿。

4.只有＿＿＿＿时，波才会出现明显的衍射现象。

5.共鸣箱利用的声学原理是＿＿＿＿。

判断：

1.所有的波都必需有媒质才能传播。（　　　）

2.振动方向与波的传播方向垂直的波叫纵波。（　　　）

3.驻波由波腹和波节组成。（　　　）

4.步行的队伍经过桥梁时为避免共振而不会齐步走。（　　　）

声音

· 探索与思考 ·

箔片发声

1. 准备一片大约20厘米长的铝箔。
2. 将铝箔放在手掌上，朝铝箔上吹几口气，可发现铝箔在你手掌上颤动着，挠着你的皮肤，还发出一种奇怪的声音。

想一想 你的动作与铝箔的反应之间有什么关系？它说明了什么？

物体振动产生声音。声音具有能量。当振动传递到人耳引起耳鼓膜振动时，我们可以感觉到声音。描述声音属性的常用概念有音速、响度、音调、音色等。根据人对声音的生理感受，声音可分为乐音和噪音。依据声音的频率，声音又可区分为次声波、可闻声和超声波。研究声音的科学是声学。近年来声学发展迅速，极大地促进了人们对声音的理解和应用。

声音的发生
任何东西振动时都会发出声音

力使物体振动，从而发出声音。弹一下绷紧的橡皮筋，就会看到它在振动，同时会听到一些声音；用手指按停橡皮筋，声音也随之消失。橡皮筋之所以能发出声音，是因为它在振动时振动了四周的空气，振动的空气继而把邻近的空气前后推动，一直向外传送。这些振动的空气到达耳朵使耳膜振动，于是人们便听到声音。我们周围的许多声音如风声、雷声等都是环境中的自然力发出的。发出声音的物体称为声源。

声音的传播
以波的形式传递、前进

声音的传播需要媒质，它可以穿过固体、液体和气体，但在真空中不能传播。因为真空中没有空气分子传播声波的振动。正因为如此，双层玻璃窗夹层中的真空能起到隔音的效果。空气中的声波是纵波。

声速
声音在媒质中的传播速度

声音的传播速度与媒质的性质和状态，如密度、弹性、温度有关。一般说来，密度越大、温度越高、弹性越大，传播速度越快。0℃时，空气中声速为331.36米/秒，温度每升高1℃声速约增加0.6米/秒。水中声速约为1440米/秒。钢铁中声速约为5000米/秒。

响度
人主观感受声音的强弱

生活中响度又叫"音量"。由于响度与发声体的振幅有关，发声体的振幅越大，声音就大；但响度又与距发音体的远近有关。越接近发音体，响度越大。所以，响度是人主观感受声音的强弱程度。响度的强弱与声音的频率有关，但主要体现为声强，一般用声强级的单位分贝（dB）来表示。

鲸鱼在海洋中用声音互相联络，它们的声音在水中可以传播到800千米之外。

分贝

音量的衡量单位

声源振动得越剧烈(即振幅越大),分贝数越高。人耳能听到的最微弱的声音大约是 1 分贝;稳定的呼吸声和微风吹动树叶声大约是 10 分贝;潺潺的溪流声大约是 20 分贝;轻轻的交谈声大约是 20~30 分贝;柔和的轻音乐声大约是 40 分贝;收音机和电视播放的中级音量大约是 50~60 分贝;载重汽车的响声大约是 90~100 分贝;摩托车的吼叫声大约是 105 分贝;雷声是 110 分贝;喷气发动机发出的声音大约是 150 分贝;火箭由地面升空时的声音是 140~170 分贝。

音色

发声体的个性

音色又称"音品"。我们之所以能辨别出不同人发出的声音,是因为每一个人所发出声音的音色各不相同。各种乐器的音色也是各不相同,主要由发声物体的材料、形状等决定。笛声清脆,提琴声悠扬,钢琴声饱满,显示的是它们各不相同的音色。

大号的音色浑厚低沉、威严庄重。

音调

声音的高低

音调也叫音高。它是由与发声体振动快慢有关的即声音的频率所决定的。音调高指声音的频率高,听起来尖细,如女高音的声音频率可达 1177.2 赫兹;音调低是声音的频率低,听起来感觉低沉,如男低音的音频可低至 65.4 赫兹。乐器音调的高低与它的长短、形状、所用材料都有关,其中一个发生变化,音调将随之变化。胡琴、提琴、吉他的几根琴弦的粗细都不一样,以便发出从低到高不同的声音。

各种乐器由于琴弦的长短、粗细不同,所发出的音调也高低不同。

乐音

周期性振动的声源发出的有韵律的声音

音乐家演奏的乐曲声或歌唱家演唱的歌声都是乐音。舒缓柔和的轻音乐能令人产生愉悦的心理和生理反应,但当声音的频率过高时,有韵律的振动产生的也不再是乐音了。为了保护大脑、增强脑功能,应当多听舒缓、柔和的轻音乐。轻音乐能调整人的心情,提高大脑的兴奋水平,启迪灵感,提高用脑效率。

噪音

声源不规则振动产生的声音

生活中的噪音指一切对人们生活和工作有妨碍的声音，它的界定不单独由声音的物理性质决定，还与人们的生理和心理状态有关。一般说来，大于90分贝的声音就是噪音。噪音会妨碍人们的休息并影响健康，降低工作效率。太大的噪音还能引起耳聋。研究控制噪音问题的学科，称"噪音控制"。戴听力保护器可以在嘈杂的情况下保护听力。长期在噪音很大的场所工作，会造成人耳对某些频率声音的听力损失。

工人在用有噪音的机械工作。他的耳朵上戴有保护装置，防止噪音进入耳朵。

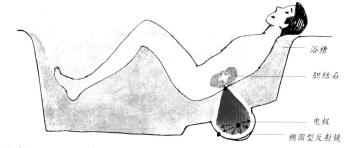

用超声波可以粉碎人体内的胆结石。电极可以产生冲击波，医生再用反射镜聚拢声波，将之集中到结石上，就能使结石粉碎。

多普勒效应

当声源和观察者有相对运动时，观察者接收到的频率和声源发出的频率不同的现象

具体地说，声源和观察者相互接近时，观察者接收到的频率升高，相互离开时接收到的频率则降低。表现在听者生理感觉上则分别是听到声音升高和降低。例如火车远去时，站台上的人听到的汽笛音调（频率）会降低。这种现象是由奥地利物理学家多普勒首先发现的，所以称多普勒效应。

次声

频率低于20赫兹的声音

频率在 20～20000 赫兹范围内的，可以被人的耳朵捕捉到的声音，叫作可闻声。次声是频率低于20赫兹的声波，人耳听不到。地震时，在大地中传播的就是次声波。爆炸时在空中传播的也是次声波。虽然人们听不到次声，但有时可以感觉到它的压力波。利用特有的仪器，可以检测次声以预测地震。

超声波

频率高于20000赫兹的声波

超声波具有波长短、方向性强的特点。超声波穿透液体和固体的能力要比低频音波大得多，超声波可以用来击碎肾里的结石并使之从尿道口排出。注满水的超声波浴器可以除去实验仪器的灰尘。超声波拥有巨大的能量，足够的超声波甚至还可当作解剖刀来解剖身体或来熔接塑胶，它还可以作为促进化学反应的催化剂使用。

回声

一切反射回来的声音

当声波遇到硬的表面反射时，就可听到回声。原来的声音和回声之间的时间间隔长短，可以反映出声音在反射之前走了多远。它走得越远，听到回声的间隔时间就越长。声音常可连续多次反射成为多重回声，交混一起，形成混响。例如在山间放炮或打雷，虽然发音时间很短，但人耳听到的声音却隆隆不绝。大自然中有许多地方可产生回声。

浴槽
胆结石
电极
椭圆型反射镜

声呐

利用超声波在水中传播和反射的特性来探测水中目标状态的仪器或技术

声呐可分为主动式和被动式两种。主动式声呐指能反射水下声音并能利用其反射波的仪器。被动式声呐是能接收远距离所发出的水下声音的仪器。声呐技术目前已广泛被使用于各种舰艇和水下作业，如探测水下目标、水中自动跟踪以及渔业勘测等。

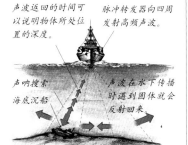

声波返回的时间可以说明物体所处位置的深度。

脉冲转发器向四周发射高频声波。

声呐搜索海底沉船

声波在水下传播时遇到固体就会反射回来。

声学

研究声波的产生、传播、接收和作用等问题的学科

根据研究的方法、对象和频率范围的不同，声学可以分为：几何声学、物理声学、语言声学、生理声学、心理声学、建筑声学、水声学、电声学、大气声学、分子声学、声能学、超声学、噪声控制学、次声学、微观声学、振动和波动声学、音乐声学、生物声学等部分。20世纪以来，发展最快的声学应用部分已具有技术学科的性质。

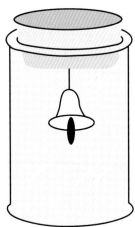

电磁波

制作玉米花

1. 准备好玉米、耐热玻璃容器、微波炉。
2. 把玉米装入玻璃容器里，然后用微波炉加热。
3. 1分钟以后，将玻璃容器取出。这时你会发现玉米已经完全裂开，变成香气四溢的玉米花。

想一想 微波炉为什么能够加热？它是如何使玉米变成玉米花的?

电磁波是具有某些电的特性和磁的特性的横波，变化的电场和磁场可以产生电磁波，我们眼睛看见的光也是一种电磁波，但它只是电磁波里面很小的一部分。电磁波的传播同机械波的传播相比存在一定的差异，它在没有媒质介入的情况下也能进行。各种电磁波以相同的速度传播。进入媒质后，电磁波的传播速度会变慢。无线电波、红外线、可见光、紫外线、X射线、γ射线都是电磁波，这些电磁波因波长的不同而各有其作用。电磁波既有波的性质，又有粒子流的特性。各种电磁波依频率的不同而各有自己的特性。

电磁波的特性

电磁波本身所具有的性质和特点

与声波和水波相似，电磁波具有波的性质。可以发生折射和衍射等现象。它的速度、波长、频率之间满足关系式：速度 = 波长 × 频率。电磁波同时还具有粒子流的性质，若没有遇到折射或反射就永远做直线运动。以光为例，当光通过极化的滤纸时，就表现出电磁波的特性。一束普通光包含了可以在各个方向振动的波。在极化滤纸中，既有类似于水平，又类似于垂直的小裂缝。当光进入极化滤纸时会变暗，说明只有某些振动方向的波能够通过，其他的波被挡掉了。光表现出粒子流行为的另一个例子是当光束照到一些物质上时可产生称为光子的小粒子。

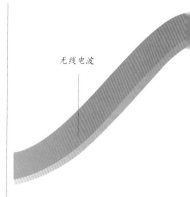

无线电波

电磁波的速度变化

电磁波经过不同媒质时其速度会变化

所有的电磁波传播的速度是相同的，在真空中大约每秒3亿米，即30万千米。太阳光到达的地球约需8分钟。如果电磁波要经过某些媒质(如固体、液体或气体等)时，它的速度就要放缓或减慢。若电磁波斜穿过某种物质进入另一种物质，那么就会产生折射。有的物质能吸收某些波长的辐射，让另一部分波长的辐射通过。例如光线通过玻璃时，某些紫外线部分被吸收，红外线则被反射。

第一张极化滤纸仅允许上下振动的波通过。当第一张极化滤纸被放置到第二张前面并成90°角时，就没有光通过。

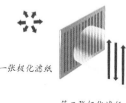

第一张极化滤纸

第二张极化滤纸

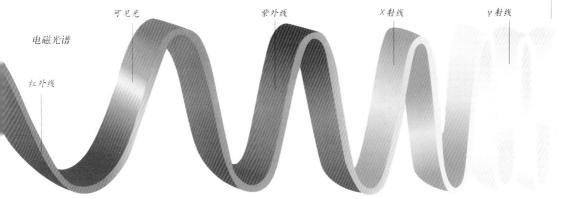

电磁光谱

可见光　　　紫外线　　　X射线　　　γ射线

红外线

电脑可以产生电磁辐射。

电磁辐射

电磁波传递的能量

电磁辐射不需要媒质，在外层空间的真空中也能传播。所以，太阳和星星的光能穿过太空传播到地球，航空航天局的工作人员能与轨道上的航天飞机保持联系。离发射源距离越远，辐射的强度也就越弱。所有的电磁波以相同的速度传播，但波长和频率却不同。波长减小，频率将增加。电磁波携带的能量随着频率的提高而增加。频率越高，能量越大。过量的电磁辐射(电视、手机、电脑等均可产生电磁辐射)会对人体造成伤害。

电磁光谱

电磁波按频率增加(也即波长减小)的顺序排列时，电磁波系列的名称

电磁光谱由无线电波、红外线、可见光、紫外线、X射线和γ射线组成。其中，只有可见光人眼能看到，其他频率和波长的电磁波是人眼无法看到的。电磁波的波长变化范围极大，长的有地球直径那么长，短的如构成物体的原子核那么小。

无线电波

波长最长、频率最低的电磁波

无线电波长范围从1毫米到数千米不等。雷达、微波炉、电视和收音机就是利用各自不同波段的无线电波来工作的。许多恒星与星系也会发射无线电波，可用特殊望远镜对之进行侦测。无线电波望远镜即是用来接收遥远天体发射的无线电波的仪器。

雷达

利用无线电波反射定位物体的仪器

雷达是无线电探测和测距的缩写。雷达能用于定位物体。雷达装置发出的无线电波短脉冲，被一定范围内的物体反射，接收器探测到这些反射回来的波，然后计算电波从目标返回所经历的时间。根据时间和已知的波速，接收器计算出物体的距离。早期的雷达用于军事领域。现在的雷达除了用于军事上外，也日益广泛地应用到民用事业和各项研究中，如气象、航海、地图测绘、探矿、宇宙航行等。

无线电波望远镜

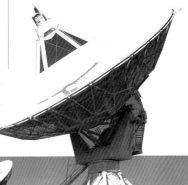

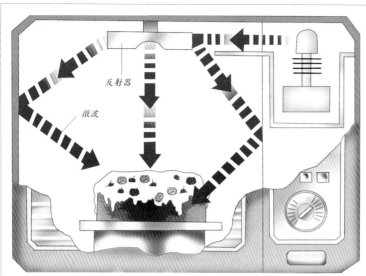

食物中的水分子在微波炉中反复吸收微波的能量，使食物能完全受热从而迅速煮熟。

可见光

电磁光谱中人眼能看到的部分

不同波长的光有不同的颜色。可见光的波长在 0.4～0.7 微米之间。依波长由长到短的顺序，依次是红、橙、黄、绿、蓝、靛、紫七色光。

紫外线

比可见光波长短的一种电磁波

紫外线又称为 UV，波长一般为 0.04～0.39 微米之间。紫外线的波长短，能量高，对于生物的影响很大。波长最短的紫外线 C 具有杀伤生物细胞的能力。因此，紫外线除了用于医院等地的器具消毒之外，还可用于水池和水上公园水源的净化。紫外线可以杀灭使池水变绿的藻类。但是过量的紫外线可灼伤人的皮肤，导致病变。

长期户外活动应注意防紫外线照射。

微波

波长最短、频率最高的无线电波

微波在光的波谱中位于红外线之外，它们被天文学家用来研究太空中遥远的物体。在日常生活中微波最常见的用途之一是微波炉。微波炉工作时，炉子发出能够穿透食物的电磁波，食物中的水分子从微波中吸收能量，使食物变热。由于树木、建筑和山脉等不会阻挡微波的传播，所以利用微波还可以进行远距离电话、电视信号的传播。

利用红外线照相机拍摄出来的金星北极的云层。

红外线

波长较可见光短的一种不可见光

红外线的波长范围在 0.7～1000 微米之间。红外线又叫热射线。它具有生热的作用，可用于取暖和干燥、制造红外线烤箱、红外线炉等。大多数物体都会发射红外线，所以红外线也可用于监测报警装置(制造红外线遥感仪)及夜间照相。此外，也可用于红外线光谱的研究及特殊效果摄影等。用红外线照相机拍摄的照片，经计算机处理后，可以从颜色看出温度的不同。红色表示高温，黑色或蓝色表示低温。

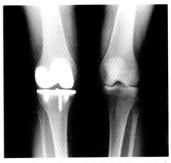

利用X射线照片，不动外科手术就可以检查出是否存在骨折情况。

X 射线

一种波长很短的电磁波

　　X 射线是 1895 年被德国物理学家伦琴发现的。因为它的波长很短，大约在 $10^{-19} \sim 0.1$ 微米之间，所以穿透本领很强。在医学上可以用作人体的透视，检查体内的病变和骨骼情况；在工业上用作零件探伤，检查金属部件有没有缺陷。长期接触 X 射线，对人体健康是不利的，使用 X 射线工作时要采用一定的措施来保护自己。另外 X 射线还有感光作用，可以使底片感光。

γ 射线

一种电磁辐射形式

　　γ 射线的频率可达10亿赫兹以上。波长极短的 0.3 纳米以下的 γ 射线能穿透金属等物体。在医院中可用 γ 射线透过人体进行诊断，并将之定位于肿块，将病毒杀死，但这种射线只可少量使用。过度照射 γ 射线可致癌。γ 射线还可用来检测金属中的裂纹。

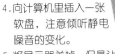

实验：电磁辐射产生的干扰

准备材料： 计算机、AM/FM 便携式收音机、记录单。

实验步骤： 1. 将收音机调至一个 AM 频段，然后调整旋钮，直到你听到两频段之间的静电噪音。

2. 启动计算机，注意倾听静电噪音的变化。

3. 把收音机慢慢地向正在运行的计算机靠近。当静电噪音变得很强烈的时候，记录下收音机与电脑之间的距离，并把收音机放在那里。

4. 向计算机里插入一张软盘，注意倾听静电噪音的变化。

5. 将显示器关掉，但是让硬盘继续工作，注意倾听静电噪音发生的变化。

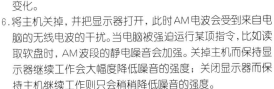

6. 将主机关掉，并把显示器打开，此时 AM 电波会受到来自电脑的无线电波的干扰。当电脑被强迫运行某项指令，比如读取软盘时，AM 波段的静电噪音会加强。关掉主机而保持显示器继续工作会大幅度降低噪音的强度；关闭显示器而保持主机继续工作则只会稍稍降低噪音的强度。

原理说明： 电脑发射无线电波，这是一种电磁辐射。它能对收音机产生干扰从而降低收音机的收听质量。我们生活中的很多电子产品如手机和电脑都会产生电磁辐射。所以飞机在起飞与降落的过程中总是会要求乘客们关闭他们的手机或笔记本电脑，因为在这段时间里飞行员与地面指挥中心之间的通讯是至关重要的。

· 智慧方舟 ·

填空：

1. 电磁波在真空中的传播速度是_____。

2. 通常说的防晒是防_____线。

3. 波长最短的电磁波是_____。

4. 红外遥感仪利用的红外线的性质是_____。

5. X 射线是_____首先发现的。

判断：

1. 雷达发射的是长波。（　　　）

2. 医院中现在常用 γ 射线透视。（　　　）

3. 电磁辐射不需要媒质。（　　　）

光和色

・探索与思考・

制造彩虹

1. 准备好装了半盘水的深盘子和镜子。
2. 把镜子斜放进盘子里，使水刚好没到镜子的一半处。
3. 对准太阳转动盘子，使阳光照到镜子上，调整镜子，可发现墙面上出现了一道"彩虹"。

想一想 这道"彩虹"是哪里来的？

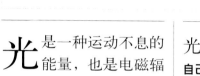

光是一种运动不息的能量，也是电磁辐射的一种形式，光由极微小的能量粒子——光子组成。它以细微的光波沿直线传播。我们通常所说的光是指可见光，它仅是电磁光谱中很小的一部分。像所有的波一样，光可以发生反射、折射、衍射、干涉等现象。所有的光都包含着色彩，来自太阳的白色光也是由红、黄、蓝等七种颜色组成的，只是物体受到光线照射时，仅仅有一部分色光被反射出来。我们的眼睛能感觉物体在光线照射下反映出的不同颜色，于是我们就看到了色彩不一样的各种物体。

光源

自己能发光的物体

人们日常接触到的光大多来自太阳，而太阳这类可以产生光的物体即称为光源或发光体。就人类或其他生物而言，太阳都是最主要的光源。另外，万里无云的晴朗夜晚，仰头观看天象会发现无数闪烁的星辰。星星虽然和太阳同样是大光源，但由于距离遥远，能传达到地球的光线非常有限，无法像太阳一样提供足够的光。但不仅仅是热体才发光，通过气体的电流会激发电子，这些电子能够把额外的能转化为光。有些化学品有时会释放光，某些动物如萤火虫及深海鱼身上的发光条纹和斑点也是由于化学反应而产生的。

灯光

由电产生的光

灯光是我们常见一种光。大多数家庭用的灯泡都含有细钨丝，电阻很大的细钨丝会因为电流而发热，当到达高温时就会产生光。在电流逐渐增加的过程中，刚开始时钨丝会呈现暗红色，温度大约是500℃，当温度升至800℃时，钨丝就会发红光；等到温度高达1200℃～1300℃时，就会射出近似自然光的白色光。

萤火虫能发出磷光。

冷光

某些物体并非因温度升高发射的可见光

有些物质在受光线照射时，不会马上将照射来的光线反射出来，而是先完全吸收，之后才逐渐将光线反射出来。这种物质中分子被激发(吸收能量)后放射出光线的现象，称为萤光或磷光。萤光或磷光都是冷光。

常见的烛光也是光源。

光线

表示光的传播路线的直线

研究光的传播时，沿光的传播路线画一条直线，并在直线上画上箭头表示光的传播方向，这种表示光的传播方向的直线叫光线。光线并不是真实存在的，而是为了研究方便，假想的理想模型。

光束

具有一定关系的光线的集合

手电筒发出的光就是光束。如果光束中所有光线本身或其延长线交于同一点，这种光束称为同心光束。同心光束可分为发散光束、会聚光束和平行光束三种，平行光束的光线交点位于无限远。从形状上来看，最简单的光束是锥体形的。锥形光束的特点是，从发光点出来射向某一方向的光沿着以发光点为顶点的锥体向远处传播。从宽广的光源射向某一方向的一部分光，包含着许多方向的锥形光束，一般称之为一道光。经过光学仪器后，光束中光线的相对方位可以改变，例如，某些光学仪器可以使光束中光线相互平行，成为平行光束。

影子

不透明物体阻光形成的暗影

光是以直线传播的。在遇到不透明的物体时，光便被挡住，在物体身后出现的暗影即物体的影子。影子的清晰度取决于光源。点(小而集中的)光源投射的影子轮廓清晰；扩展(较大的)光源投射的影子则比较模糊。影子的形状则与物体的形状、放置的方法以及光源与物体的相对位置有关。影子的存在证明光是直线前进的。

人的影子能够随着太阳的位置而变长或变短。

发生日食时，在地球上月球本影里的人看不到太阳的整个发光表面，这就是日全食。在月球半影里的人看不到太阳某一侧的发光表面，这就是日偏食。在月球本影延长的空间里的人看不到太阳表面中部，能看到太阳周围发光的环形面，这就是日环食。

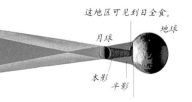

太阳

这地区可见到日全食。
月球
地球
本影 半影
这地区可见到日偏食。

本影和半影

光在直线传播过程中所形成的两种暗影

影子有"本影"和"半影"之分。本影指光在传播过程中遇到不透明物体时，在其后方形成的全暗区域。半影是指在影子边缘，有部分光可到达的区域。在本影区域内完全看不到光源的光照射，在半影区域内只能看到部分光源发出的光。

这地区可见到日偏食。
这地区可见到日环食。

太阳

入射光

反射光

水

当太阳照射在水面上时，它形成一个闪烁的图像。这是因为水的表面处于不断的运动之中，水面上不同的地方从不同的角度反射光。

反射

光被物体反弹回来的现象

光的反射是指光从一种媒质射入到另一种媒质时，在两种媒质的分界面上，光将改变传播方向，一部分光回到原媒质里继续传播的现象。平行的光线照射在平面镜等光滑物体的表面上时，全部光线都以会相同的角度弹回。人们能够看见不发光的物质，也都是因为它们能够反射光的缘故。一般来说，明亮物体反射的光比暗的物体多。

全反射

光从光密媒质（光在其中传播速度较小）射到光疏媒质（光在其中传播速度较大）的界面时，全部被反射回原媒质的现象

当发生全反射时，所有光都会在两种媒质的交界处被反射出来，而没有任何折射现象，也就是说当入射角超过某个角度时，光线就无法进入第二个媒质中，而会在交界面全部被反射出来。钻石能从内部散发出耀眼的光芒，折射率较大固然是原因之一，但主要还是由于全反射而造成的。

漫反射

投射在粗糙面上的光线向各个方向反射的现象

漫反射时，反射面粗糙不平，所以即使入射的是平行光线，按照反射定律（光在反射时，入射角等于反射角），光线在粗糙面上不同点反射后仍会沿不同方向射出。由于一般物体表面对光有漫反射作用，人们才能从不同方向看到物体。教室里的黑板用毛玻璃，电影幕布用粗布，都是为了使各个方向的人都能看到。漫反射可以解释为何粗糙物体的表面总是看起来比较暗。

大海中的海市蜃楼

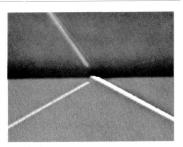

光的折射

折射

光从一种媒质斜射入另一种密度不同的媒质时，传播方向一般会发生偏折的现象

光在不同的媒质中传播的光速不同导致了折射现象的发生。两种媒质间速度的差越大，它们边缘间的折射效应就越大。同一媒质对不同波长的光折射的程度不一样。由于光的折射作用，斜放在一杯水中的吸管看起来是弯曲的，游泳池的水深看起来也比实际的要浅。

海市蜃楼

一种因光的折射而出现的自然现象

发生海市蜃楼的前提是底层空气的温度与上层空气比相差很多。这时，底层和上层空气的密度会有较大的差别。在沙漠中，光线从温度较低的上层空气传播到温度较高的下层空气时，传播速度会加快，光线就被朝上折射，进入人的眼睛成像。沙漠里的人，就会以为自己看到了远方的物体或者池水，但那不过是海市蜃楼，是光的折射引起的幻像。

散射

光束在媒质中传播时，部分光线偏离原方向而分散传播的现象

媒质密度不均匀或媒质中存在较细小的颗粒时，均会发生光的散射现象。波长越短的光，散射能力越强；颗粒越细小，散射短波光的能力也越强，只有一些像水珠等较大的颗粒，才能散射波长较长的光。当天空很洁净又很干燥时，大气中水汽很少，也少有灰尘，只有空气分子悬浮着。空气分子的大小与光的波长相比要小得多。光线照在成群的空气分子上，短波长的光就容易朝四面八方散射开来。空气分子散射的紫光强度是散射红光强度的16倍以上，所以天空中呈现的就是这些波长比较短的散射光的综合色——蔚蓝色。发生沙尘暴的时候，天空中充满着一种颗粒较小的灰尘，它们除了散射波长较短的光以外，还能散射一部分波长更长的光，这些散射光的总和就呈现出黄颜色。

太阳光线和空气里肉眼看不到的空气分子发生碰撞，向各个方向散开来，引起散射现象。而散射容易产生蓝色的光，因此白天的天空看上去是蓝色的。

雨后彩虹

彩虹

雨后出现的一种自然现象

雨后空气中有许多小雨滴。太阳光遇到雨滴时产生反射和折射，于是被分解成几种颜色的光，形成彩虹。观察者的位置不同，彩虹的形状也不同。地面上的观察者看到的通常是半圆形，而高空中的飞行员则经常看到环形彩虹。有时候一条彩虹的上面还有稍淡一点的另一条彩虹。上面的一条彩虹由于光线和颜色受到雨滴的两次反射，所以要暗淡一些。

色盲的人不能分辨某些颜色。如果你的颜色感正常的话，你可以在图中看到"6"这个数字。

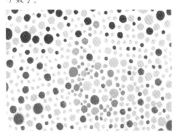

颜色源

可以直接产生彩色光的光源

某些光源就可以看作是颜色源。例如放电器可以使灯里的钠蒸气闪烁黄色。太阳光和白炽电灯之所以看起来发白，是因为它们包含所有范围的可见光波长，并且比例接近相等。大部分彩色光源都是通过从白色光里除去某些范围内的波长来工作的。

光的颜色

红、橙、黄、绿、蓝、靛、紫

可见光的波长不同，人的眼睛对它产生的生理感觉就不同。可见光谱分为七种颜色，即：红、橙、黄、绿、蓝、靛、紫。但人对各种颜色的感觉是各不相同的，例如，波长为575纳米的光，一般人大脑的感觉就是绿黄色，而色盲患者对光的颜色的感觉与常人不同，他可能把这种颜色的光看成是红黄色。

色散

复色光分解为单色光形成光谱的现象

不同波长的光折射角度不同，其中短波长的光的折射角度较大，所以复色光进入另一媒质时常因折射而见到色散现象。五颜六色的肥皂泡、雨后的彩虹等都是自然界中的色散现象。从广义来说，色散不仅包括光波分解成光谱，任何物理量只要随频率或波长而变，都称"色散"。

色光三原色

红、绿、蓝

色光三原色也叫"三基色"。红、绿、蓝三种光波，在不同强度下可以复合成光谱中的各种色光，没有任何光可以混合成这三种原色，故称"三原色"。三原色复合成色光时，色光亮度增强，所以红、绿、蓝又被称为"加色三原色"。三原色复合成的合成色有黄色(红色＋绿色)、青色(绿色＋蓝色)、绛红色(红色＋蓝色)等。通过混合不同颜色的单色光获得新色光的方法称色加。

互补色

混合后产生白色光的两种色光

每一种单色光都有另一种和它混合后产生白色光的复色光存在，这两种色光称为互补色。例如，黄色和蓝色，绛红色和绿色都是互补色。

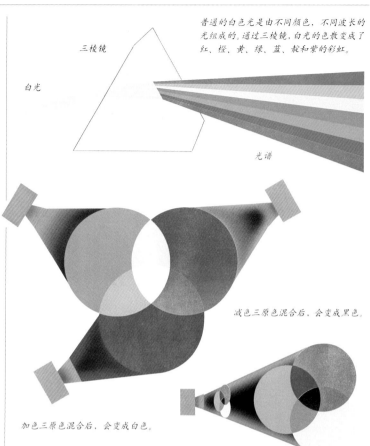

普通的白色光是由不同颜色、不同波长的光组成的。通过三棱镜，白光的色散变成了红、橙、黄、绿、蓝、靛和紫的彩虹。

三棱镜

白光

光谱

减色三原色混合后，会变成黑色。

加色三原色混合后，会变成白色。

色料三原色

青、黄和品红

颜料本身并不发光，受到白光照射时，会吸收白光中的某些色光而反射其他色光，并呈现出某种特定的颜色，这种利用减法混合获得新颜色的方法称为色减。它的三原色青、黄和品红称为减色三原色。颜料的混合色与光的混合色是不同的。将三原色颜料等量混合，将获得黑色。颜料的合成色是红色(绛红＋黄色)、绿色(青色＋黄色)、蓝色(绛红色＋青色)。用不同数量颜料进行组合，能产生任何颜色。

色标树

一种颜色分级的标度系统

色调(基本的颜色)、色度(颜色量)，以及色彩的浓淡(明暗程度)都是可以测量的。每种颜色可以在色标树上对号入座。颜色在树的圆周上的位置表示色调；颜色与树干之间的距离远近表示色度；颜色在树干上的位置则表示浓淡。

色标树

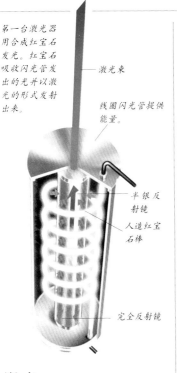

第一台激光器用合成红宝石发光。红宝石吸收闪光管发出的光并以激光的形式发射出来。

激光束

线圈闪光管提供能量。

半银反射镜

人造红宝石棒

完全反射镜

激光

一种高度聚焦且不会发散的非常窄的光束

普通白色光由不同颜色、不同波长的光组成。激光则由相同波长或颜色的光组成。这种光波是相干的或同步的，所有波的波峰一致。激光由激光器产生，激光器由含有红宝石或氦氖混合物等物质的管道组成。红宝石受激后释放出特定波长的光，经多次反射后形成光子束从管道中发出，这种从管道中发出的光束就是激光。激光颜色单一、方向性好、亮度很高。1960年，美国研制了第一台激光器。此后，激光的研究和应用发展很快。到今天，激光技术在许多领域得到了应用，给人们带来了巨大的好处。

· DIY 实验室 ·

实验：观察色加现象

准备材料：牛顿色盘（又叫七色板）、频率相同的红绿蓝三色光源、白纸板、三棱镜。

实验步骤：1. 用手快速旋转牛顿色盘，观察色盘上的颜色变化，这时你会发现盘面看上去只是日光的颜色（白色）。

2. 让红光、绿光和蓝光分别通过三棱镜，观察有无色散现象；然后将红、绿、蓝三色光两两组合，分别同时照射到白纸板上同一区域，观察色光叠加的区域呈现的颜色，最后让三种色光同时照射到白纸板上同一区域，观察出现的颜色。思考这三种色光的性质。

原理说明：第一步的结果证实了白光是由红、橙、黄、绿、蓝、靛、紫几种色光按一定比例混合成的。第二步中，透过三棱镜后，三种光都没有出现色散现象，说明它们都是单色光；将它们两两混合时，会呈现其他颜色的白光，如红色光和绿色光叠加的区域呈现黄色光，红色光和蓝色光重叠处呈现绛红光，蓝光和绿光混合处呈现青光，而三种单色光混合处呈现白光，这说明红、绿、蓝三色光是加色三原色，它们按一定比例混合，可生成其他颜色的光。

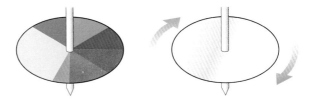

· 智慧方舟 ·

填空：

1. 粗糙表面看起来总是比较暗，是因为 _____。

2. 色散是指 _____。

3. 光的加色三原色是 _____。

4. 黄色和 _____ 为互补色。

5. 颜料的三原色是 _____。

6. 晴天时洁净的天空呈现蓝色是因为 _____。

判断：

1. 太阳是光源。（　　　）

2. 海市蜃楼是由于光的散射作用形成的一种自然现象。（　　　）

3. 萤光属于冷光。（　　　）

4. 激光由相同波长或颜色的光组成。（　　　）

光学器件及仪器

· 探索与思考 ·

针孔成像

1. 准备好纸杯、针、透明纸及胶带。
2. 用针在纸杯底部扎一个小孔。
3. 用透明纸盖住纸杯的杯口，用胶带固定住透明纸。
4. 走进一个漆黑的房间，打开窗户，让杯底朝向窗户。
5. 观察透明纸上面的像。

想一想 你所见到的像比实际物体大还是小? 是实像还是虚像?

光的特性可以通过各种光学器件表现出来，常见的光学器件有镜子、透镜等等。凭借光的特性，人们制造了很多光学仪器。这些光学仪器大多都运用光学原理来操作，例如照相机通过采集光线来拍摄照片; 双目望远镜和显微镜能把看到的东西放大，这些仪器都用不同的透镜或反射镜使光线折射或反射。光学仪器能让人们看到许多平时无法看到的微观世界的景象。凭借光学仪器的镜头，可以发现许多奇妙有趣的现象。即使用一个简单的放大镜，人们看到的细微之处也要比肉眼看见的大几倍。因此，对光的利用一直伴随着人类科学的发展。

像

从物体发出的光线经光学器件后所形成的与原物相似的图像

物体可以看作是由许多点组成的，物体上每一点都可以有自己的像，这些点合起来就是物体的像。物体的像有虚实之分: 实像是指实际的反射或折射光线相交而成的像，它是由真实的光线会聚而成的，可以在屏幕上呈现出来，如照相机底片上、电影屏幕上所成的像都是实像。虚像是利用反射或折射光线的反向延长线相交而成的，不是实际光线的交点，不能在屏幕上显现出来，但能用眼睛直接观察或拍摄下来。平面镜、放大镜、近视眼镜、望远镜等助视仪器观察到的物体的像都是虚像。

镜子

对光具有规则性反射能力的光滑平面或曲面

所有经过打磨而能反光的表面都是镜子。大多数镜子是在平滑的玻璃背面镀上薄薄一层金属(通常是铝)制成的。我们在家里和汽车上都要用镜子，许多科学仪器如显微镜里也装有镜子。镜子之所以能成像是因为光的反射缘故。当光照射到镜子上时，光会以它照射到某个表面的同样角度反弹回来。

平面镜

反射面为平面的镜子

如果在平面镜前放置一个物体，就可以在镜子中看见这个物体的影像。平面镜成像具有如下几个特点: 它所成的像是直立的虚像，大小与物体相等; 物与像分别在镜的前后，两者与镜面的距离相同; 物体与影像的位置对于镜平面是对称的。日常生活中常用平面镜来改变光线的进行方向，譬如潜望镜就是利用平面镜来改变光线行进方向从而达到控制光路的目的。

照镜子时，人看到的镜子里的图像是虚像。

凹面镜

反射面为凹面的镜子

凹面镜与凸面镜都属于球面镜范畴，光学上把连接镜面顶点和球心的直线称为"主轴"。与主轴相近而与它平行的一束光线，被镜面反射后，反射光线（或其延长线）与主轴的交点，称为焦点。镜面顶点和焦点间的距离称为焦距，等于球半径的一半。凹面镜的球心和焦点（实焦点）都在镜前，有使入射光线会聚的作用，所以凹面镜也称"会聚镜"。当光线照射过来，凹面镜会将它们反射回去，反射回的光线便会会聚在镜子前面的焦点上并产生一个缩小的实像。耳科医生所戴的凹面镜，正是利用这种原理，使反射出的光束集中于耳道内的某一点上，便于看清楚耳道内的情况。此外，探照灯、汽车头灯、手电筒等都是利用凹面镜的原理制成的。

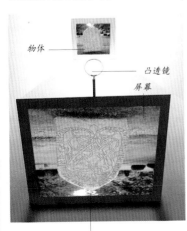

物体

凸透镜

屏幕

透镜所成的像垂直且水平的颠倒。

透镜成像示意图

凸面镜

反射面为凸面的镜子

由于球面的特点，凸面镜对光线有发散作用，它不像凹面镜那样产生一个缩小的实像，而是产生一个缩小的虚像，它的球心和焦点（虚焦点）都在镜后。由于凸面镜所成的像比实物小很多，这样，从凸面镜中能观察到的范围就变大了。由于凸面镜的这一特点，驾驶员从后视镜看见的范围就要比平面镜大一些，这也是一种增加安全性的举措。

透镜

折射面是两个球面，或一个是球面，另一个是平面的透明体

透镜是由多种曲率不同的透明材料制成的，用于使物体发出的光线聚焦成像。透镜通常为圆片，折射面是两个球面，或一个是球面，另一个是平面的透明体。透镜一般分为凹透镜和凸透镜两大类。

在路口设置的观向镜都是凸面镜。

凹透镜

边缘比中央厚的透镜

当光线从一种媒质到达另一种媒质时常易发生折射现象，而发生在透镜中的折射则使光线弯曲成为可控制的事情。当平行光线穿过凹透镜时，凹透镜能将它相互分离，从而达到分散光线的目的。凹透镜的焦点在透镜的后面，所以给人以光线是从其后面发出的感觉。通过凹透镜看到的物体会变小，所以提高其弯曲率时可以使图像变得更小。凹透镜常常用于近视镜或者照相机、望远镜和显微镜的复合透镜中。

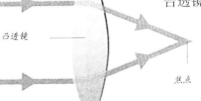

凸透镜

焦点

凸透镜的两面向外突出，光在它的焦点处相遇时会朝内发生折射。

四透镜

凹透镜的两面朝里凹陷，能使光线朝外折射或者散播出去。

凸透镜

中央比边缘厚的透镜

凸透镜又叫会聚透镜，它能把通过它的光线聚集在一起。如果物体距离凸透镜在1倍焦距以内，则成正立放大的虚像；如果物距在1倍与2倍焦距之间则可以成倒立放大的实像；如果物距大于2倍焦距，则成缩小的实像。

眼镜

用以矫正视力或保护眼睛的光学器件

眼镜常由镜片（一般为透镜）和镜架组成。矫正视力用的眼镜可分为三种：

一、近视眼镜：由凹透镜制成，能把原先落在视网膜前的像后移到视网膜上；

二、远视眼镜和老花镜：由凸透镜制成，能把原先落在视网膜后的像移前到视网膜上；

三、散光眼镜：由球柱面透镜或复曲面透镜制成，以矫正主要由于角膜各方向曲率不同所引起的像散性。另外，还有一些对眼睛起保护作用的眼镜，比如防护镜、防风镜和太阳镜等，它们能够保护眼睛免受灼伤、暴风袭击、强烈紫外线辐射和红外线辐射的刺激。总之，各种类型的眼镜不同，它们所起的功效也不同。

眼镜的功效是很显著的，但长时间戴眼镜会引起视觉疲劳，因此必须注意。

照相机

利用透镜成像原理在感光胶片上记录下被摄物体平面像的光学仪器

照相机是利用凸透镜成像原理来设计制作的。简单的照相机镜头就是一片凸透镜，但是复杂的照相机，为了保证成像清晰，镜头是由数片不同的透镜组合而成的，保证成像不失真，颜色不发生偏差。照相机成的是缩小的倒立的实像。照相机的成像原理很简单，但是要想拍出效果好的照片就是一件不容易的事了。照相机性能的好坏主要体现在曝光强度的控制上。底片的曝光强度是由相机光圈直径与焦距的比值决定的。这个比值是光圈系数或相对孔径。照相机光圈环上有1，1.4，2，2.8，4，5.6，8等数字。这些数字就表示光圈直径与焦距的关系。如2，表示光圈直径是焦距的二分之一。数字越小，表示光圈系数越大。

显微镜

显微镜

观察并放大微小物体或物体微细部分的光学仪器

显微镜是由两组透镜组成的。靠近被观察物体的一组透镜叫物镜，靠近观察者眼睛的一组透镜叫目镜。物体经过物镜成的像是放大的实像，这一实像落在目镜的焦距以内，于是又进一步被目镜放大成虚像。从目镜中看到的虚像，是经过两次放大的，所以放大倍数就更大了。这样可以简单地算出显微镜的放大率，它等于物镜放大倍数和目镜放大倍数的乘积。如显微镜物镜上刻有"30×"，目镜上刻有"10×"，显微镜的放大率就是300倍。从显微镜里观察到物体的放大的虚像，跟原物体的位置相比较，总是上下倒置、左右互换的。一般光学显微镜的放大率最高可以达到3000倍，如果还需要进一步提高放大率，则要利用电磁原理制成的电子显微镜，放大率可以高达几十万倍，能观察到微小的病毒。

照明路径

将光线聚集成光束通过指定的途径

在使用显微镜进行观察时，被观察物体能被看到需要经过一组照明路径。大多数显微镜是从下面照明，灯泡发出的光线聚成光束，穿过一系列滤镜，将灯泡发出的广谱光挑选出一定波长的光。一棱镜把光束折向上面的聚光镜，聚光镜由一组镜片组成，它把光聚集成一小点，照射到观察物体上。穿过的光被一物镜吸收，物镜可按放大倍数变换，所选的物镜把光导入一光学镜片系统，然后把光投向目镜使观察者能看到物体的像。

电子显微镜

使用高速运动中的电子观察物体的显微镜

限制显微镜能力的不单是它的放大率，还有它在一定的放大倍数下的分辨率，电子显微镜的分辨率能够达到人眼的20万倍。这是因为它是用电子而不是用光来形成图像。电子是粒子，它们可以像有极短波长的光波一样运动，它们运动得越快，其光波越短而可能放大的倍数就越大。电子光束通过磁场聚焦，而非通过玻璃透镜聚焦。目前比较常见的电子显微镜有：透射式电子显微镜、扫描式电子显微镜、扫描隧腔显微镜。

望远镜广泛应用于军事战争中。

扫描隧腔显微镜

扫描隧腔显微镜通过一个尖尖的、带电荷的记录针工作。记录针紧贴样本的表面以至于电子可以跳过它们之间的缝隙，缝隙的大小决定所产生的电子流量。在记录针划过样本的表面原子时，计算机把电流和缝隙的数据保存下来。记录针的垂直运动可以生成样本表面的三维图像。

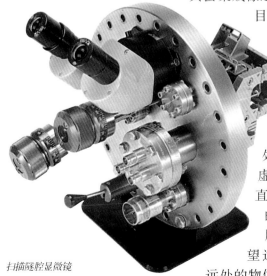

扫描隧腔显微镜

望远镜

一种用来观察远处物体的光学仪器

望远镜的类型常见的有以下几种：一种是船长们使用的老式望远镜和那些在旅游景点可以看到的折射望远镜；一种是最大的天文望远镜，称为反射望远镜，还有一种是射电望远镜。

折射望远镜

一种装有使光弯曲并聚向观察者的望远镜

折射望远镜由同轴装置的两块透镜组成，接近观察者眼睛的透镜叫作目镜，另一块靠近被观察物体的透镜叫物镜。物镜是焦距很大的凸透镜，目镜是焦距较小的凹透镜。物镜跟目镜的距离(也就是望远镜筒的长度)，等于这两个透镜焦距的差。望远镜对着远方的物体，物体发出的光在物镜没有将其会聚成像之前，就已遇到目镜，成为发散光束。这些发散光束的反向延长线的交点就是物体虚像的所在之处。观察这个虚像时的视角比直接观察物体时的视角来得大，所以利用折射望远镜能看清楚远处的物体。

反射望远镜

能够收集更多的光能使物像清晰的望远镜

许多反射望远镜和折射望远镜有很大的不同，因为它们不是用一个长筒把各部分连在一起。为了观察非常昏暗模糊的物体，望远镜需要收集很多的光而且必须收集得很广。制作大的透镜既昂贵又困难，因为这样的透镜又大又重而且会由于自身的重量形成弯曲，从而扭曲影像。使用光学材料制作大的镜子要容易得多，所以，最大的望远镜是反射望远镜。天文学家使用的反射望远镜通常被安置在山顶上。反射望远镜的后部有一个大的曲面镜子，它代替物镜将光反射到前部较小的镜子上。这个较小的镜子有一定的角度，以便它能把光反射进目镜并放大，使观察者能够看清楚物体。

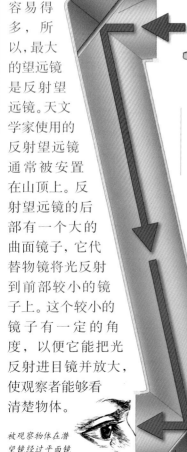

被观察物体在潜望镜经过平面镜的两次反射，最终被观察者看到。

平面镜

平面镜

被观察物体

潜望镜原理示意图

射电望远镜

测量天空中无线电的强质和频率形成图像的望远镜

射电望远镜的用途就是用于探测其他类型的电磁辐射。与普通望远镜相比，射电望远镜不用透镜来收集光线，而是用一种表面呈弧型的或"碟"型的天线收集电磁波。宇宙中的恒星等遥远天体不但发出可见光，也发出放射线，这也是一种电磁波，只不过肉眼看不见，而射电望远镜却可以侦察到这种射线并记录下来，并把信息转换成一张天空的图画。

恒星能发出各种辐射，天文学家建立许多大型射电望远镜，收集外太空的微弱射电磁波。图为澳洲新南威尔斯州帕克斯天文台的射电望远镜。

潜望镜

在隐蔽处所观察外界情况时常用的光学仪器

潜望镜是军事战争中常用的侦察敌情的仪器，在潜水艇、坑道和坦克可用它来侦察敌情。最简单的潜望镜用两块与观察方向成45°角的平面镜制成。当光从顶上的一块镜片反射下来，经过几次反射就可以到达底部的一块镜片。实际应用的潜望镜由物镜、目镜和两个直角全反射棱镜组成。潜水艇配备了潜望镜后就可以在水下观察水面上的情况了。

幻灯机

利用透镜成像原理，能将透明图片放映于幕布上的光学仪器

幻灯机是现代化教学中普遍使用的装置。讲课者可以利用幻灯机很方便地在银幕上放映各种画面，给听课者形象地讲解各种知识，幻灯机结构并不复杂，它主要就是利用透镜能成倒立、放大的实像这个原理制成的。幻灯机的镜头也相当于一个凸透镜，透明的幻灯片到镜头的距离比镜头的焦距稍大，用强光照射幻灯片，就可以把幻灯片上的画面放映到屏幕上，形成倒立放大的实像。为了使观众看到正立的像，幻灯片要倒插。另外，在幻灯机中，幻灯片放置并不是随意的，一定要放在离镜头为凸透镜焦距的1倍到2倍的距离之间并经调整聚焦才行。因为只有这样才能在银幕上放映出放大、清晰的图像。

投影仪

一种利用光学原理制成的现代教学辅助设备

投影仪比幻灯机更方便的地方是能把不透明的文字和图形投射到银幕上。不同之处在于投影仪用两块塑料螺纹透镜做聚光器(螺纹透镜作用相当于凸透镜)，同时用一块平面镜把像反射到屏幕上。投影仪中的光源能发出很亮的光，光经过一个凸透镜和带有文字图片的透明胶片后，逐渐会聚，再经过一个凸透镜，形成胶片的实像。在这个凸透镜后是一个有一定角度的反射镜，它能把像会聚投射到银幕上。

最早的反射望远镜

最早的反射望远镜是牛顿于1668年发明的。牛顿将金属磨成的反射镜代替会聚透镜作为物镜，以避免物镜的色散。从遥远的天体发出的平行光线经过金属改装后的物镜的反射后，就会向焦点会聚，这些反射光线在成像以前被一面小平面镜反射到旁侧的目镜上形成实像。反射望远镜有很多优点，其中之一是可以容纳更多的光，成像更清晰。

· DIY 实验室 ·

实验：制作幻灯机

准备材料：手电筒、黄油面包纸或者透明描图纸、硬纸板、胶带、木尺、剪刀、放大镜、幻灯片。

实验步骤： 1. 用黄油面包纸把手电筒的前置透镜包起来，用胶带固定。

2. 用硬纸板做一个幻灯片的框架，把它直接粘在手电筒的前面，把幻灯片（正面朝前）插进框架中。

3. 把手电筒固定在木尺的一端，把放大镜固定在木尺的另一端。

4. 把这个自制"幻灯机"放到桌子上，打开手电筒，把灯光对准一面白色的墙壁或者事先挂在墙上的一块白布床单上。熄灭房间里的灯或者拉上窗帘，不要让光线进入房间。

原理说明：幻灯片是一种已经经过显影的彩色胶片，它能够显示所摄物体与实物左右一致的图像。幻灯机把光送到幻灯片上，再通过透镜将一个真实的、放大的幻灯片图像投射到墙面上。这个实验根据的就是幻灯片的成像原理而设置的，实验中通过利用幻灯片的作用，你将可以看见墙上出现一个被幻灯片放大了的倒立图像，而且通过调节"幻灯机"和墙壁之间的距离，你还可以改变图像的大小。

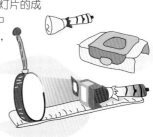

· 智慧方舟 ·

填空：

1. 平面镜所成的像是 ＿＿＿＿ 像。

2. 耳科医生常带 ＿＿＿＿ 镜替病人看病。

3. 驾驶员的车旁配备的是 ＿＿＿＿ 镜。

4. 当光穿过透镜时会产生 ＿＿＿＿ 现象。

5. 反射望远镜是由 ＿＿＿＿ 发明的。

判断：

1. 通过凹透镜观察到的物体看起来比较小。（　　　）

2. 凸透镜常用于放大镜和远视镜中。（　　　）

3. 近视眼镜的主要构件是凹透镜。（　　　）

4. 显微镜由物镜和目镜两个部分组成。（　　　）

5. 幻灯机和投影仪所采用的光学原理是一致的。（　　　）

—— 电与磁 ——

静电

弯曲的水流

1. 准备好尼龙布和塑料尺。
2. 用尼龙布不断地摩擦塑料尺的表面。
3. 打开自来水,用被摩擦的尺面去接近细流状态的水流。
4. 当尺接近水流时, 你会发现直流的水流开始向塑料尺方向弯曲。

想一想 为什么会出现这种现象?

静电是一种不流动的电荷。当我们用塑料梳子梳理干燥的头发时,由于静电作用, 会听到劈劈啪啪的响声; 如果是在黑暗中,还会看到闪光。劈啪声和闪光是静电突然流失的表现, 这种现象被称为放电。闪电就是云层之间或云层和大地之间突然放电的现象。静电可以通过摩擦产生, 在摩擦过程中,静电会积贮起来,直到通过某种方式释放出来。

电荷

原子内部的带电粒子

电荷是物质的固有属性之一,它不能脱离物质而单独存在。电荷有正电荷和负电荷两种,并且电荷最重要的特性是同种电荷互相排斥,异种电荷互相吸引。在正常情况下,两种电荷的数量相等,物体不带电,呈现电中性。但由于某种原因(如摩擦,受热等)而使物体失去一部分电子时,物体带正电;当获得额外电子时, 物体带负电。

同种电荷互相排斥,异种电荷互相吸引。

不带电荷时　　带同种电荷,相互排斥　　带同种电荷,相互排斥　　带异种电荷,相互吸引

电场

一个带电体对一个单位正电荷作用的空间

物质是由分子、原子等构成的,通常人们把日常生活中遇到的物质叫实物,而电场则是电荷或变化磁场周围的空间里存在的一种特殊形态的物质。电场虽不是由分子、原子构成,但它却是客观存在的。电荷和电场是不可分割的整体,电荷周围总存在着电场,电场的基本特性是: 静止电荷置于电场中将受到作用力。

电场线

表示电场的方向和强弱的假想曲线

电场线是电场中从正电荷出发到负电荷终止的曲线,其上任意一点的切线方向都与该点场强方向一致,具有这样特点的曲线就叫电场线。电场线的疏密代表了电场的强弱。因为电场线起始于正电荷,终止于负电荷,所以可以用来判断所带电荷的正负,又由于静止电荷在电场力的作用下,正电荷顺着电场线的方向移动,负电荷逆着电场线的方向移动,从而我们可以利用这些现象来判断静电感应中电荷移动的方向。当然我们无法用肉眼看到电场,它的强度如何也无法用肉眼来测量,所以我们常用右图假想线来表示。

起电

使原来不带电荷的物体带电荷的过程

起电的常见方法有：摩擦起电、感应起电、接触起电等，起电的过程就是将其他形式的能量转化为电能的过程。

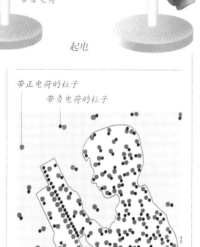

图中标注：电子运动　带负电荷　电子运动　带正电荷　起电

摩擦起电

用摩擦的方法让物体带电

两种不同的物体相互摩擦后，会出现一个带正电，一个带负电的现象。产生这种现象的原因就在于摩擦生热使电子活泼，电子在两物体之间移动，使物体产生电子的接受关系，电子逸出的一方带正电，接受的一方带负电。摩擦起电是电子由一个物体转移到另一个物体上的结果，因此原来不带电的两个物体摩擦起电时，它们之间电量的所得与所失在数值上必然相等。

带正电荷的粒子
带负电荷的粒子

两物体摩擦后，带负电荷的粒子会移动，使一方带正电，另一方带负电。

电荷守恒定律

一种电荷间互相转移时所遵守的规律

所有物体的起电过程，实际上都是使物体中的正负电荷分开的过程。电荷不可能脱离物体而存在，一个物体失去电子带正电，必定有另一个物体得到电子而带负电。起电的过程并不能创造电荷，只是转移电荷，电荷的这种不能创造，不能消灭，只能从一处转移到另一处的特点称之为电荷守恒定律。

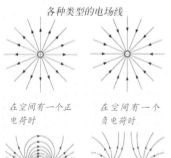

各种类型的电场线

在空间有一个正电荷时　　在空间有一个负电荷时

在空间有带相同电量的正、负电荷时　　在空间有带相同电量的正电荷时

静电感应

不带电的导体（能传导电流的物体）在带电体的作用下两端出现电量相等，电性相异的现象

静电感应是一种导体因受外电场的影响而在表面不同的部分出现正负电荷的现象。一般在其附近带电体的电场作用下，导体中的自由电子进行重新分布，直至导体内的电场的强度减小到零为止。结果靠近带电体的一端出现与它异号的电荷，另一端出现与它同号的电荷。当发生静电感应时，由静电感应所得的感应电荷，必为同时产生，且正、负电量相等。当带电体被移开时，导体上的电荷将恢复原来不带电的状态。

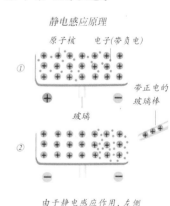

静电感应原理

原子核　电子（带负电）

① 带正电的玻璃棒

② 玻璃

由于静电感应作用，左侧会带正电，右侧则带负电。

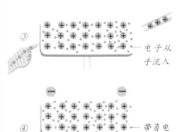

③ 电子从子流入

④ 带负电

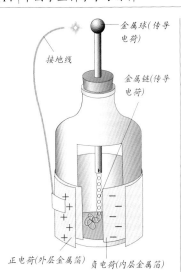

金属球(传导电荷)

接地线

金属链(传导电荷)

正电荷(外层金属箔)　负电荷(内层金属箔)

验电器

一种用来检验物体带电情况和区分导体与绝缘体的仪器

验电器是根据静电吸引或排斥的原理制成的，比较常用的是金箔验电器。金箔验电器的瓶口处有一个橡胶塞，塞中插入一根金属杆，杆的上端有一个金属球，下端悬挂一对金箔(或铝箔)。当带电体和验电器的金属球接触时，就有一部分电荷分布到验电器的两个箔片上，它们因带有同种电荷而互相排斥直至张开，所带的电荷越多，张角也就越大。

金箔验电器构造图

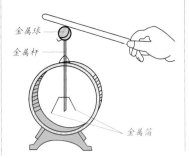

金属球

金属杆

金属箔

莱顿瓶

一种旧式的电容器

莱顿瓶是1745年由德国人克莱斯特和荷兰人穆申布鲁克分别发明，因最先在荷兰的莱顿使用而得名。它除了可作为检验静电的装置外，也能储存发电机产生的静电，以预备从事各种静电实验。莱顿瓶的主体构造为一个玻璃瓶，内外各贴有金属箔作为极板，另有一金属棒从瓶栓插入，上端附有一个金属球，下端附金属链，使与内层金属箔接触，用以使之带电或放电。

起电盘的构造

绝缘柄

载送电荷的金属盘

可经由摩擦带电的硬橡胶圆盘

起电盘

一种利用静电感应使物体带电的装置

起电盘由一个硬橡胶圆盘和一个装有绝缘柄的金属圆盘构成。先用毛皮摩擦硬橡胶盘，使它带负电，然后把金属盘放在上面，由于静电感应，金属盘的下面带正电，上面带负电。用手接触金属盘，让上面的负电通过人体逃逸出去，金属盘就只能带正电，握住绝缘柄提起金属盘，可以利用它上面的正电荷来使其他的物体带电。以上步骤，可以重复进行，从而可使物体获得较多的正电荷，用类似的方法也可获得负电荷。

避雷针吸引闪电将其导入大地，避免建筑物遭雷直击。

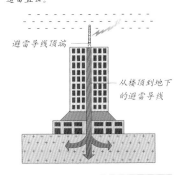

避雷导线顶端

从楼顶到地下的避雷导线

闪电

带不同电荷的云层之间或云层与大地之间因电荷的流动而产生火花放电的现象

闪电产生电的原因，至今还不是十分清楚，但一般都认为是一股电流从地面传导至热气层的一种物理作用，而雷雨云即可说是天空中的发电厂。为了产生闪电，雷雨云中必须进行一种电荷分离作用，以产生正负电荷。构成雷雨云的水滴和冰晶，受上升气流带动时，因互相摩擦后碎裂而产生正负电(此种说法尚未证实)。带正电的水滴与带负电的水滴分别分布在雷雨云上、下部;下部负电储存达到相当量时，云与云或云与地面就迸出火花，产生闪电。

闪电产生的示意图

避雷针

一种由金属棒和导线构成的,防止雷击的装置

避雷针是美国人富兰克林发明的,它的一端是尖锐的铜棒,竖立在高处,另一端接铜线埋入地下。避雷针的主要作用是防止闪电火花的发生。当雷雨云靠近时,因为它们下端主要是带负电,会促使避雷针上的电子被排斥到底下,从而针尖便聚集了大量的正电荷,这些正电荷因暴露在空间中而起到中和的作用,因此此在打雷时,雷电就会由避雷针的引导而进入大地中,从而避免房屋建筑直接遭受雷电的打击。

富兰克林

本杰明·富兰克林(Benjamin Franklin,1706~1790),美国的政治家,科学家。他在政治上功勋卓著,在科学上也屡有创新,譬如发明和研制了避雷针、双焦眼镜和火炉等物品。1752年富兰克林使用风筝和莱顿瓶进行了一场收集雷电的实验,实验的结果击碎了闪电是"上帝之火"等流行说法,使人们真正认识到雷电的本质。

· DIY 实验室 ·

实验:制作唱片起电盘

准备材料: 旧式留声机的老唱片、羊毛衫、金属瓶盖、木棍(直径为1.27厘米,长度为30厘米)、细砂纸、木工用胶。

实验步骤: 1.把金属瓶盖里的硬纸板取出,然后用砂纸将瓶盖上的涂层打磨掉。用水将打磨下来的涂层颗粒冲洗干净,然后把金属瓶盖放在一边晾干。

2.用木工胶把木棍的一端粘在瓶盖的背面。注意木棍的位置,应该让你在用手握住木棍的时候不会接触到瓶盖,让胶慢慢地晾干。

3.起电盘做好以后,用羊毛衫摩擦唱片约30秒钟。然后用一只手提着起电盘的把手将瓶盖平放在唱片盘面上,用另一只手的手指接触金属瓶盖后马上离开(这样做相当于为起电盘提供了零电位)。

4.小心地提起起电盘的把手,把瓶盖靠近你的另一只手的手指尖或关节。

5.重复步骤3,然后将起电盘靠近一门把手。

原理说明: 起电盘的特点是可以使带有正电的质子留在起电盘的表面,而让带有负电的电子从起电盘流出。当你用羊毛衫摩擦唱片时,唱片上就会带有很高的负电势,由于唱片表面凹槽的存在,移动的电子就会集中在凹槽与凹槽之间,而非凹槽的顶端,顶端剩下的会是质子,它们所在的位置刚好是起电盘可以接触到的地方,当你用手指接触到唱片上的起电盘时,在唱片与起电盘之间的电子就会通过你的身体流入大地,这就使得起电盘上只剩下大量的质子,从而具有很高的正电势。

· 智慧方舟 ·

填空:

1.日常生活中,人们用梳子不停地梳理干燥的头发时常常听见劈啪声,这是一种 ＿＿＿＿＿ 现象。

2.电荷分为 ＿＿＿＿ 、 ＿＿＿＿ 两种,它的最重要的特性是 ＿＿＿＿ 。

3.物体的电中性状态是指 ＿＿＿＿＿ 。

4.常见的起电方法有 ＿＿＿＿ 、 ＿＿＿＿ 、 ＿＿＿＿ 等。

5.验电器可以用来区分 ＿＿＿＿ 和 ＿＿＿＿ 。

判断:

1.电力线是一种现实生活中实际存在的线。( )

2.电荷不能创造,但能转移、消灭。( )

3.起电盘的工作原理是静电感应。( )

4.闪电是一种放电现象。( )

5.避雷针是美国科学家富兰克林发明的。( )

电流

制作土豆电路

1. 准备 8 个土豆、铜棒、锌棒、导线和灯泡。
2. 将土豆分成两行，并将铜棒和锌棒插在土豆上。
3. 用导线将铜棒和锌棒连接起来。
4. 把灯泡接到导线头上，观察灯泡的亮度。

想一想 灯泡为什么能发亮？你能否根据本节所学的内容判断这是什么类型的电路？

人类在 19 世纪初研究电流时，就规定导体中的电流方向是正电荷移动的方向。但随着对电流研究的深入，这才发现在金属导体中的电流，原来是因自由电子的移动才形成的；电子带负电，所以在金属导体中的电流应当是自由电子从负极流向正极。虽然规定的电流方向与实际电子流向正好相反，好在规定是正电荷的移动，并不影响我们按照这个电流方向的规定来研究电流。所以，至今仍用这个规定。电流跟人们的生活密切相关，比如电灯、电话、电冰箱……都是依靠电流来进行工作的。

电压

导体两端的电势差

日常生活中，我们常会看见高处的水向低处流动，在这一过程中，水受重力的作用由高处而下落，电压和电流的情况与此非常类似。电流就相当于水流，电压就相当于水位之间的落差，因此电压也常被称为电位差或电势差。电压通常用符号 U 表示。在国际单位制中，电压的单位是伏特，简称为伏，符号为 V。

家庭用电的电压是 110 伏特或 220 伏特。

螺丝钉、螺丝帽等金属制品都是良好的导体。

电流强度

单位时间内通过导体任意一个截面的电量

我们常说的电流的大小，实际上指的就是电流强度的大小。电流强度一般用符号 I 表示。虽然电流看不见，摸不着，但是人们在实验中发现电流通过导体时会产生各种效应，根据这些产生的效应的大小就可以判断电流的大小。

电阻

导体对电流的阻碍作用

电子在移动的过程中，会出现电子间的相互碰撞和电子与导体中的的原子相碰撞的情形，电阻度量的就是电流在通过导体时难易程度的量。电阻的量跟加在导体两端的电压和通过导体的电流无关，它更多的与导体的长度、横截面积、导体本身的材料性质以及温度相关。

导体

能很好地传导电流的物体

导体是能够把所得到的电荷迅速地传播到其他部分的物体。从物质结构来看，导体里有大量的自由电荷，如金属里的自由电子和电解质溶液里的正负离子，都是可以移动的自由电荷，一旦有外力的作用，自由电子就会变得很活泼，形成定向移动而产生电流。各种金属、酸碱盐性的溶液、电离的气体、人的身体以及地球等都是导体。

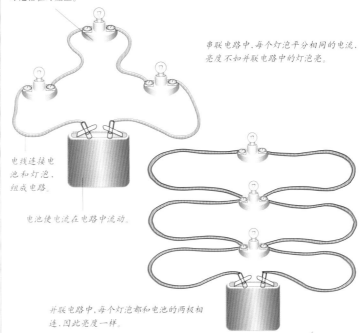

灯泡插在灯座上。

串联电路中，每个灯泡平分相同的电流，亮度不如并联电路中的灯泡亮。

电线连接电池和灯泡，组成电路。

电池使电流在电路中流动。

并联电路中，每个灯泡都和电池的两极相连，因此亮度一样。

绝缘体

不容易传导电流的物体

绝缘体的情况刚好跟导体相反，它传导电的能力差是因为它的内部电荷不活泼，缺乏可以移动的自由电荷，只能停留在内部的某个部分而无法形成定向移动。最常见的绝缘体有玻璃、橡胶、陶瓷、塑料、空气等。当然，导体与绝缘体之间没有绝对界限，一旦改变条件，它们可以相互转化。

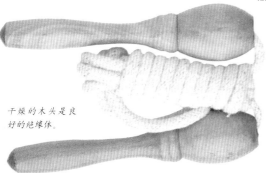

干燥的木头是良好的绝缘体。

电路

能传导电流的回路

电荷是向着一定方向移动的，它们从电源的正极出发，途中经过用电器，最后回到负极，完成电路的这一过程得需要电源、开关、电线和其他用电器(如灯泡)等元件。其中电源能将非电能量转化为电能；开关用来控制电流的通断；导线用来传输电能；其他的用电器负责将电能转化为所需要形式的能量。电路的种类比较多，但最常见的是串联电路和并联电路。

串联电路

把电路中所需的元件进行依次连接的方法

串联电路的连接情况如上图所示。串联的特点是：在电路中，一旦通电，各个串联的元件将会流过同样大小的电流，电路两端处的总电压等于各部分元件两端电压之和。

并联电路

把电路元件并列接在电路上两点间的连接方法

并联电路的连接情况如上图所示。并联的特点是：在电路中，一旦通电，各并联元件的两端电压都相等，电路的总电流强度等于各个支路电流强度之和。

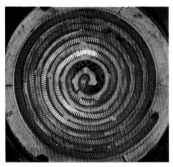

电炉通电变热,这是电能做功转化为热能的过程。

电功

电流通过导体时,电场力对运动电荷所做的功

力可以做功,电同样也可以做功,电流在一般电路中所做的功,跟这段电路两端的电压、电路中的电流强度以及通电时间成正比。电流做功的过程,实际上就是将电能转化为其他形式能的过程,如机械能、热能等等。

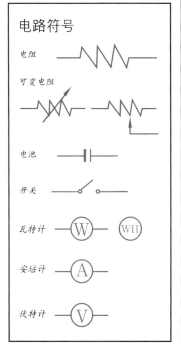

电路符号

电阻

可变电阻

电池

开关

瓦特计 —(W)— (WH)

安培计 —(A)—

伏特计 —(V)—

电功率

电流在单位时间内所做的功

电功率是描述电流做功快慢程度的物理量,它通常用符号 P 表示。在生活中,为了用电器能够正常地工作,就有必要对用电器的工作电压和电功率进行规定,如标有"120 V 20 W"的灯泡(其中 W 是表示电功率的单位),表示的就是这个灯泡在 120 V 的电路中,它能够正常发光,其电功率为 20 W,超过 120 V 的电路会使它有被损坏的可能;低于 120 V 的电路则会使灯泡的电功率不足 20 W。

120V/20 W 的灯泡,能通过约0.17 安培的电流。

电阻器

使电路阻抗达到适合数值的电路元件

使用电阻器,主要是用来调节和分配电压或电流,以适合人们的需要。常用的有固定电阻器和可变电阻器两种。收音机中的音量调节器所采用的就是可变电阻器技术,通过改变电阻器中电阻的大小能够达到改变声音大小的目的。

安培表

测量电路中电流强弱的仪表

安培表又称电流表,读数以安培为单位,使用时须与待测电路串联,由于它的内电阻比电路的总电阻小得多,所以在不精密的测算中,它的电阻可以忽略不计。在使用时应注意它的量程,避免电流过大而损坏电流表。

测量电流强度的安培表

伏特表

测量电路中电压强弱的仪表

伏特表又称电压表,读数以伏特为单位,使用时须与待测电压并联,由于他的内电阻比较大,在不精密的测算中可以认为待测电压并未发生显著变化。

测量电压大小的伏特表

滑动的可变电阻器

欧姆定律

关于导体两端电流，电压和电阻之间关系的定律

此定律是由德国物理学家欧姆在做实验时发现的，欧姆定律可以表述为导体中的电流强度跟他两端的电压成正比，跟它的电阻成反比。对于金属导体、电解质溶液导体，欧姆定律可以适用，但对气体导体和晶体二极管等问题则不适用。

电流的度量

安培：简称"安"，电流强度单位，因法国物理学家安培的发现而得名，通常用符号A来表示。

伏特：简称"伏"，电压的单位，因意大利物理学家伏特的发现而得名，通常用符号V来表示。

欧姆：简称"欧"，电阻的单位，因德国物理学家欧姆的发现而得名，通常用符号Ω来表示。

库仑：电量单位，因法国物理学家库仑的发现而得名。通常用符号C来表示。

法拉第：简称"法"，电容的单位，因英国物理学家法拉第的发现而得名，通常用符号F来表示。

· DIY 实验室 ·

实验：电路的断路与通路

准备材料： 木质信箱（长22厘米、宽15厘米、高6厘米）、电铃、绝缘线、绝缘胶带、2块薄金属板、螺丝钉。

实验步骤：
1. 将信箱的信件入口做成45°角，使信件不会垂直掉进信箱。
2. 把金属板的一端弯曲。
3. 在金属板没有弯曲的一端钻一个小洞，在另一块金属板上也钻一个同样大小的小洞。
4. 将绝缘线的一端去掉一点外皮，使露出的金属线与金属板上的小洞相连。
5. 将一块弯曲的金属板用螺丝钉固定在离信箱顶端大约7.5厘米的地方。
6. 以同样的方法将另一块金属板固定在第一块金属板的下方很近的地方，两者没有直接接触在一起，但是只需要很小的力就可以使它们接触在一起。
7. 把绝缘线的另一端连在一个有电池和电铃的电路中。
8. 实验中你会发现，电铃响或不响是由信件来决定的。

原理说明： 利用电路的断路和通路来控制电铃的响和不响，这和信件的有无是相互对应的，所以信件就是这个电路开关的控制器。用两个金属片当开关，当信件落在金属片上时，信件就会压着两个金属片，使之接触，这时电铃便会发出响声，当你拿走信件后电铃也就不响了。

· 智慧方舟 ·

填空：

1. 电流的形成因电荷的定向移动而形成的，在导电的气体中，_____、_____和_____一起参与了电荷的移动。

2. 电路中用电器的作用是_____。

3. 灯泡发光是由于电能做功转化为_____的缘故。

4. 电阻器的作用是用来调节_____或_____以满足人们的需要。

5. 欧姆定律是关于_____、_____和_____之间关系的规律。

判断：

1. 电荷的流动方向是电流的方向，那么在金属导体中，电荷的流动方向跟电流的流动方向相反。（   ）

2. 可以根据电流通过导体的效应来测量电流强度的大小。（   ）

3. 导体与绝缘体之间界限非常严密，两者之间很难转化。（   ）

4. 欧姆定律对气体导体和晶体二极管也适用。（   ）

磁与电磁

·探索与思考·

磁铁吸物

1. 准备好磁铁、曲别针、钥匙、纸张、塑料等物品。
2. 用磁铁去吸引这些东西。

想一想 结果会怎样?这说明磁铁具有什么特点?

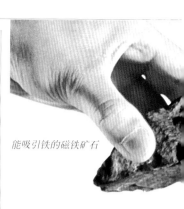

能吸引铁的磁铁矿石

磁 是某些金属或矿石发出的看不见的自然力,它能够吸引或者排斥某些物质。天然的铁矿石可以是磁体,但是铁或者镍一类的金属也可以经人工制作变成磁体,磁体能吸引铁、镍、钴等物质,但是不吸引铜、铝、金、银和铅。磁与电存在着紧密的联系,因为产生磁场的物质和产生电场的物质一样,都是电子,而且磁与电在一定的条件下还可以相互转化。

磁体

具有磁性的物质

磁体可以彼此不接触而相互吸引或排斥,它可分为永磁体和电磁体两种。利用一些天然的磁性材料可以创造出磁体,这些磁性材料有镍、钴、铁、钢等。在现实生活中,我们可以发现一些电气装置中配备有磁体,譬如在电动机、发电机、指南针、扬声器、磁带中,磁体已经成为它们当中不可缺少的组成部分。世界上最大的磁体重约36000吨,位于俄罗斯的一个观测站。

永磁体

能够长期保持磁性的磁体

永磁体有天然磁体和人造磁体两种,磁铁矿石(Fe_3O_4)属于天然磁体。我国在战国时期(约公元前300年)就发现了磁铁矿石能够吸引铁质物体。这种矿石俗称吸铁石。人造磁体通常都是用钢或其他合金制成的,人造磁体根据需要可以做成条形、蹄形和针形等各种形状。

磁介质

在外磁场中因呈现磁化而能加强或减弱磁场的物质

磁介质是铁磁质、顺磁质和抗磁质的总称。我们把磁化方向与外磁场相反而使磁介质减弱的物质称为抗磁质。磁化方向与外磁场相同而使磁介质加强的,又分为顺磁质和铁磁质两种。抗磁质和顺磁质的磁化较弱,且在外磁场撤去后立即消失。铁磁质的磁化较强,在外磁场撤去后还能保存部分磁性。

铁磁化前后的内部变化

磁化前

磁化后

磁化

使原来不具磁性的物体在磁场中获得磁性的过程

从分子的角度来说，金属体内部存在许多较小的磁针，但平时它们的磁性相互抵消，经过磁铁的作用后，这些磁针的磁极方向会通过调整而显出磁性。最容易磁化的是铁磁性物质(铁磁质)，如软铁、硅钢等。由于电流能够引起很强的磁场，并便于控制，所以常利用电流的磁场使铁磁质磁化来制成永久磁铁或电磁铁。

磁体的南北两极

去磁

使已具有磁性的物质失去磁性的过程

去磁又被称之为退磁，不同的磁介质所采用的去磁方法也不尽相同，顺磁质或抗磁质的磁性随外磁场的撤去而立即消失。铁磁质在撤去外磁场后还具有剩磁，要使它去磁，须加以适当的反向外磁场；也可用加热或捶击的方法来消去剩磁。

磁极

磁体上磁性最强的地方

一个在空中能够自由转动的磁体，总是一端指向北方，另一端指向南方。磁体的两端磁性最强，称为磁极。指向北方的磁极称为北极(N)，指向南方的磁极称为南极(S)。磁极的性质与电荷的性质相似，也是同名磁极互相排斥，异名磁极互相吸引。在任何一个磁体上，南极和北极总是成对出现的，它们的磁力强度相等。

磁场

磁体周围所存在的一种特殊的物质

磁极之间通过磁场发生作用，磁体不是磁场的唯一来源，在电流、运动的电荷以及变化的电场的周围都可以产生磁场。磁场的基本性质是，对处于其中的磁体、电流、运动电荷有力的作用，而且磁体总是要与另一物体的磁场相结合，磁性越强，磁场越大。地球就是一个巨大的磁场，在它的磁北极和磁南极处磁性最强。磁罗盘上的磁针总是指南北方向，是航海途中的好帮手。

磁力线

用来表示磁场周围作用力分布状态的假想曲线

磁力线是用来描述磁场作用力大小和方向的假想线，它是由英国物理学家法拉第于1837年首先提出的。磁力线永远是闭合的曲线，它的作用分布状态，可从磁铁上放置的玻璃板

人们听音乐用的耳机含有环形磁体

上撒些铁粉看出。用手指轻轻拍板子时，就会显出曲线圈。铁粉即依照磁力线的作用方向井然排列。这里铁粉所形成的曲线的密集程度，反映出来的就是磁场的强弱程度。

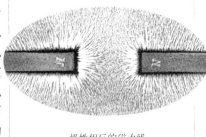

极性相同的磁力线

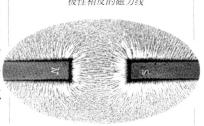

极性相反的磁力线

地磁场

因为地球本身的磁性而在其周围形成的磁场

英国人吉尔伯特于1600年首先证实了地球是一个大磁铁。由于这项发现，磁针指向南北方位的原理自然解开。因为地球周围本身构成磁场而作用于磁针的关系。地球的磁场叫地磁，地磁的S极位于地球的北极点附近，所以磁针无论在地球表面的任何地方，其N极必指向北方。

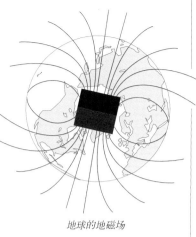

地球的地磁场

磁偏角

磁针指示方向与正南北方位之间的偏差角

在实际研究中，人们发现磁针不正指南北，而是略向东偏，这一观察第一个由我国北宋时期的伟大科学家沈括所发现，而西方直到1492年，哥伦布横渡大西洋发现新大陆时，才观测到地磁偏角的存在。磁偏角可以用磁偏测量仪测出来。各地的磁偏角不同，地磁极处磁偏角的是90°。

电生磁

流过导线的电流能产生磁场的现象

磁力不只是磁铁才能产生，流过导线的电流也能产生磁。如果一条直的金属导线通过电流，那么在导线周围的空间将产生圆形磁场。导线中流过的电流越大，产生的磁场越强。磁场成圆形，围绕导线周围。电生磁的一个应用实例便是电磁铁。

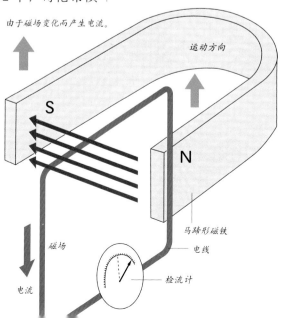

由于磁场变化而产生电流。

运动方向

S

N

磁场

马蹄形磁铁

电线

电流

检流计

电磁铁

用通电螺线管和铁心产生较高磁场的装置

从原理上说，电磁铁相当于一个螺线管紧套在一个铁心上。当线圈通过电流时，铁心被磁化，便产生强大的磁场。在我们生活中，有许多物品都是利用电磁铁的原理进行制作的，录音带可以把声音录下来，电脑的磁盘可以把资料记录下来，这些功能都是利用磁头的电磁铁改变录音带和磁碟上磁性物质而实现的。

电磁感应

由磁产生电的现象

电磁感应现象是英国物理学家法拉第在1831年发现的，在此之前，丹麦的物理学家奥斯特在1820年发现电流的磁效应，这一发现开拓了电学研究的新天地。法拉第受此激发，萌发了"电产生磁，磁应该也可生电"的设想。经过多年探索后，法拉第发现了电磁感应定律：无论用什么方法，只要穿过闭合电路的磁通量发生变化，闭合电路中就有感应电流产生。电磁感应原理是电磁学中非常重要的部分，在现代生活中有着非常广泛和重要的应用，发电机就是依据电磁感应原理把机械能变成电能的，变压器也是利用电磁感应原理工作的。

感应电流
通过电磁感应现象产生的电流

感应电流的产生依赖于磁场的变化。使磁场发生变化可以有许多方法，如改变磁场的强弱，或改变电流的大小都能使穿过电路的磁场变化，都可以产生感应电流，感应电流的大小也和磁场变化的快慢有关，科学家们已经找到了它们之间的关系，可以很准确地进行计算。

右手定则
一种判断感应电流方向的方法

通常判断感应电流方向的手段有两个：一是右手定则，一是楞次定律。其中右手定则的判定方法为：将右手伸开，让拇指、食指和中指摆成互成直角状。让磁感线从手心穿进，并使拇指指向导线运动方向，食指指向磁场的方向，则中指所指的方向就是感应电流的方向。

电磁感应所产生的感应电流的方向，依磁场的方向和导线运动的方向而定。这3个方向分别可用右手的中指、食指和大拇指互成直角的方向表示。这个方法叫右手定则。

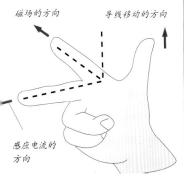

磁场的方向　　　导线移动的方向

感应电流的方向

实验：电流产生磁场

准备材料： 2节干电池、小灯泡、磁针、开关、针、50厘米长的导线。

实验步骤： 1. 用导线将这些材料进行串联，其中干电池只用1节并将磁针置于导线的下方。

2. 改变干电池的极性，你会发现磁针的方向也随之改变。

3. 将2节干电池串联起来后，你会发现电流增强时，磁针的偏转角度也变大。

4. 紧接第3步，将导线多绕二重、三重时，你会发现磁针的偏转角度和辐度会进一步变大。

原理说明： 当导线通过电流时，会产生围绕电流周围的圆形磁力线。这些磁力线将对附近的磁针产生作用力，使其一极受排斥，另一极受吸引而偏转，当改变电流大小和导线线圈的重数时，会使磁场强度进一步增大。

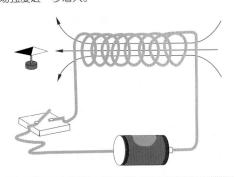

填空：

1. 磁铁可以分为 _____、_____ 两种。

2. 现实生活中采用磁体的电气设备有 _____、_____、_____ 等。

3. 最容易磁化的物质是 _____。

4. 磁力线是用来表示 _____ 和 _____ 的假想曲线。

5. 电磁铁的工作原理是 _____。

判断：

1. 磁体可以吸引铁、镍和钴，但却吸引不了铜、铝和铅。（　　　）

2. 磁体可因高温、剧热振动等原因失去磁性。（　　　）

3. 地球本身就是一个大磁铁。（　　　）

4. 电磁感应现象是由英国物理学家法拉第发现的。（　　　）

5. 沈括是世界上第一个发现地球磁偏角的人。（　　　）

6. 感应电流的产生依赖于磁场的变化。（　　　）

电的产生及应用

·探索与思考·

柠檬电池

1. 准备好柠檬、2个金属薄片、铜线、透明胶带。
2. 把金属薄片插到柠檬中,注意不要让它们互相接触。
3. 用一截透明胶带把2个金属片和一段铜线连起来。
4. 把铜线的另一端放在你的舌头上,你会感到舌头发麻。

想一想 为什么会出现舌头发麻的现象?柠檬在其中起到了什么作用?

电是现代社会应用最多,使用最方便,对环境污染较少的一种能源。但是电能无法从自然界中直接获得。我们平时所用的交流电来自发电厂,发电厂会将煤、天然气、石油、水力等能源转化为人们直接可利用的电能,这种电能经过几次变压处理后依靠电缆传送到居民家庭,而居民家庭则通过电表、断路器和用电器等重重装置的约束,以保证其自身的用电安全。另外,在日常生活中,电池也可以提供电能,电池是一个将化学能转化为电能的装置。由于电池具有轻巧、便捷等特点,所以能充分满足人们用电的多元化需要。

发电机

使机械能转换为电能的机器

发电机是发电厂中的主要组成部分。其工作依靠的是电磁感应原理,发电机把铜导线绕在铁辊上,由于铁辊旋转线圈在相对强大的磁场中运转,切割磁力线,产生感应电动势,引起电子在电路中运动。如果电子始终朝一个方向运动,那么发电机所发出的电就是直流电,如果电子不断改变运动方向。那就是交流电。

发电

将非电能源转化为电能供人群使用

我们使用的电大部分来自发电厂,发电厂是转动发电机产生电力的大本营,它先要使用煤、天然气,或通过核反应、蒸汽获得动能,而后由巨型发电机将动能转换成电能。在发电机里,一块磁体在线圈内转动,于是线圈产生了电流。

在磁场中转动的线圈称转子

利用外力使线圈在磁场中转动

发电机工作原理

在导线中就有电流输出了。

水力发电

利用水的势能和动能的转换而产生电能的过程

位于高处的水具有势能,当它往低处流动时势能就会转换为动能,此时装设在水道低处的涡轮机,由水流推动叶片而转动。将涡轮机连接发电机,就能带动发电机的转动,将机械能转换为电能,这就是水力发电的原理。水力发电一般可分为川流式、水坝(库)式及抽蓄式三种。

火力发电

将可燃性物质进行燃烧产生热能，然后将之转化为电能的过程

当今世界上火力发电是电力工业的重要组成部分，火力发电厂的主要燃料是煤。煤经过燃烧把锅炉里的水加热成高温蒸汽，蒸汽推动涡轮机转动，与涡轮机同轴的发电机也随之开始转动发电。这样就完成了热能向电能的转换。

电池产生的电是直流电。
图(a)

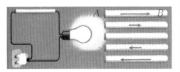

家庭用电是交流电。
图(b)

直流电

方向不随时间的改变而改变的电流

日常使用的干电池、蓄电池所提供的电流是直流电。我们在干电池的正极和负极间，接上小灯泡和导线。如图(a)所示。电路中的电流始终自正极向负极流动。如果直流电的电流强度也保持固定，我们称之为稳定直流电。

交流电

大小和方向都随时间做周期性变化的电流

从发电厂到大多数住宅和工厂所使用的电都是交流电，这是因为长途输送交流电比直流电容易。如图(b)所示，当我们将台灯插头插入插座，打开开关时，电流畅通电灯发亮。此时电流的方向和强度都会依照一定规则变化：开始自A向B流，先强后弱，接着自B向A流，先弱后强，而且继续有规则变化。

电的传输

发电厂通过电缆将电流运送到居民区和工业区的过程

发电厂产生的电经过变压器的提高输送到都市、工业区附近的一次变电所，经过一次降压后分配给二次变电所和工厂自用变电所，然后经过二次变电所的降压后再输送到工厂、大厦、居民区等地，接下来需要等待的就是杆上变压器的处理了。

变压器

将一种或几种电压的交流电变成频率相同而电压不同的交流电的一种电气设备

变压器的工作原理是电磁感应现象。它一般包括两个互相链接的电磁铁，每个电磁铁上面缠绕着不同数量的线圈，通过不同的变压器可以增强或降低电压，为高压输电线路的需要而服务。

家庭用电

居民家庭对发电厂所传输的电进行个性化使用的统称

电流传输的最后阶段是杆上变压器，经过最后一次变压，电流经过接户线引入家庭。进入每家屋内以前，先引接屋外的电表，再接入屋内配电箱的断路器，当电流超过规定值以上时，断路器会自动跳开，以保证用电器安全。在总断路器之后，电流依照用电场所和用电量分几个支路，经各分支断路器接于附有过载保险丝的插座和电灯。经过重重装置和设备的约束保证，家庭就可以按照自己的需要安全用电了。

接户线
插座
墙上开关
保险丝 熔断器
电表
家庭用电系统

电表

用来计算耗电量的电器设备

电表是每户家庭必不可少的仪表，它也是依靠电磁感应原理而工作的。电表的构造是在"U"形铁芯上绕一个线圈，再用铝做一个圆盘，圆心处穿一根轴，用两个轴座支撑起来。此装置需竖立安装在电磁铁旁边，再把另一个电磁铁固定在铝盘上方，使其磁极向下。如果两个电磁铁都通了电，铝盘就在电磁场中旋转起来，带动计数器走字。

火线与零线

家庭供电线路中的两根导线

家庭电路由220伏低压供电线路供电，一般的供电线路，都由两根导线组成，其中一条叫"火线"，另一条叫零线。火线和零线之间有220伏的电压。在正常情况下，零线和地之间没有电压，火线和地之间有220伏的电压。只有把用电器分别同火线、零线相连，使电流从火线进入用电器，再由零线流走，用电器才能正常工作。需要提及的是，不要不通过用电器而把火线与零线直接相连，那样会造成短路引发火灾事故。

各种类型的电池

熔断器

负载一定电量以保证电力正常供应的防电装置

很多家用电器装有熔断器。其目的就是为了保护电力设备和电子设备不被电流所损坏。熔断器里有一根只能负荷一定量电流的很细的低熔点的保险丝。例如一个3安培的熔断器，就是家庭日常插头中能负荷3安培的电流。如果有超过3安培的电流通过，熔断器里的保险丝会变得非常热，以至熔化断开，避免家电受损。当电路发生短路时，熔断器就会快速熔断，切断电流，保护电路。

电池

一种将化学能转化为电能的装置

将两种不同的金属相隔若干距离，一起浸入一种称为电解液的物质之中，两金属间便会产生电动势。这是由于两种金属对于电解液的游离化倾向（或溶解压）不同，发生化学变化，以电解方式放出能量的缘故。电池就是利用这种化学反应产生能量的原理制成的。电池可分为两大类：一种是用完就丢弃，不能再使用的干电池，叫一次电池；另一种则是可再充电而反复使用的蓄电池，叫二次电池。

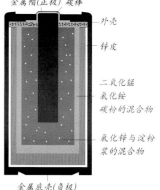

干电池的内部结构

金属帽(正极) 碳棒
外壳
锌皮
二氧化锰
氯化铵
碳粉的混合物
氯化锌与淀粉装的混合物

金属底壳(负极)

干电池

一种电解液与其他物质混合成糊，用外壳封闭的电池

干电池以锌作为负极，将二氧化锰、石墨粉的混合物加压成形，使之与碳导电体结合作为正极，两极间灌以氯化铵、氯化锌等化合物与淀粉组成的胶粘剂，然后用沥青密封加盖。它的电压为1.5伏。干电池是一个将化学能转化为电能的装置：负极的锌将电子留在电极上，变成锌离子。在正极，由于电解液内的二氧化锰一方面从电极获得电子，一方面与水起反应，产生氢氧离子。于是两电极分别带有正电和负电，当电路把两电极用导线连接时，就有电流由正极(中央碳棒)流向负极(锌皮)。而在电解液中，因氢氧离子将与被氯化铵结合的锌离子中和，而陆续产生新的离子，使电流继续流通。干电池的应用极为广泛，如手电筒、收音机、遥控器、剃须刀等大都是由干电池提供电能。

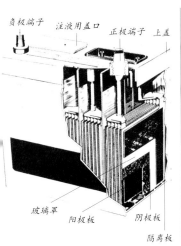

负极端子　注液用盖口　正极端子　上盖

玻璃罩　阳极板　阴极板

隔离板

蓄电池的内部构造

蓄电池

一种可以多次放电和充电的电池

　　常用的铅蓄电池的正负极分别使用过氧化铅和铅，它们被隔离板隔开排列，当把正负极浸入稀硫酸里面时，一旦两极接通时就会产生电流，此时两极分别和硫酸反应，生成硫酸铅。同时电解液中的硫酸渐渐消耗而变稀薄。使用蓄电池一般叫放电。蓄电池放电时，电解液中的硫酸变少，比重减轻。所以通过测量电解液的比重就能知道放电程度。蓄电池蓄电时，两极反向通电流(叫充电)，则将电能转变为化学能，即硫酸浓度变浓，电极恢复原状。除了铅蓄电池外，镍铁蓄电池和镍镉蓄电池也是比较常见的种类。根据它们的供电能力和稳定程度的不同，人们常把它们用于交通工具、信号设备、电话通讯和实验室工作中。

· DIY 实验室 ·

实验：安装熔断器

准备材料：细铁丝、铜线、4根两头都带鳄鱼夹的导线、6伏电池、安培表。

实验步骤：1.剪下一根5厘米长的铜丝，再剪一根相同长度的铁丝。把两根金属线的线头扭在一起，形成一根长点儿的线。

2.拿一根导线，把鳄鱼夹夹到细铁丝没有跟铜丝扭在一起的一端，把导线的另一端接到电池的终端。

3.把第二根导线夹到铜丝没有跟细铁线扭在一起的另一端。

4.把第二导线的另一端接到安培表上的其中一根导线上。

5.拿第三根导线，把鳄鱼夹夹到安培表上的另一根导线上。

6.把最后一个鳄鱼夹夹到电池的另一个终端上，观察一下安培表上面的指针情况。同时仔细查看细铁丝，如果铁丝没断，在铁丝和铜丝间移动鳄鱼夹，使铁丝缩短直至断掉。

7.反复做试验的第6步，并注意观察安培表读数，直到最后铁丝变红、变热，完全烧断，在这一过程，你会发现安培表的读数不断升高。

原理说明：电路上的铜丝不会烧毁，因为铜是电的良导体。在电路上，铁丝是熔断器。当你缩短铁丝时，你应该已经注意到电流增高。发生这种情况是因为随着铁丝的加长，电阻加大。线越长，电子流动得就越远，沿线碰到的原子就越多。缩短铁丝就缩短了电子流动的距离，也就降低了电阻。电路上的电压保持不变，因为你用的是同一块电池。因此，如果电阻不断降低，你每缩短一次铁丝，流过电路的电流就增高一些，随着电流的升高，细铁丝变得越来越热，最终烧毁、熔断。

· 智慧方舟 ·

填空：

1.各种能源如 _____、_____、_____ 可以转化为电能。

2.火力发电的主要燃料是 _____。

3.火线与零线之间的电压是 _____ 伏。

4.电池是将 _____ 能转化为电能的装置。

5.电池可以分为 _____ 和 _____ 两种。

判断：

1.火力发电厂的主要燃料是煤。(　　　)

2.交流电的大小和方向能随时间而做周期性变化。(　　　)

3.火线与零线直接接通会短路。(　　　)

电子学与计算机

电子学

· 探索与思考 ·

测试发光二极管的性能

1. 准备好发光二极管、若干导线、两节1号电池。
2. 把两根导线接在发光二极管的两端。
3. 将一节电池的正极对准另一节电池的负极，组成一个3伏的电池组。
4. 把导线的另一头分别接到电池组的两极上，观察发光二极管。
5. 将电池倒装（正负极连接错了）后，再去观察发光二极管。

想一想 你将会看到什么现象？根据这个实验，你能发现发光二极管有什么样的性能吗？

电子学是研究电子或离子运动规律及其应用的学科，它的研究内容包括：电子发射、电子在真空、固体、液体和气体中的运动情况，以及各种电子仪器的设计与制造等。电子学发展到今天，对社会生活产生了不可低估的影响，极大地改变了人们的生活，如收音机、电视机、录像机、电脑、计算器等日常用品都应用了电子学原理。

电子管

由玻璃制成，内含两个或多个电极的真空管

电子管利用气密性封闭容器（一般为玻璃管）产生电流传导以获得信号放大或振荡的效果。电子管早期应用于电视机、收音机扩音器等电子产品中，近年来逐渐被晶体管和集成电路所取代，但目前仍在一些高保真音响器材中使用。电子管按照电极分类可以分为：电子二极管（如阴极射线管）、三极管、四极管、五极管、六极管、八极管、九极管和复合管等。

各种功率的电子管

阴极射线管

内有电子束照射屏幕的电子管

在19世纪，科学家们开始对低压下空气中电的特性产生了兴趣。他们用真空玻璃管做试验。当有电流从两个电极之中的玻璃管中通过时，会发出耀眼的强光。在很低的压强下，玻璃自己也会发出绿光。这是因为由阴极（负电极）发出了射线，这个玻璃管就被称为阴极射线管。阴极射线管常被运用于电视机、雷达屏幕和电脑显示器中。

屏极

电子束

阴极射线管的构造

电子三极管

由玻璃制成，内部含有三个电极的电子管

三极管有三个基本要素：阳极、阴极和栅极。栅极的电荷随着天线接受的无线电信号的电压起伏而变化，同时大量电子从阴极奔向阳极。栅极设在阴极和阳极之间，能够控制电子流量。输入的信号是正（红）时栅极便让所有的电子通过，信号是负（黄）时栅极便阻挡住大部分的电子通过，结果阳极上的较大电流便把信号扩大。

半导体

导电能力介于导体和绝缘体之间的物体

半导体是美国贝尔实验室于1948年发明的，与过去体积庞大的电子管相比，半导体材料具有体积小、耗能少、产生热量少的优点。在导电方面，半导体具有两大特点：一是它的电阻率受杂质含量的影响极大；二是温度和光照对其电阻率也存在影响。有些半导体还会受到电场和磁场的影响，由于半导体的这些特点，所以人们常在电路中应用它们。锗、硅、硒及某些化合物等都是半导体。

P 型半导体和 N 型半导体

两种常见的半导体类型

硅原子的价带中有四个电子，纯净的硅晶体中原子排列成有规则的晶格。如果晶体中掺杂了砷，那么某些硅原子就被具有五个价的砷原子所代替，剩余的电子就进入了导带，这样就可以导电了。电子学上把这种掺杂后的半导体称为 N 型半导体；如果晶体中掺杂了只含有三个电子的硼，晶体中就出现了空穴（即价带中的空位），这样的空穴可以从一个原子跳跃到另一个原子。电子学把这种掺杂后的半导体称为 P 型半导体。

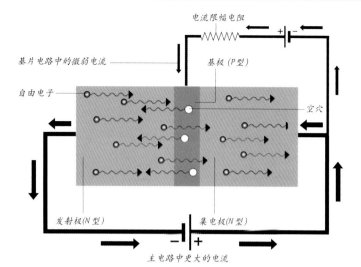

N–P–N晶体管是一块P型半导体夹在两块N型半导体（发射极和集电极）之间的夹层。如图所示，除非一个微小的电流被允许流入基极，否则在集电极和发射极的主电路中就不会有电流。

半导体二极管

内含PN结、且电流单向流动于半导体两极的元件

将一块 P 型半导体和一块 N 型半体紧密地结合在一起，其结合处形成一个阻挡层区域，称为 PN 结。利用 PN 结具有单向导电性特点制成的元件叫作半导体二极管。半导体二极管有正负两个极，当给它加上正向电压时，半导体二极管就导通，电路中有较大的正向电流，如图(a)所示；当给它加反向电压时，半导体二极管就截止，反向电流几乎等于零，如图(b)所示。

半导体二极管通电时的电流方向

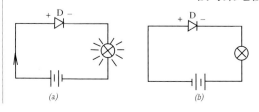

(a)　　　　　(b)

晶体管

一种具有三个电极，能起放大、振荡或开关等作用的半导体元件

在一块半导体基片上制作两个相距很近的 PN 结，两个 PN 结把整块半导体分成三个部分，中间部分是基区，两侧是发射区和集电区，排列方式有PNP和NPN两种，这三个部分都有电极与外电路相连，分别称为"发射极"、"基极"、"集电极"，这样就形成了一个晶体管。晶体管中两个 PN 结的作用则是用来放大或关闭电流。流入基极或者从基极流出（决定于它是N型还是P型）的微小电流控制着发射极与集电极之间的更大的电流。晶体管常被用作音频放大器中的放大器，也可以用作数字电路中的开关。

场效应管
一种新型的电压控制半导体元件

场效应管的外型与普通晶体管相似，但两者的控制特性却完全不同。普通晶体管是电流控制元件，通过控制基极电流达到控制集电极电流或发射极电流的目的，即信号源必须提供一定的电流才能工作，因此它的输入电阻比较低。场效应管则是电压控制元件，它的输出电流决定于输入端电压的大小，基本上不需要信号源提供电流，所以它的输入电阻很高，这是它的突出特点。根据结构的不同，场效应管可分为结型场效应管和绝缘栅场效应管两种类型。因为场效应管具有许多的优点，所以现在它常被广泛用于放大电路和数字电路中。

振荡器
产生具有一定频率和一定波形的振荡装置

常见的振荡器由电子管、晶体管和电阻、电感、电容等元件或压电石英组成。用于超高频或微波的振荡器一般由微波电子器件和短段传输线或谐振腔组成。振荡器的类型很多，比如音叉振荡器、分子振荡器等。各式振荡器能产生各种波形(如正弦形、矩形、锯齿形等)的振荡，能提供各种频率范围(从低于声频到超高频)的和各种大小功率范围的交流电源。

电容器
用以存储电能的电器设备

电容器包括两片被绝缘体分离的金属片。当把一个电压加在金属片上时，在一个金属片上就会积聚负电荷，而在另一片上则会积聚正电荷。通过与电路接触，一个带电荷的电容器可以放电。电容器具有广泛的用途，包括内存芯片中的电荷存储。

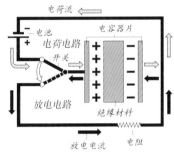

当电容器与电池连接时，电荷电路中的电流就会在电容器片上积聚电荷。当带电荷电容器与电阻接通时，电荷就在放电电路中流动。

电子电路
由电子灯或晶体管构成的闭合电路

电子电路有开关和放大两种重要功能。开关功能是指有些电路利用微弱的电子信号来开启或关闭另一个电路，店铺的自动门就是这样操作的。有人走近自动门时，门外的探测器向电子电路发生信号，于是开启电动机打开自动门。放大功能是指电子电路能把微弱的信号加强。收音机的天线所接收的信号十分微弱，须在收音机里装置放大器，增强信号，才能使扬声器工作，发出声音。

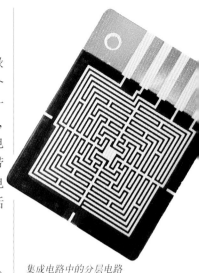

集成电路中的分层电路

集成电路
由许多晶体管、电容、电阻和连线连接在一起的结合体

每个集成电路由少到几个，多至数千个电子管、晶体管、电阻和电容组成。大部分集成电路非常复杂，制作前，技术人员必须进行电路设计，让组成集成电路的各种原器件各有其位，设计往往需要借助计算机进行。用于制作集成电路的材料是P型硅，一般是将石英石切割成圆柱形，然后剥离成一平方厘米左右的薄片，从中提取P型硅。技术人员事先制作的设计图用照相法印在芯片上，使一些部分显影，另一些部分用酸加以腐蚀。重复这个过程，直至集成电路的各个层成形。整个过程必须在极清洁的环境中完成，否则，一粒微小的灰尘也会使集成电路无法使用。

逻辑门电路

能够实现逻辑运算的电路

　　逻辑门电路简称为门电路。它以数字信号进行工作，当逻辑信号施加到逻辑门口时，就会依据相应的逻辑线路发生变化。这种电路理论就是集成电路设计时的主要理论依据。

量子芯片

一种具有高级运算能力的微型芯片

　　科学家目前正在研制比现在使用的芯片运算速度快十几数倍的量子芯片，他们在一间无尘净室里把几种材料中仅有几个原子厚的显微层结合在一起，产生了一种新的化合物——实验型的量子芯片。这种芯片法每秒钟的运算能力高达 1 万亿次，芯片中的电子几乎不需要什么电流就可以从一个部位跳到另一个部位，它的电子消耗几乎是微不足道的。

世界上第一个二极管

　　英国人弗莱明于 1904 年发明了第一个真空管，称为二极管或"弗莱明阀"。这种装置是一个密封的真空管，包括两个金属电极和灯丝前的金属板。二极管的作用就像阀门一样，控制电流仅向一个方向流动。

· DIY 实验室 ·

实验：晶体管放大电流原理的测试

准备材料： 晶体管、伏特表、2 只安培表、可变电阻器、2 只电源、导线若干。

实验步骤： 1. 将晶体管接成如图所示的两个电路：基极电路和集电极电路，发射极是公共端（如果采用 NPN 型晶体管，发射结上应该加正向电压，集电结上加反向电压）

2. 改变可变电阻 R_B，记录下基极电流 I_B、集电极电流 I_C、发射极电流 I_E 的变化结果。

3. 重复步骤 2 五次，分别记录下每次改变的结果。

4. 根据数值，你会发现 $I_E = I_C + I_B$，并且 I_C、I_E 比 I_B 都大。

原理说明： 发射极的电流等于基极电流和集电极电流之和，这是电子学中的克希荷夫电流定律。根据 I_C / I_B 的数值结果，我们就可以获知晶体管能放大电流的原因了。

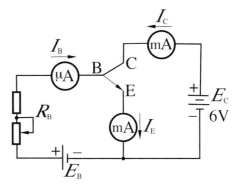

· 智慧方舟 ·

填空：

1. 阴极射线管常被用于＿＿＿、＿＿＿、＿＿＿等电器中。

2. 半导体是＿＿＿于 1948 年发明的。

3. 场效应管是＿＿＿的元件。

4. 晶体管的三个外联电极称为＿＿＿、＿＿＿、＿＿＿。

5. 电子电路的作用是＿＿＿和＿＿＿。

判断：

1. 锗、硅、硒是良好的半导体。（　　）

2. 二极管的电流只朝一个方向流动。（　　）

3. 晶体管内含有两个 PN 结，外接三个引出电极。（　　）

4. 收音机的放大器里就采用电子电路。（　　）

5. 逻辑门电路以数字信号进行工作。（　　）

计算机与网络

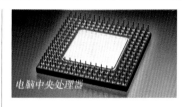

电脑中央处理器

计算机的组成

1. 准备好纸和笔。
2. 根据你所知道的信息，列出计算机的几个基本部件的名称。
3. 说一说这些部件各有什么功能。

想一想 计算机是如何利用这些部件进行工作的?

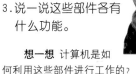

运用机器进行计算的想法由来已久，但直到 20 世纪这个想法才真正由电子计算机来实现。电子计算机又称"电脑"，它是一种能够准确地进行数字计算、信息存储、过程控制和数据处理的电子机器。现代计算机的结构是由美国科学家冯·诺依曼设计的，他对计算机的内存、程序、中央处理单元等概念的设置直到现在仍在使用。今天，随着计算机技术和网络技术的长足发展，人类已经进入一个网络化的社会。在互联网技术的帮助下，人类实现了全球范围内的资讯互通和资源共享。

硬件

使计算机具有接收、储存和呈现信息功能的部件

计算机的硬件由以下几个主要部件组成：运算器、控制器、存储设备、输入设备、输出设备。运算器对数据进行算术运算或逻辑运算；控制器是电脑的司令部，它控制着运算器、存储器、输入部分和输出部分的工作。运算器和控制器组成 CPU，即中央处理器；存储器是用来存储数据信息的器件；输入设备有键盘、鼠标、扫描仪等；输出设备有显示器、打印机等。

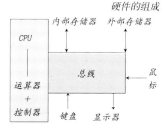

硬件的组成

中央处理器
中央处理单元

在计算机的主机中，最重要的当属 CPU 了。CPU 是英文 Central Processing Unit 的缩写，中文名叫作中央处理单元。它相于人类的大脑，计算机所能完成的所有工作都要由它来完成或者在其控制下进行，它的性能高低直接影响到计算机的整体性能，是决定一台计算机性能的核心因素。我们把计算机称作 P3 电脑、P4 电脑等等，其实都是以计算机中的 CPU 的主频为标准来称谓的。

存储器
计算机进行信息处理时用于存放所有程序和数据的地方

个人计算机的好坏常以中央处理器(CPU)的运算速度来表示，同样重要的还有操作内存的容量，CPU 在计算过程中所需的数据和结果要存放在操作内存中。存储器主要分两类：内部存储器和外部存储器。内部存储器简称为内存或者主存，而内存按其工作原理和方式的不同又分为两种：随机存储器 RAM 和只读存储器 ROM。外部存储器简称为外存，它包括硬盘和磁盘。

磁盘

　　磁盘表面通常涂有磁性材料，可记录信息并以二进制的磁信号编制程序。磁盘放入磁盘驱动器中，驱动器内的读写磁头能移动至磁盘的不同位置，读出磁盘上储存的信息，或"写入"新的信息。软盘是一组质地坚硬的磁盘，装在密封的盒内。光盘是另一种计算机磁盘，主要利用激光束检索信息，有时也用激光在盘内作记录信息。只读式光盘是一种压缩磁盘，用于存储巨量的信息，包括图像和声音。

光盘

键盘

一种计算机的输入设备

　　使用键盘你可以向计算机输入英文或者中文来编辑文档资料和应用程序；你还可以出一条命令，让计算机完全成指定的任务。键盘上有上百个按键，按照用途可把这些按键分为四个区域。键盘左下方一大块包括字母A、B、C、D等在内的大矩形区域叫打字机键区；上边的一行包括F1、F12、Pause等在内的区域叫功能键区，中间包括 Home、End 等在内的小矩形区域叫作屏幕操作键区；最右边主要以1、2、3……等数字在内的小矩形区域叫小键盘区。

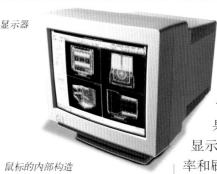
显示器

鼠标的内部构造
线路板　橡胶球
鼠标芯片　　　编码轮
通往计算机

鼠标

主要有两键和三键两种

　　鼠标主要有两个键的和三个键的两种，两键鼠标只有左、右两个按键，而三键鼠标则有左、中、右三个按键。通过鼠标器可控制屏幕上的光标，鼠标器在运动时带动了内部的一个橡胶球，橡皮球再推动与编码轮相连的滚轮，编码轮把鼠标的移动转换成电脉冲，鼠标器内的一块芯片汇集电脉冲信号并把它送往计算机。

键盘

显示器

电脑屏幕

　　显示器是计算机最常用的输出设备，它把计算机运算的结果非常形象地告诉你，显示器的"好坏"是用分辨率和刷新率来衡量的。分辨率是指在显示屏幕上能显示多少个像素，分辨率越高，屏幕上的像素就越多，字符、图形也就越完整清晰；刷新率是指电脑显示器内动的频率，刷新率太低眼睛感到疲劳，太高又可能烧坏显示器，专家建议使用85HZ的刷新率。

软件

计算机中看不见的程序和文档

　　当人们想利用计算机解决问题时，先得把问题换成能在计算机上运行的计算机指令序列。要完成这项工作，就得依靠软件，这类软件通常叫作应用软件。计算机本身各部件之间要高效、协调地进行工作，还需要有一种管理自身的软件，这类软件通常叫作系统软件。因为计算机的CPU很难直接运用应用软件，所以还有另一种编译（或解释）程序，通过编译程序才能将应用软件转化成机器指令程序，只有这样，计算机才能开始运行程序，解决问题。

程序

给计算机下达命令的集合

人们要想把自己的解题思想变成计算机的可执行内容就得借助于程序，程序是用来描述计算机所要处理的对象和处理规则的集合。其中处理对象实际上是指计算机任务中要处理的信息，当前计算机中能处理的是这些信息的载体——数据；处理规则一般是指对数据进行处理的动作和步骤。程序的完成是通过程序设计语言来实现的。在低级程序语言如机器语言、汇编语言中，程序是一组说明性语句。程序必须装入计算机内部才能实际起作用。

操作系统

一个计算机系统之所以能够有序高效地工作，主要是因为其内部存在一个计算机运行指令的操作系统。操作系统协调系统内部的各项资源有条不紊地工作。操作系统是软件资源中最基本的部分之一，是其他软件运行的基础。MS-DOS，Windows，Linux是人们最熟悉的操作系统，用户只要正确使用这些操作系统的各项命令，所编制的程序就能在操作系统的统一指挥下，由计算机系统协调而有序地自动运行。没有操作系统的计算机，用户是无法使用的。所以，操作系统可看作是计算机的资源管理者。

数据库

存储在计算机存储设备上的数据集合

如果我们把一本书的书名、作者名、出版单位、出版年月、主要内容等等，按照著录条例进行规范，就得到了这本书的书目数据。把众多的书目数据有组织地长期存放在计算机的磁盘上，供众多用户共享，这些书目数据就成为书目数据库。这个数据库的建立、运用和维护，都由一个叫作数据库管理系统的软件来完成。数据库是计算机学科中发展最快的重要分支之一。它能对大量信息进行有效存储和快速存取，是大型信息系统的基础和核心，应用数据库可以帮助人们迅速快捷地解决问题。

互联网利用通信线路，将分布世界各地的计算机连接起来。

计算机网络

通过电缆、电话线或无线通讯互联的计算机集合

1969年12月，美国国防部建立了有四台计算机的ARPA网络，这是世界上第一个计算机网络，也是互联网的前身。计算机技术发展到今天，我们依据其网络的规模和所跨地域，将其划分为局域网和广域网，前者规模较小，如一个实验室、一个校园等，后者规模较大，可以大到一个城市、国家甚至整个地球。

互联网

国际通信网络

互联网由许许多多覆盖世界各地的网络所组成。一个网络甚至一台计算机，只要通过某种方式与互联网连接，并愿意被他人访问，都可成为互联网的一部分。如果人们要去上网，就先要找互联网服务提供者，因为他们能为你上网提供接入服务和内容服务。接入服务就是把计算机或计算机网络连到互联网上，一般有三种方法：专用线路、帧中继连接、拨号线路。内容服务是指上网功能方面的服务，包括为客户设一个专用的电子信箱、提供文件传输、万维网信息浏览、问题咨询等服务。

主页

主页

　　主页是一个网站的门面，各个网站都把主页作为宣传自己的工具，而不遗余力地把主页做得图文并茂、丰富多彩。主页是用超文本语言编写的，这种语言可以包含图片、链接、音乐、程序、文字等各种元素。所以，上网进入某一网站的主页后，只要用鼠标点击你感兴趣的内容的标题，超文本就会链接到另外一个超文本，供你浏览。

电子邮件

　　互联网上的每一个用户都可以有特定的电子邮件地址，它由"用户名称"、"符号@(读at)"和"地址内容"等构成。地址内容中可以表明用户的名称、国籍和地点等，称为域名。人们可以按照计算机上的要求写信，再写上收信人的地址和名字，就可以通过电话线直接将信件发送到收信人的计算机里。如果收信人的计算机关机了，寄件人的电子信件就被投递到收件人的电子邮箱里，或被放到中央计算机的储存器中。收信人可以用密码打开邮箱、读取信件。用电子邮件发出信件，同普通邮件相比既便宜又快捷，几秒钟就可以把信息传到地球的另一端。

· DIY 实验室 ·

实验：给朋友发一封电子邮件

实验步骤：1.进入一些大型的门户网站，如263、163、sohu等，打开提供申请免费电子邮箱服务的网络地址。

　　2.按照里面的提示，依次单击［立即注册免费邮箱］、［我同意］、［完成了］等按钮。

　　3.如果申请成功，界面将提示"注册成功"的字样，否则单击［取消］按钮重新申请。

　　4.在［用户名］和［密码］文本框中输入你所期望的内容，输入后单击登录，申请免费信箱就可以完成。

　　5.在邮箱信箱窗口中，选取菜单中的［发邮件］，打开窗口，填好收件人地址和主题两项关键内容。

　　6.在文本框中输入邮件正文，如果发送的邮件包含附件，单击［附件］按钮，打开文件窗口，单击［浏览］，选定目标附件，单击［粘贴］，然后单击［完成］。

　　7.检查信件内容后，单击［发送］就可以了。

· 智慧方舟 ·

填空：

1.计算机的硬件由_____、_____、_____、_____、_____组成。

2.中央处理器由_____、_____构成。

3.内存按照工作原理可划分为_____、_____两种。

4.人们常使用的操作系统有_____、_____、_____三种。

5.电子邮件的格式包含_____、_____、_____三个部分。

判断：

1.计算机是一种能够准确进行数据处理、信息存储的电子机器。（　　）

2.计算机的输入设备有键盘、鼠标、扫描仪等。（　　）

3.中央处理器是决定一个计算机性能的核心因素。（　　）

4.软盘和光盘都是属于计算机中磁盘的范畴。（　　）

5.计算机中操作系统的作用主要是协调系统内各项资源有序地工作。（　　）

——通信与传播——

通信

探索与思考

研究电话的传声原理

1. 准备好棉线、牙签和纸杯。
2. 用牙签在纸杯底钻一个孔，将棉线从孔中穿进去，并在线端系上一根牙签。这样就做成了一个简易的电话听筒。
3. 将线的另一端系在门把手上，轻敲把手，这时你从听筒中能听到什么？

想一想 电话的基本传声原理与上述小实验很相似，但电话中运用了声与电的转化。你能想象或用语言来描述一下电话的原理吗？

在日常与他人的交往中，你一定打过电话、发过传真等，这些都属于通信范畴，是我们同周围世界交流的基本方法。科学地讲，通信是指利用有线电、无线电、光或其他电磁系统，对文字、图像、声音或任何其他性质的信息的传输、发射和接收。所谓的信息是比较抽象的，但它可以通过符号（文字、图像等）或信号（语言、手势等）来表现。

电报

以编码信号传送信息的方式

电报是一种最早的"即时"的远距离通信方式，19世纪30年代首先在英国和美国发展起来。通常，电报先将文字或数字信息转换成一定的编码，再通过电线以电信号的方式发送出去。接收方接收到的也是一些编码，经过翻译后，才是我们所见到的文稿形式。

摩尔斯电报机

世界上最早的电信装置

1837年，美国人摩尔斯发明了电报机。这个电报机运用了电磁原理。当手按下发报机的按键时，收报的线圈通上电流，中心处的铁心变成磁铁吸引铁片；而手离开按键时，电流被切断，弹簧将铁片拉回原位。装在铁片上的笔尖依照铁片上下振动的位置，在移动纸带上记录了一些看似不规则的代码，翻译出这些代码，即可看到电报文字。

摩尔斯电码

一种以点线结合方式传送信息的编码

摩尔斯电码是利用点和长短不一的线的组合符号来传送文字和数字的信息。这些点线就称为摩尔斯电码。摩尔斯规定：长点的时间为短点的3倍，点与线的间隔为1倍；字与字的间隔为3倍，单句间的间隔为7倍。发报时，依照符号来按键，电流则被断断续续地输送出去，接收方就可收到相同的电码。

摩尔斯电码 电流

g — i — r — l

3 1 3 11 3 1 3 111 3 1 3 11 3 1111

摩尔斯电码

发报机按键

电池

线路

弹簧

线圈

铁片

笔尖

纸带

纸带移动方向

摩尔斯电报机的工作原理

电传电报
使用机械翻译编码的信息传送方法

　　电传电报是将文字译成符号后，利用电讯传送到收报方，再翻译成印刷文字的通信方法。电传电报是使用机械来进行翻译工作的，每分钟约可翻译、传送375个文字，效率比摩尔斯电报高很多，19世纪问世后就取代了摩尔斯电报，从而成为电报的主流。20世纪我们常用的电报主要是指电传电报。

电报交换
利用电传打字机发送信息的通信方法

　　电报交换通常以直接挂号手段和国外的电报交换用户直接通报，无需发报人到电信局或者再打电话申请。但是，所有使用中的电报交换机都需要通过电报交换专线互相连接，而不能与普通电报机或电话机的线路共用；且电报交换用户须由国际电信局列入电报交换用户表，并编列号码。

电稿夹
油纸条
五单位电码
纸条发报器
卷筒纸
拨号盘
五单位电码
键盘
桌台
电源箱
电报交换的收发报机

电话
利用声电的转化传送声音的装置

　　电话是由美国科学家贝尔发明的。电话以电流或无线电波来传达信息内容，它可以使通话者不受远距离的限制而自由交谈。电话的基本原理就是把说话者的声波转换成电波，将电波传送一段距离后，再将电波重新转化为声波而传给听话者。

电话结构示意图
电话机金属膜
电磁铁
听筒
配线线圈
电话机振动
碳粒
话筒

贝尔电话
电磁式电话机

　　1876年，美国科学家贝尔偶然发现装在电线两端的弹簧片与电流共鸣发出"鸣、鸣"的声音，于是考虑用电线来传送人的声音。当人面向话筒讲话时，薄片的振动板振动，使线圈产生电流。电流经电线流入线圈中，又使听筒的振动板振动起来，使声波传入耳朵。这是贝尔电话的基本原理。由于当时使用的电流非常微弱，所以只能听到微弱的声音，且常出现"噼里、噼里"的杂音。

移动电话
通过蜂窝状的网络实现通话

　　与普通电话相比，移动电话的优点比较突出：它体积小，具有内置通讯簿、语音呼叫等功能。移动电话主要利用蜂窝式的移动通信网而实现通话。所谓蜂窝式通信网，是由若干个相邻的规则六角形小区组成，每个六边形的中央设有一信息交换基地，这样就组成服务区很大的移动电话通信系统。移动电话的数字信息以微波频率输送到基地，基地再将信号经由光缆或铜缆输送给移动电话用户。

新一代的电话已实现可视功能，但目前应用较广的还是在电视会议中。

可视电话
声、图同步传送的电话

　　可视电话主要分两类：一是在模拟通信网上传输静态图像的可视电话；另一类是在模拟通信网和数字通信网上传输动态或准动态图像的可视电话(又称电视电话)。可视电话具有收发图像、监视图像、存储图像、接收图像和放像、亮度调节等功能。由于这种可视电话只使用一条电话用户线，既不能使声音中断，又要把图像传过去，所以要求图像传输的速度尽可能快。

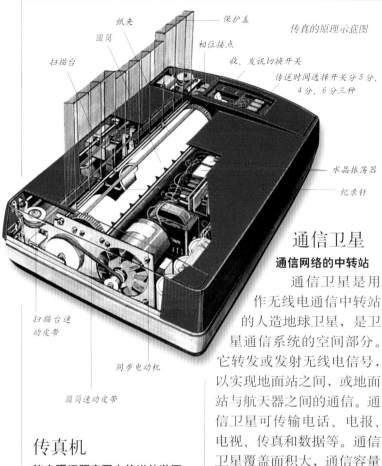

传真的原理示意图

纸夹
圆筒
保护盖
相位接点
扫描台
收、发讯切换开关
传送时间选择开关分3分、4分、6分三种
水晶振荡器
纪录针
扫描台速动皮带
同步电动机
圆筒速动皮带

传真机
能实现远距离图文传送的装置

传真是利用传真机将文档、图片等信息转换为信号，沿电话线发送出去的信息传送方法。传真机由发送机和接收机两部分组成。发送机能够识别画面颜色的深浅，并把它们转换成不同强度的电信号传送出去。接收机接收到传送过来的电信号后，经过一系列处理，把它转换成原来的图画或文字。在传真发送和接收过程中，为了正确记录原来的图文，发送机和接收机的记录顺序、扫描速度和每行扫描的起点都要相同。

通信卫星
通信网络的中转站

通信卫星是用作无线电通信中转站的人造地球卫星，是卫星通信系统的空间部分。它转发或发射无线电信号，以实现地面站之间，或地面站与航天器之间的通信。通信卫星可传输电话、电报、电视、传真和数据等。通信卫星覆盖面积大，通信容量大，传输质量高，机动性好。

电缆
信息传送最基本的载体

尽管卫星通信技术得到蓬勃发展，但电缆这一信息载体仍保持着电子通讯网络的核心地位。先进的电缆技术支持的电话干路电缆，可供数万路电话通信使用。电缆设计时必须考虑到不同信息流间的干扰，这些干扰会导致信息的流失。电缆传送信息量的大小可通过其频带宽度来衡量。而频带宽度可通过增铺电缆来加宽。

光纤电缆
数据传输的有效介质

光纤电缆全称光导纤维电缆，简称光缆，由两层头发丝粗细的高纯度玻璃丝或塑料制成，是数据传输中最有效的一种传输媒质。光缆中传输的是光束。由于光束不受外界电磁干扰与影响，本身也不向外辐射信号，因此它适用于长距离的信息传输以及要求高度安全的场合。在使用光缆互联多个小型机时，必须考虑光纤的单向特性，如果要进行双向通信，那么就应使用双股光纤。

通信网络
信号传送的模式结构

通信网络是一个包括电话、传真、计算机数据等众多终端的复杂网络。所有不同形式的通信都被转换成能在网络中传输的信号。以电话为例来说，当电话拨号所发出的脉冲信号沿导线进入当地的电话交换台时，交换台里的交换设备可以识别脉冲代码。如果是打到本地区的电话，地区交换台就会直接为你接通电话；如果是打到外地的电话，就需要接通那个地方的交换台，然后才能接通你的电话；打国际电话则要通信卫星，通过国际交换台。

贝尔

　　亚历山大·格雷厄姆·贝尔(Alexander Gradham Bell,1847～1922),美国发明家。19世纪30年代后,人们开始探索用电磁现象来传送音乐和语音的方法。贝尔是其中最有成就的一人。最初,贝尔试图通过说话人声音强弱的变化来改变电流,促成声音传输模片的震动。这就是最初的变阻理论研究。1875年6月,贝尔和沃森利用电磁感应原理,试制出世界上第一部传递声音的机器——电磁式电话。贝尔由此被称为"电话之父"。

通信卫星

· DIY 实验室 ·

实验：制作简单的电报机

准备材料：电池、电线、2个大头钉子、3或4个小钉子、3块2.5厘米厚的木块(长20厘米、宽10厘米,长10厘米、宽10厘米,长10厘米、宽5厘米)、薄马口铁片、铁片、胶条、3个小螺丝钉。

实验步骤：1.先做一个开关。如图1所示,剪一条约长7.5厘米、宽2.5厘米的薄铁片条,用螺丝钉把铁片的一端固定在长10厘米、宽5厘米的木板上,把铁片长向放在木板上。在木板的另一端,拧进一个螺丝钉,并使铁片没有固定的一端恰好盖住螺丝钉。

2.用钉子把长10厘米、宽10厘米的木板固定在长20厘米、宽10厘米的木板的一端。如图2所示,在下面木板的一端钉进两个大头钉子,钉子间的距离为5厘米。

3.用电线缠绕步骤2上的两个钉子。如图3所示,缠线前,留出大约45厘米长的电线做导线。然后在右边钉子的底部绕线,绕20圈,尽可能地缠紧。缠到顶部时,保持电线拉紧。同样在另一个钉子的底部绕线,绕完后用胶条把它们固定。这是一个电磁铁。

4.如图4所示,把电磁铁上的电线的一端连接到步骤1所做的开关的一个螺丝钉上,并拧紧螺丝钉;把预留的电线的两端分别连接到开关的另一螺丝钉上和电池的一个极上。把电磁铁上的另一端电线与电池的另一极相连。从铁皮上剪下一个"T"字形片片。把"T"形铁片的尾端固定在木板高处,使其头端翘起在两个钉子的上方。按下开关,"T"形铁片将"咔哒"地响一下。松开开关,铁片又回到原位。

原理说明：开关是电报机的键,它使电路闭合与断开。装有"T"形铁片的板是接收器。按下键时,电流流过电磁铁,建立了一个磁场,它吸引"T"形铁片到钉子头,并发出"咔哒"声。松开键后,电路切断,"T"形片回到原位。真正的电报机也利用了这个工作原理。

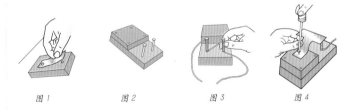

图 1　　　　　图 2　　　　　图 3　　　　　图 4

智慧方舟

填空：

1.电报是以_____来传送信息的。

2.电缆传送的信息大小可通过_____来衡量。

3.传真机由_____和_____两部分组成。

4.通信卫星传输信息的特点是：_____、_____、_____。

印刷与摄影

· 探索与思考 ·

观察四色的效果

1. 仔细观察右图，其中C代表青色，M代表品红色，Y代表黄色，K代表黑色。请用简洁的语言描述你所看到的现象。

2. 再拿一张彩色图片与右图对比，你发现了什么？

想一想 为什么右图会出现你所看到的现象？

C　CM　CMY CMYK

假如没有书籍杂志，没有纸币、包装材料等，我们的生活将会充满种种不便，由此可见印刷在我们的生活中具有不可或缺的地位。从原始的雕版印刷到铅字印刷，再到今天计算机控制的数码技术印刷，印刷技术已有了质的飞跃。相对印刷而言，摄影以更快捷、更清晰的图片赢得了现代信息传播的一席之地。摄影使用感光胶片，在$1/100 \sim 1/1000$秒时间内迅速保留下一幅幅画面，且画面清晰度超过电视机图像的100万倍。而最新的数码摄影更使摄影与网络连接起来。摄影技术已成为现代信息传播的重要组成部分。

在彩色印刷品中，其色彩的深浅、层次、浓淡都有有极好的比例。

印刷

图文被复制的过程

印刷是大批量复制文字及图片的工艺。公元6世纪，中国发明了最古老的印刷术。500年后又发明了活版印刷（属凸版印刷），即刻制单字，再由单字组成不同词句。15世纪德国人谷登堡重新改良了活版印刷。1476年，凯克斯顿在英国装置出第一部印刷机，开始大量印制书籍和小册子，知识得以快速传播。随后出现了更为先进的凹版印刷、孔版印刷、平版印刷等技术。当电脑系统与激光打印系统连接时，可以取消版面制作中的某些步骤，从而实现"即时印刷"。

四色印刷

彩色印刷的四原色

用青(C)、品红(M)、黄(Y)三种油墨，加上黑(K)色油墨，可以印出任何彩色画面，所以彩色印刷又叫四色印刷。在电脑中用专业软件可以很方便地将彩色图像转化为CMYK彩色格式，并在电脑照排机中生成含有密度不同（只有黑白灰）的半调网点，并分别保存在四张胶片上（又叫菲林版）。印刷前，要用这四张胶片分别晒在四块PS版上，曝光后，就是装在印刷机上的印板。将PS印版装在四色印刷机上，每版只印一色，四色套印，就印出美丽的彩色画面。

四色印刷又称减色混合印刷。通过四色印刷机用四种不同油墨套印，便可印出彩色画面。

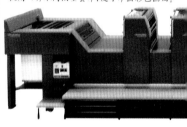

印版

传递油墨的印刷载体

印版以一定的方式记载着文字和图片，装在印刷机上，用油墨将版上的文字和图片印在承载物上。在印刷术发明之前，人们曾发明过许多种印版，以适应不同印刷方式。自20世纪80年代起，因电脑中文录入排版系统和图像处理技术的普及，促使PS版被广泛地使用。

凸版印刷

利用印版凸出部位分离油墨的印刷方法

凸版印刷是最悠久且较普及的印刷方式，版面文字和图像凸出部分接受油墨，凹进部位不接受油墨。凸版印刷的材料主要有活字版、铅版、锌版、铜版、感光性树脂版等。活字版适用于数量较大的报纸、书刊等印刷，先排成活字版后再压成纸型，然后再浇铸成铅版，用平台或轮转机印刷。而其他插图美术字图片需通过照相制版，然后制成锌版、铜版或树脂版印刷，如名片及特殊加工的烫金等，大都采用凸版印刷。

凹版印刷

文图凹进版面的印刷方式

凹版印刷的原理正好与凸版相反，文字与图像凹于版面之下，凹下去的部位用来装填油墨。印刷前清除凹进部位的脏物。印刷品色彩的浓淡与凹进部位的深浅有关，深则浓，浅则淡。凹版以印刷邮票、纸币、证券及包装品为多。它不但适用于纸张，也适于丝绸、塑料薄膜等。由于凹版的制版时间长，工艺比较复杂，成本高，所以发展受到一定的限制。

孔版印刷

孔隙渗透油墨的印刷方式

孔版印刷又称丝网印刷，是利用绢布、金属以及合成材料的丝网、蜡纸等为印版，将图像部位镂空成细孔，而非图像部位以印刷版材料保护。印刷时，印版紧贴被印物，用刮板刮压使油墨渗透到网孔下的承印物上。孔印的主要特点是能印刷在平面，也能印在弧面的东西上，色彩鲜艳，经久不变，适合在布、塑料、玻璃、金属器皿等特形承印物上印刷，适用于小批量印刷。

平版印刷

利用油、水的不溶性分离受墨部位的印刷技术

平版印刷是现代发展最快的一种印刷方式。图文等在同一平面上，利用油与水相斥的原理，让图文部位接受油墨而不接受水分，非图文部位接受水分而不接受油墨。现代平版印刷多数已采用电子分色版。"电子分色"的效果比照相分色更加逼真细致，工艺程序也更加快捷。平版印刷适应范围很广，画册、书刊、广告样本、年历、地图等都可采用。

平版印刷过程

胶印与压印的结合

平版印刷过程通常采用间接法。平版印刷过程包括胶印和压印两步，涉及图像的两次颠倒，最后印到纸上的像与原像是完全相同的。胶印过程包括：首先将油墨采集到印版所需区域内(PS版)，然后用橡胶滚筒从其上吸收油墨，并在滚筒表面形成原始图像的倒像。最后将滚筒压于纸张上，滚筒上的倒像再次颠倒印于纸上，形成我们所见的印刷品。

直接数码印刷技术

使用数码设备的印刷方式

直接数码印刷技术是利用数码打印机进行印刷。其原理与激光打印机相似。打印机软件将彩色图像分解为青、品红、黄及黑色部分，再被转换为由最小印刷单元"点"组成的图案，然后由打印机直接将这一图案印到纸上。数码技术也影响到传统的印版。现在的印版可通过计算机的版面布局文件直接制得，不需印出胶片正片再复拍负片的过程。该技术尤其适用于小批量印刷。

数码印刷设备

摄影
利用光学透镜获取图像

摄影一词源于希腊语，意思是"用光作画"，这里是指使用照相器材拍摄照片，是包括从选定题材到显影和洗印照片的全过程。摄影利用了光学透镜成像原理，通过调节焦距的远近，调节采光量的多少，使物体在相机内的感光胶片上留下负片，再通过显影和印相以获取正像。

胶片
事物成像的载体

摄影胶片是一卷在一侧涂有光敏化学物质层的塑料条带。光从场景聚焦到照相机中的胶片上，光照区域的化学物质就会发生变化。光越强，这种变化就越明显。非光照区域里的化学物质则保持不变。这个时候，图像还仅仅是个化学样式。当将胶片进行显影、定影处理后，就可以看到图像。一般彩色胶片由六个层次组成，每个层次都涂有化学物质，分别记录一定的光色。

彩色胶片由六个层次组成。第一层记录蓝光，二层吸收过多蓝光，三层记录绿光，四层记录红光，五层是涂有感光剂的塑料，最后一层吸收剩下来的所有光。

胶片类型
黑白负片和彩色正、负片

目前，我们能经常见到的胶片主要有三种：黑白负片、彩色负片和彩色正片。其他还有多种不同种类的快速胶片，但均不常用。黑白负片可以冲洗出黑白照片。彩色负片可以制成彩色照片。目前市场上销售的胶片90%以上是彩色负片。而彩色正片可以制成幻灯片。

35毫米胶片是最普通的胶片。

放大：相纸放在装有底片的放大机下曝光，获得正像。

将相纸浸入显影液。

显影

定影　　　水洗　　　干燥

黑白胶片的显影过程

显影和印相
获取正像的过程

通常，我们见到的胶片都是负片。负片的意思是指原物明亮的部分在胶片上是黑色，暗的地方则是白色。要想获得正像，必须使光透过负片投在感光纸上，才能洗印出照片。洗相的过程是借助一盏微弱的红灯，将感过光的相纸浸入显影液中不停搅动；按规定时间显影后，放入中和溶液里中止显影作用；然后在定影液中定影；接着用清水冲洗数分钟，洗净残留的定影液；最后经过干燥，照片的洗印过程就完成了。

数字摄影
使用数码设备的摄影

所谓数字摄影是指用数码相机、数码摄像机进行拍摄。而目前数码相机使用更广泛。数码相机是用数字电子形式，而不是用传统的胶片来储存照片的照相机。光学镜头首先把图像聚焦到一种叫电荷耦合装置(CCD)的芯片上，电荷耦合装置再把光分解成像素，并测出每个像素的亮度和颜色，然后将它们离散成可读取的数字文件形式。数字化的图像被保存在存储器芯片或硬盘上。照片文件能直接传到计算机中。

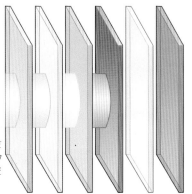

全息照片

三维空间照片

　　全息照片是三维空间照片。三维空间中每个物体都有宽度、长度和高度。在拍摄三维空间照片时，一束光可分成两道光束，一道对准被拍摄的物体，它最终从物体反射回底片上；另外一道光束直接对准底片。两道光束之间互相干扰，在底片上产生不可识别的照片，这样就产生了全息照片。拍摄全息照片比一般照片困难很多，任何振动都会干扰全息照片的拍摄。

达盖尔

　　路易斯·达盖尔（Louis Daguerre，1787～1851），法国画家，现代银版摄影术的创始人。1839年，达盖尔发明了银版摄影术，这是世界上第一个商业化的摄影方法。达盖尔将表层涂银的铜版暴露在加热碘晶体后产生的蒸气中，使其具有感光性，然后再将铜放置于相机中，打开镜头盖，数分钟后相片就大功告成了，只要利用水银及氯化钠或硫代硫酸钠溶液即可使相片显影。利用此法拍摄相片的过程被称为"达盖尔过程"。

· DIY 实验室 ·

实验：如何提高摄影技术

准备材料： 照相机、白纸、闪光灯、刻度尺。

实验步骤： 1. 减弱曝光：作为实验和观察的照片，最好是细小的地方都清晰，所以应该尽可能地减弱曝光。而减弱曝光就要使快门的速度降低，但把快门速度要调到手不会晃动的程度。

2. 用白纸反射阳光：拍照时如果有强光照射，另一面会有阴影，照片拍出来以后会变得很黑。如果用白纸在后面反射阳光，那么拍出的照片效果就可避免或减少变暗的情况出现。

3. 用闪光灯来进行逆光修补：逆光拍照，被拍物体会变得很暗。此时可用闪光灯弥补逆光的不足。

4. 制造背景辨别物体大小：把身边的东西或者刻度作为背景，我们就可以知道拍出的照片里的物体大小了，从而使照片构图更合理。

5. 固定焦距移动身体：用近摄镜头时，可以把焦距固定在被拍物体上，然后移动身体找到焦距最合适的地方。

6. 使用全自动照相机：为拍出效果佳的照片，可以把相机调至远焦距状态，然后在离开物体60～100厘米的地方进行拍摄。当使用的相机不同时，离开物体的距离要有所变化。

· 智慧方舟 ·

填空：

1. ＿＿＿＿、＿＿＿＿、＿＿＿＿、＿＿＿＿是彩色印刷中的四原色。

2. 最常用的印刷技术包括＿＿＿＿、＿＿＿＿、＿＿＿＿、＿＿＿＿。

3. 在印刷邮票、纸币及包装品时最常用＿＿＿＿印刷技术。

4. 我们常用的胶片通常包括＿＿＿＿、＿＿＿＿、＿＿＿＿三种类型。

5. 数字摄影技术中，透镜会把光聚焦到一种特殊的芯片上，这种芯片叫作＿＿＿＿。

判断：

1. 印刷中，将曝光后的印版进行冲洗，印版上未曝光的部分不会被冲洗掉。（　　）

2. 印刷过程中，高级的印刷机可以一次印刷四种颜色的油墨。（　　）

3. 如果打算在玻璃瓶子上印刷装饰图案，可以采用平版印刷技术。（　　）

4. 一般彩色胶片由六个层次组成，每个层次都涂有化学物质，分别记录一定的光色。（　　）

广播与电影

感受电影效应

1. 站在排列紧密的栅栏前，透过其狭小的缝隙，你能清楚地看到里面的事物吗？
2. 骑上自行车或坐在汽车上，快速地经过栅栏。你看到了什么？

想一想 为什么前后两次看到的结果有如此大区别？这个道理和电视、电影图像的形成有很大相似性。你能明白其中的道理吗？

广播有无线广播与有线广播之分。无线广播指广播电台、电视台通过发送无线电波来进行远距离地信息传送。有线广播则是靠导线传送信息的广播，它把声音通过放大器放大，再由导线传送到扬声器。这种方式很受距离限制。与之相反，电影靠强灯光把拍摄的形象连续放映在屏幕上，看起来像活动的形象。随着科技的发展以及特技手段的广泛应用，使电影的特效效果更具可视性。动画的工作原理与电影相似，它们是一些简单的图画，人们一幅接一幅地快速播放这些图画，使它们活动起来，就制成了动画。

无线电广播
利用无线电波传送信息

无线电广播即通过无线电波进行信息传送。无线电发射台以规定的无线电信号频率发射电"载波"。在信号调制过程中，信息被加到载波上。发射台将调制信号传送到发送塔，发送塔将交变电流转换为无线电信号，经调制的载波波形被无线电信号所发射。接收机接收到所有频率的信号，再利用调谐电路从中分离出专有信号，并将此信号还原为原态信号，从而收到广播内容。

放大器调制过的载波信号先得到增强，然后到达天线。

载波频率有声音信号进行调整。

放大器

控制台混频器

调制器

声音信号

载波信号的频率约每秒震荡一亿次（100兆赫）

振荡器

无线电发射机
发送无线电波的装置

无线电发射机中，一个叫振荡器的电路产生一个快速振荡的交流电压，即载波信号。这个载波信号进入另一个叫调制器的电路，同时声音信号从播音室送入这个调制器。在调频发射机中，声音信号对载波信号的频率进行调制。经过调制的载波信号由放大器放大，然后以无线电波的形式从发射天线向空中辐射。

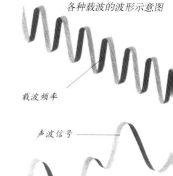

各种载波的波形示意图

载波频率

声波信号

调幅波
被改变振幅的电波

使载波振幅按照调制信号而改变的调制方式叫调幅。经过调幅的电波就叫调幅波。调幅波保持着高频载波的频率特性，调幅波的振幅大小由调制信号的强度决定。调幅波用英文字母AM表示。

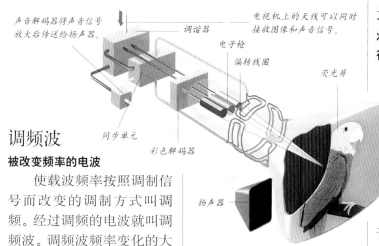

声音解码器将声音信号放大后传送给扬声器。

电视机上的天线可以同时接收图像和声音信号。

调谐器

电子枪

偏转线圈

荧光屏

同步单元

彩色解码器

扬声器

电视机的基本工作原理

调频波
被改变频率的电波

使载波频率按照调制信号而改变的调制方式叫调频。经过调频的电波就叫调频波。调频波频率变化的大小由调制信号的强弱决定，变化的周期由调制信号的频率决定。调频波的振幅保持不变。调频波的波形像被压缩得不均匀的弹簧。调频波用英文字母 FM 表示。

调频电波　　　调幅电波

无线电信息接收过程
将电波转换成声频信号的过程

无线电广播的接收是由收音机实现的。收音机的接收天线收到空中的电波，调谐电路选中所需频率的信号；检波器将高频信号还原成声频信号；解调后得到的声频信号再经放大，获得足够的推动功率；最后经过电声转换还原成广播内容。

电视广播
重新组合电流信号的技术

电视广播即通过电视台发送电波、传递信息的广播方式。电视将画面分解成许多小粒子，每个小粒子依光源的强度，变为易于传送的电流信号，再按接收电流信号的顺序组合形成画面。这只是传统的电视广播。新式电视广播以数字电视广播技术为手段，它将电视信号以数字形式进行传输，节目以数字方式拍摄、制作和存储，也可以把库存的资料片做数字化处理后播出。数字电视广播主要以卫星、地面光缆等方式进行传输。

录放影机
将影像、声音信号和电流信号进行互换

录放影机是将电视机的影像信号和声音信号，经由录影、录音磁头变成电流信号，记录在磁带上；或将录影带上的声音和影像信号传送到电视播放机，使电视屏幕上现出原来的影像和声音。由于影像信号中所含最低与最高的频率范围约为声音信号的 200 倍，所以无法像声音信号一样被直接记录或播放。因此录放影机会先将影像信号转换成 5～10 百万赫兹的高频调频信号后再录影。

电视机
接收电视广播的装置

电视机接收电视台所发射的电波，再由调谐电路选择所要的频道和声音的电波，并分离影像和声音信号。影像信号含有亮度、色度、同步信号等。这些信号在专门电路上被放大，改变波形，恢复成原来摄影机所输出的三原色影像信号，再输入显像管。所有的彩色电视系统都是由蓝、红、绿三原色组成所有色彩的。因此电视台只需要发出这三种无线电波，再由接收机将三种不同的颜色的影像合成多色彩的影像，就是我们所看到的画面了。

电视图像

由精细的线和点组成

电视画面是由数量相同的像素组成，但这些像素并不是同时按帧(一幅)出现的，而是由动态的、按行(从左而右)按帧(自上到下)规律出现的。现在我国电视信号采用隔行扫描的模拟数字信号，每一帧画面只有625行；电视机的显示是按奇数场、偶数场扫描交替显示的，也就是说每当奇数场显示时，荧屏的上部逐行显示画面的像素，荧屏的下部则是上一偶数场画面像素正在逐行消失。因此，电视画面从来都不是完整的，是视觉暂留使人看到了完整的动态的电视画面。

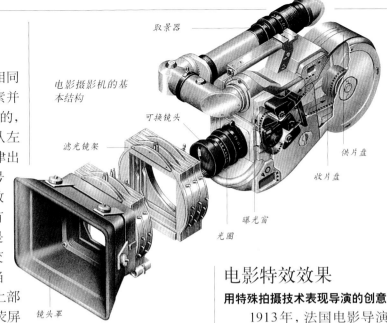

电影摄影机的基本结构

取景器

可换镜头

滤光镜架

光圈

曝光窗

供片盘

收片盘

镜头罩

电影

以数千幅的静态图像快速放映而成

1895年，法国卢米埃尔兄弟发明了电影放映机，电影由此而诞生。一部影片实际上是一长条数以千计幅的静态相片相连构成。影片卷在卷轴上，然后放入放映机，再将每一个画面投射到银幕上。由于画面以很快的速度(每秒钟24格)呈现，所以可以将画面融合成顺畅、生动的动作。影片上的影像是以特殊的摄影机摄制的。它和照相机原理相同，但在连续的胶片上每秒钟可摄取24个画面。

电影摄影术

电影的制作技术

电影摄影术指电影的制作技术。拍摄电影时，摄影机快门打开，胶片面对物镜停留1/48秒，然后快门关闭，胶片前进，时间也是1/48秒。拍摄就这样连续进行下去。电影胶片的洗印方法与照片相同，但必须经过其他处理才能放映，如剪辑。在剪辑过程中，胶片被剪断，再按导演要求的顺序把影像连接起来。有声电影须加音响。音响是另行录制后，配合图像加入胶片的声带。另外，电影还需要补充特殊效果。这样，一个较完整的电影胶片才算完成。

电影特效效果

用特殊拍摄技术表现导演的创意

1913年，法国电影导演乔治·莫里阿斯首次在电影中应用了电影特效效果。电影特效效果把导演的想像性生动地表现出来，而观众却无法感知画面的真实规模。特效效果的制作有多种方式。摄影师可以把预先拍好的背景打到屏幕上，然后让演员站在屏幕前表演，也可以用一种定格的画面使实物模型更生动。随着计算机成像技术(CGI)和生物仿生学的介入，电影特效效果获得更大的发展，如《侏罗纪公园》中的巨型恐龙，就是电脑合成技术制作的特效效果。

采用描线上色传统工艺制成的动画片

画出动作的起止点。

先描出兔子形象的外部轮廓。

动画

静止画面的连续放映

　　动画是一系列静止画面的连续放映。这些动感画面充分利用了人眼所具有的特性。人的眼睛可使进入眼帘的清晰影像停留十分之几秒，因此，如果把一个运动性的形象分解成若干连续、静止的形象，然后让它们以至少每秒 12 个形象的速度从眼前通过，人的大脑就会感觉到这些形象在运动。这种情形就如人们熟知的走马灯，把一些图像放置在一个圆柱体上快速旋转，使图像从槽孔前迅速掠过。从槽孔看过去，图像仿佛在运动。

动画的制作

绘制连续性动作图形的过程

　　制作一部精美的动画片，需要绘制数千幅图片。一部卡通片通常包括 65000 张图片。卡通画家先将卡通形象的不同动作阶段放到透明胶片上，连续的动作再铺到一张完整的背景画上。卡通画家要先绘出动作的起止点，然后再完成中间的多个步骤，勾出图画的外形轮廓后，最后才是填色。

搬换背景也是令卡通形象获得动画效果的方法之一。

完成形象

DIY 实验室

实验：剖析电视屏幕发出的荧光

准备材料：电视机、手电筒、黑色的建筑用纸、白纸、暗室、胶带、刻刀

实验步骤： 1. 把放有电视机的屋子布置成一间暗室。在屋子里呆上一段时间，让眼睛逐渐适应黑暗。

2. 手拿手电筒站在电视机前方约 1.5 米的地方。

3. 闭上眼睛，打开手电筒，把它指向电视机，慢慢前后上下挥动。然后关上手电筒，睁开眼睛。你看到了什么？

4. 再把眼睛闭上，把手电筒快速地反复开关。关掉手电筒，睁开眼睛，观察电视屏幕。

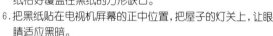

5. 把灯打开，在黑纸的正中切下一块小正方形。把一张正方形的白纸贴在这个位置，让白纸恰好覆盖住黑纸的方形缺口。

6. 把黑纸贴在电视机屏幕的正中位置，把屋子的灯关上，让眼睛适应黑暗。

7. 闭上眼睛，打开电视机，让电视机工作大约 2 分钟。然后关上电视机，睁开眼睛，观察电视机的屏幕。

8. 前后上下挥动手电筒后，电视屏幕上留下一条明显的手电筒移动轨迹的绿色光带。把黑纸贴在电视屏幕上，会发现白纸处发出绿色的闪光，好像它就是正在发光的电视屏幕。

原理说明：电视屏幕之所以会产生画面，是因为在屏幕背面罩着整个屏幕的电子枪在向屏幕发射不停变化的电子束。且屏幕背面涂有一层极薄的磷化合物。这种化合物可以吸收电能，并将之转化成光能，还可以在光源消失后继续发光一段时间。你可以挥动手电筒观察到这一现象。而黑纸可以吸收所有穿过屏幕的电子，白纸则将它们反射回屏幕。这样，屏幕上覆盖白纸部位的磷化合物受到两个方向的刺激。因此这个部位会发出更明亮的闪光。

智慧方舟

填空：

1. 通常，无线电广播的接收由_____来实现。

2. 电视图像是由_____和_____组合而成的。

3. 电影画面是以每秒钟_____的速度呈现在屏幕上的。

4. 随着_____和_____的介入，电影特技效果获得更大的发展。

5. 动画是一系列静止画面的连续放映。通常，它以至少每秒_____速度放映。

数学

数字

· 探索与思考 ·

字母换数 $\dfrac{\boxed{A}\,\boxed{B}\,\boxed{C}\,\boxed{D}}{\boxed{E}\,\boxed{F}\,\boxed{G}\,\boxed{H}} = \dfrac{1}{2}$

1. 准备八张纸牌。
2. 在纸牌的背面分别标上 1~8 的自然数。观察右边的等式。

想一想 如果等式成立，每张纸牌上分别标的应该是 1~8 中的哪一个数？

我们几乎做每一件事情都要使用到数字——决定乘哪一班公共汽车或火车，或者在街上寻找某幢房屋的门牌号码。如果没有数字，要处理这些事就非常困难了。很早以来，人们就创造出了许多把数写下来的方法。现在我们采用叫作"数字"的特殊符号来书写它们。现代人使用的数衍生自阿拉伯数字，而阿拉伯数字又衍生自古印度系统。我们现在用 0（零）来表示"无"，这和古代用的许多系统都不同。作为现代意义的 0 约在公元前 600 年由古印度的数学家所引进。运用 0 到 9 这十个数字，我们便能组合出所有想得到的数。

数字书写系统

采用一定的符号表达记数需要的书写体系

数的起源可追溯到原始社会，人类在生产活动中产生了记数的需要，最原始的方法就是结绳计事，后来随着文明的发展，一些文明古国发展出自己的数字书写系统，如古巴伦数字、古埃及数字、古罗马数字、玛雅数字、古印度数字以及汉字书写系统等等，而今在世界范围内仍然有生命力的则属印度——阿拉伯数字书写系统和古罗马数字书写系统。

阿拉伯数字

起源于印度，经阿拉伯人传到欧洲且至今仍然通行的数字书写系统

阿拉伯数字是由印度人发明的，13 世纪时阿拉伯商人才将这种先进的计数方式带到欧洲，并将其传播开来。阿拉伯数字表示数的方式与其他数字有很大的差异，它采用进位计数，以 0，1，2……9 这 10 个数码表示任一数，低一位的数满 10 后就进到高一位上去，如 11。这种革命性的变化令阿拉伯数字使用起来非常方便，以至于被全世界的人们广泛接受。

阿拉伯人传播了印度人发明的阿拉伯数字。

古罗马数字

古代罗马人所创造的记数符号

罗马人在希腊数字的基础上，建立了自己的记数方法。罗马数字一共有 7 个数字符：I，V，X，L，C，D，M，分别相当的阿拉伯数字的：1，5，10，50，100，500，1000。这样，大数字写起来就比较简短，但计算仍然十分不便。因此，今天人们已经很少使用罗马数字记数了，但有时也还可以见到使用在年号或时钟上的罗马数字。

用罗马数字表示时间的钟表

二十进位制

古代玛雅人的记数进位制

二十进位制最初是由玛雅人创造的。这种二十进位制是同他们创造的三个数字符号配合使用的,其中"."表示1,"—"表示5,一个贝壳表示0。对于5以上的数字就用"."和"—"相配合来表示。在三个数字符号的基础上,他们创造了二十进位制。与十进位制相比较,玛雅人的二十进位制分为个位、20位、400位、8000位等。

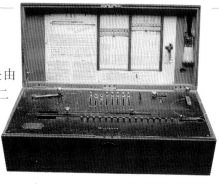

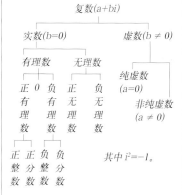

这种早期的加法机器运用了二进制进行计算。

十进位制

以10作为底数来表示进位制的一种计数系统

现在通用的印度-阿拉伯数字,通常用十进位制来表示数。用0,1,2……9十个数字可表示任一数,当计算到9之后,就得回去用前面已经用过的数字,而且得进一位,变成10,11,12……这样继续数下去。像这样数完10个数,就必须往前进一位的数数方法,就叫作十进制。这种十进位制,现在看来简单而平常,可它却是人类经过长期努力才演变成的。

人手的10个手指便于计数,十进制的发明就源于手的计数。

二进位制

以2作为底数来表示进位的一种计数系统

二进位制,顾名思义就是逢二进一,它是与十进制不同而又有着密切联系的一种记数方法。二进制数字系统仅使用两个数字0和1,在二进制数字中,最右边的数值为1,左边的下一个数字是原来的两倍大,再下一个数字也是两倍大。以下类推,每次皆乘以2倍。依照这个系统,二进制数字的101就是1个4加零个2再加1个1,加起来就是十进制的5。计算机利用内部许多微电子转换器的开启来表示二进制数字,从而将资料转换成电码。

数的分类

按照一定分类方式对数进行划分

数是一个十分庞大的"家族",按照不同的"血缘"关系,它可以分成不同的分支。这是一种最为常见的数的分类法:

```
                复数(a+bi)
              /            \
        实数(b=0)        虚数(b≠0)
        /      \            \
    有理数   无理数      纯虚数
    /  \     /  \        (a=0)
  正  负   正   负
  有  有   无   无      非纯虚数
  理  理   无   无       (a≠0)
  数  数   理   理
           数   数
  / \  / \
 正 正 负 负
 整 分 整 分
 数 数 数 数          其中i²=-1。
```

实数

有理数与无理数的统称

为了能够形象地把实数表示出来,我们建立一个数轴,即画一条水平直线,标上原点0,再选定长度单位和方向(一般选右向为正方向,左向为负向)。如下图:

在数轴上,原点0与实数0对应;原点右边的点表示正实数;原点左边的点表示负实数。这样任何一个实数在数轴上都可以找到一点表示它。就是说,我们完全可以把实数集合与数轴上的点集合等同起来。

有理数
整数和分数的统称

整数和分数构成了有理数。当然，广义的分数中已经包括了整数，因为可以把整数看成分母是 1 的分数。有理数的分类：

正数
大于零的实数

数学中常以零为分界线，把大于零的实数称为正数，小于零的实数称为负数。

零
正负界限之间的中性数

"0" 在数学中起着举足轻重的作用。单独来看，0 可以表示没有。在小数里，0 表示小数和整数的界限；在记数中，0 表示空位；在整数后面添上一个 0，恰为原数的 10 倍……除此之外，0 还有特殊的意义。电台、电视里报告 0℃，并不是指没有温度，而是指气温达到了冰点的温度。0 还可以表示精确的程度，如 7.5 与 7.50 表示的精确程度就有所不同。

冰水混合物的温度被定义为 0℃，并以此作为了解温度的参照度量。

负数
小于零的实数

每一个负数前面都有个负号(−)。如果说 2 比 0 多两个的话，那么 −2 就比 0 少两个。负数在中国的西汉时期已经萌芽，最先作为数学的研究对象出现在东汉时期的《九章算术》中。除此之外，我国古代数学家还给出了世界上最早的正负数加减法则，即：同号相减，异号相加，由零减去正数得负数，由零减去负数得正数；异号相减，同号相加，零加上正数得正数，零加上负数得负数。前一部分说的是正负数的减法法则，后一部分说的是正负数的加法法则。

分数
用来表示两个数进行相除的数

分数作为一个概念，最早起源于对连续量的分割，它是在平均分配劳动、土地计算、水利工程等社会实践生活中所需要面对和解决的一个数学问题。中国是世界上最早对分数进行研究的国家。西汉时期的《周髀算经》和东汉时期的数学专著《九章算术》中都有复杂的分数运算和法则。

无理数
无限不循环小数

每个有理数都可以表示成两个整数的比。但是，公元前 5 世纪希腊数学家发现 $\sqrt{2}$ 不可能表示成两个整数之比，因而引起了一场极大的风波。后来把不能表示成两个整数之比的数称为无理数。现在我们知道无理数比有理数要多得多。无理数在某些科学理论和实践中非常重要。例如黄金分割，它的近似值为 0.618。一个长度与宽度的比值为黄金分割的矩形称为黄金矩形。在自然界、艺术品和建筑物中，这样的黄金分割是非常常见的。

可以将头顶到足底的距离看作一截线段 AB，肚脐即为点 P，那么会有 AP/PB＝PB/AB＝0.618 的等式出现，肚脐处即为人体中的黄金分割点。

虚数

与实数相对应的一种数

虚数是在解方程时产生的，譬如，方程 $x^2+1=0$，$x^2=-1$，$x=\pm\sqrt{-1}$。在很久之前，大多数数学家认为负数没有平方根。到了16世纪中叶，意大利数学家卡尔丹发表了《大法》这一数学著作，介绍了三次方程的求根公式。他不仅讨论了正根和负根，还讨论了虚数根。1637年法国数学家笛卡尔始用"实数"、"虚数"两个名词，1777年瑞士数学家欧拉开始用 $i=\sqrt{-1}$ 表示虚数的单位，而后人将实数和虚数结合起来，写成 $a+bi$（a，b 为实数），称为复数。

神秘的 9

9是个非常神秘的数字，我们可以从下面的操作中看到这一点。比如，爱因斯坦出生在1879年3月14日。把这些数字连在一起，就成了1879314。重新排列这些数字，任意构成一个不同的数（例如3714819），在这两个数中，用大的减去小的（在这个例子中就是3714819－1879314＝1835505），得到一个差数。把差数的各个数字加起来，如果是二位数，就再把它的两个数字加起来，最后的结果是9（即1＋8＋3＋5＋5＋0＋5＝27，2＋7＝9）。实际上任何人的生日按这样运算结果都是9。

实验：模拟数字式手表的数盘

准备材料：胶带、描图纸、大纸板筒、2个小纸板筒、剪刀、铅笔、2支标志笔、纸条。

实验步骤：1.用一小片描图纸把数字式手表的数字图形描摹出来。

2.按照这种数字图形风格，在纸条上绘上从0到9十个数字，把纸条剪成两半，一半是9到5，一半是4到0，把数字部分涂色。

3.用描图纸标出一个与数字骨架大小相同的窗口，标在大纸筒上，然后剪下来。

4.用胶带把数字骨架粘在大纸筒里，这样就可以从窗口看到数字骨架。

5.在每个小纸筒的顶部用胶带粘上一圈写好数字的纸条。

6.把一个小纸筒塞进大纸筒，转动小纸筒时就能依次看见每个数字。

原理说明：数字式手表原理与此类似，它用同一种骨架显示数字，每个骨架由七个部分组成，当电流经过时，数字的各个部分就以黑色的方式显示出来。

填空：

1.阿拉伯数字其实是由＿＿＿＿发明的。

2.罗马数字中 D 所对应的阿拉伯数字是＿＿＿＿。

3.二十进制是＿＿＿＿发明的。

4.5用二进制表达是＿＿＿＿。

5.有理数包括＿＿＿＿、＿＿＿＿、＿＿＿＿。

判断：

1.0是正负数中唯一的中性数。（　　）

2.负数最早作为研究对象出现在《九章算术》中。（　　）

3.黄金分割点就是一个无理数。（　　）

4.无理数最先是被古希腊人发现的。（　　）

5.笛卡儿首先使用虚数这个概念。（　　）

6.虚数和实数结合起来就组成了复数。（　　）

几何学

· 探索与思考 ·

蜂窝的形状

1. 找一个废弃的蜜蜂蜂窝。
2. 观察蜂窝，从正面看上去它是由许许多多大小相同的六边形组成的；从侧面看蜂房则是由许多六棱柱紧密地排在一起构成的。
3. 再认真观察就会发现，这些六棱柱的底面不再是六边形的，而是由三个完全相同的菱形组成。

想一想 为什么蜜蜂的蜂窝会呈现如此复杂的形状?你能用几何学的原理对此进行解释吗?

几何是研究点、线和形的数学分支。点是空间中的位置，没有大小，也没有长、宽和高等维度。直线连接两个或更多的点。直线只有一维，即其长度。平面几何研究直线和平面的图形，如圆和正方形，它们都位于平面上，并且具有长和宽两维。立体几何研究球和立方体等具有三维的立体图形。解析几何则是在坐标系中研究几何图形，将变数引入数学的范畴。几何学最早的实际应用便是测量土地的面积，而在今天，建筑师、工程师都必须依仗他们的几何知识来工作。飞机及船只在航行中也要运用几何学原理。

平面几何
研究最基本的平面图形的科学

平面几何是几何学中的一个分支，它主要研究的是直线和平面这样具有二维图形性质和特点的图形。公元前300年古希腊数学家欧几里得编写了最早的《几何原本》，其中总结了古代劳动人民在实践中所获得的平面几何知识，将之系统化为定义与公理，比如最著名的平行公理：平面上一直线和两直线相交，当同旁两内角之和小于二直角时，则两直线在这一侧充分延长一定相交；也就是说：在平面上，过直线外一点只能做一条和这直线不相交的直线。

直线
一点在平面空间中沿一定方向和相反方向运动所画成的轨迹

直线是平面几何中的一个基本概念，与直线相关的还有射线和线段两个概念：从一个定点出发沿一定方向运动的点的轨迹称为"射线"。通过两点只能引一条直线。两点间以直线距离为最短。从直线上截下有限一段，称为"线段"。

A、B是直线上的任意两点，那么直线可表示为"直线AB"。

角
由一点发出的两条射线所夹成的平面部分

这两条射线的交汇点标为角的顶点。射线称为角的"边"。当构成角的两边的射线方向相反时，所夹的角称为"平角"。平角的一半称为"直角"。平角的两倍称为"圆周角"。小于一个直角的角称为"锐角"，大于一个直角而小于一个平角的角称为"钝角"，大于平角而小于圆周角的角叫"优角"。

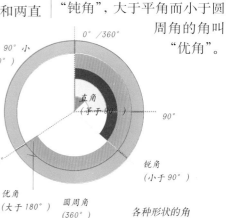

钝角（大于90°小于180°）
0°/360°
直角（于90°）
90°
240°
锐角（小于90°）
优角（大于180°）
圆周角（360°）

各种形状的角

利用三角形原理制成的吊车臂

三角形

把不在一直线上的三点，两两用线段连接起来的图形

连结起来成为三角形的三点称为三角形的"顶点"，连接两个顶点的线段称为三角形的"边"，每两边所夹的角称为三角形"内角"。在欧几里得几何中，任意三角形的三个内角之和都等于二直角。三角形的三个内角都是锐角的，称为"锐角三角形"；有一个内角是直角的，称为"直角三角形"；有一个内角是钝角的，称为"钝角三角形"；两边相等的三角形称为"等腰三角形"；三边相等的称为"正三角形"或"等边三角形"。

多边形

不在同一直线上的线段顺次首尾连结而成的图形

连接起来成为多边形的线段，其顶点和边分别称为多边形的顶点和边，连接不相邻两顶点的线段称为多边形的"对角线"。边数与顶点数是相等的，而且至少等于3。多边形按边的数目分别称为三边形、四边形……三边形就是三角形。除顶点外，如果各边彼此不相交，则称为"简单多边形"。

圆

同一平面内，到一定点的距离等于定长所有点的轨迹

平面内的这一定点称为圆心，定距离称为圆的半径。有时也称轨迹所围的部分为圆，而称轨迹为圆周，称连接圆心与圆周上一点的线段为半径；圆周的一部分称为圆弧，小于半圆周的圆弧称为劣弧，大于半圆周的称为优弧。连接圆周上两点的直线段称为弦，过圆心的弦称为圆的直径，直径长为半径的两倍。

圆周率

圆周的长同直径的比值

圆围率是一个常数，用希腊字母"π"表示，它是无限不循环小数。古希腊数学家阿基米德得到 π 的近似值为 3.14。公元 5 世纪时，我国数学家祖冲之算出圆周率的近似值在 3.1415926 至 3.1415927 之间，并指出精密值可用 355/113 来表示。目前运用计算机计算出的值为 3.1415926535897……。一般运算中 π 通常只取 3.14。π 的大规模计算除了它自身的价值之外，在计算机科学和概率论上也有重要的应用。

祖冲之准确推算出圆周率小数点后的七位数字。

面积

几何学中一种测量平面的基本度量

面积是用以度量平面或曲面上一块区域大小的正数。通常以边长为单位长的正方形的面积为度量单位。例如，两边长为 a 米和 b 米的矩形的面积等于 ab 平方米，半径为 r 的圆面积等于 πr^2，其中 π 为圆周率。面积的深入研究对近代测试理论的诞生起着不可估量的作用。

向日葵具有对称结构。

对称

沿着一条线将一个图形折成完全能重叠的两个

许多多边形都有对称线。圆则有无限多条对称线。人们身边的许多东西，例如叶子、雪花和飞行器都有对称线。三维空间物体的对称平面往往不只一个。另一种形式的对称是以旋转的方式存在，如果有些物体以小于 360° 角旋转后，仍然保持原样，这叫作"旋转对称"。没有对称线或面的物体，我们称之为不对称。

圆柱形的储物仓

立体几何

研究空间图形的性质、画法和计算的科学

立体几何主要研究的是空间图形的数量、位置关系。今天的立体几何是在沿袭欧几里得《几何原本》最后三卷的基础上加以更新与发展的。在《几何原本》中，欧几里得讲述了立体几何中最重要的一个定理：立体角各面角之和小于360°，由此而推知正多面体只有四、六、八、十二及二十面五种，其他情况都不可能，从而证明了凸正多面体不多于五种。此外，书中还研究了曲线形及曲面体等问题。

立方体

正六面体的另一种说法

立方体又叫正方体或正六面体，它有六个完全相同的正方形面、八个顶点和十二条棱。每八个完全相同的立方体可构成一个大立方体。自然界里与许多物质的晶体呈立方体形，比如食盐。

柱体

棱柱、圆柱等具有相似性质的立体形状的总称

柱体有棱柱、圆柱等几种立体形状，柱体都有一个共同特点，即底面以及顶面的形状和大小都是相同的。柱体有很大的体积空间，可充当各种容器。如果拿各种形状的容器做比较，若它们的高度一样，则圆柱形的容器侧面所需的材料最少。因此，油桶、热水瓶等装液体的容器大都是圆柱形的。

球体

空间中与定点有定距离的动点轨迹的形体

空间中这样的定点被称为"球心"，定距离为"半径"。球面所转成的立体圆形称为"球体"，球体有时也简称"球"。半径为R的球面积是$4\pi R^2$，体积是$\frac{4}{3}\pi R^3$。顺着球体的直径将它切开就成了两个相等的半球，半球的底面是一个圆。

篮球就是一个球体。

体积

几何学中一种测量空间的基本度量

体积是用以量度空间区域大小的正数。通常以边长为单体长的立体的体积为度量单位。例如，三边长为a米、b米、c米的长方体的体积等于abc立方米。器皿容纳物质的体积称为该器皿的"容积"。

解析几何

一种采用代数和几何结合的方式进行计算的科学

解析几何是几何学的一门分科。如果把一个图形看成由点所构成的，在建立了坐标系之后，则图形的几何性质可以表示这些点的坐标之间的关系，特别是代数关系。17世纪初法国哲学家、数学家笛卡儿利用这种关系研究几体图形，建立了解析几何。从此，变数被引进了数学，成为数学发展中的转折点，为微积分的出现创造了条件。在工程技术和物理学中，人们广泛地利用解析几何作为研究工具。

拓扑学

连续几何学的另一支

拓扑学主要研究几何图形经过挤压、拉伸或扭曲而不变其性质的问题。如果将一个形状弯曲成另一个形状而不至于使它破裂，那么在拓扑学上就认为这两个形状是相同的。例如球与立方体是相同的，与圆环则不同，这与正常的几何学是存在一定的差异的。拓扑学的理论作用很广：生命科学中用它来研究生命DNA构形，物理学中用它来研究粒子间的相互作用，化学上用它来研究分子结构。

麦比乌斯带

一种拓扑图形

麦比乌斯带是以它的发现人奥古斯丁·麦比乌斯来命名的。拿一个长纸带,把它扭半周后粘成个纸环,也就是说,一端背面和另一端的正面被订在一起了,这就是一个麦比乌斯带。麦比乌斯带具有奇怪的特性,如只有一个面和一个终端。

沿着一条边移动就可以覆盖原来的带子的两边。

麦比乌斯带

勾股定理

勾股定理在我国最早的数学著作《周髀算经》中就有记载。在西方公元前500年古希腊学者毕达哥拉斯也提出了这一定理。《周髀算经》中第一篇就是"勾三股四弦五"。所谓勾和股,是指直角三角形的两条直角边,而弦指三角形的斜边。所谓勾股定理,就是直角三角形斜边上的正方形的面积等于两条直角上正方形面积的和。后来它被简述为:直角三角形中,两条直角边的平方和等于斜边的平方。

· DIY 实验室 ·

实验:如何切豆腐

准备材料:菜刀、5块四四方方的豆腐。

实验步骤:1.切三边形:这很简单,用刀在豆腐上轻轻地切出一个角,这个切出来的截面就是三边形。

2.切四边形:利用刚才切出的三角形的一个边,垂直一刀切到底面,一下你就可以切出四边形了,如图1所示。

3.切五边形:如图2所示,选择一条小边DE,然后从DE边开始斜切一刀,要保证这一刀切到AB边上,这样你就可以切出五边形了。

4.切六边形:如果切五边形时,你不仅切上了AB边,连BC边也切上了,那么你就切出了一个六边形,如图3所示。

5.七边形,八边形的豆腐是无法切出来的。

原理说明:1块豆腐是一个正方体,有六个面,所以能够切出截面是三边形、四边形、五边形,切得最理想的图形是六边形,此时豆腐的每个面都切到了,但豆腐只有六个面,所以一刀最多只能切出六边形的截面,无法切出七边形和八边形的截面。

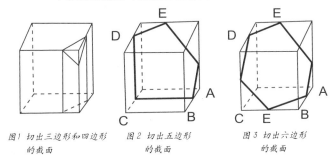

图1 切出三边形和四边形的截面　　图2 切出五边形的截面　　图3 切出六边形的截面

· 智慧方舟 ·

填空:

1.在两点间以_____为最短。

2.平角的一半称为_____。

3.三边都相等的三角形称为_____。

4.小于半圆周的圆弧叫作_____。

5.圆周指是指_____同_____之间的比值。

判断:

1.在面积相等的正三角形、正方形和圆中,圆的周长是最小的。(　　)

2.半径为R的球体体积为$\frac{4}{3}\pi R^3$。(　　)

3.解析几何是笛卡儿首创的。(　　)

4.麦比乌斯带是由一条长纸带扭半周后粘贴起来形成的。(　　)

代数及数学工具

比比谁算得快

1. 准备计算器、笔和纸，写出五道两个三位数相加减的数学题。
2. 用笔算这五道数学题，测一测要花多长时间。
3. 然后用计算器来计算这五道数学题，测一测借助计算器计算，你需要花多少时间。
4. 比较一下两次所花时间的长短有何不同？然后比较一下计算的准确度。

想一想 与人脑计算相比，用计算器计算有什么优点？

代数是数学的分支，它结合数学的其他分支而独立成为一个单一科类。在代数中以字母和其他的符号来表示数字。例如，长方形的面积是长乘以宽。若用 I 代表实际边长、W 代表实际宽长，则任何长方形的面积是 $I \times W$。这里 I 和 W 是变量，可代表任意值。代数常用 x 和 y 作为变量。数学工具是用来帮助人们方便计算和信息处理的工具。随着生产力的提高，数学工具也经历了一个迅速发展的过程。从起初的算筹、算盘、电子计算器到每秒可进行上万亿次计算的大型计算机，数学工具越来越先进，在人类生活中的作用也越来越重要了。

代数式的值

给代数式中的字母所赋予的数值

在进行计算时，代数式中的字母一般可以任意取值。用给定数值代替代数式里的字母所得到的结果，叫作代数式的值。比如当 $a=1$ 时，$2a+3=2 \times 1+3=5$，5 叫作代数式 $2a+3$ 在 $a=1$ 时的值。

单项式与多项式

无加减运算的代数式和有加减符号联合的代数式

单项式是只含数与字母的乘法运算的代数式。有限个单项式的和叫多项式，又叫有理整式。多项式中合并同类项后的各单项式称为它的项，各项次数中最大的称为多项式的次。非零数可称为零次多项式。多项式又依照所含元的个数分别称为"一元多项式"、"二元多项式"等。

方程

含有未知数的等式

代数学中常常涉及到方程式，例如，若袋中共有面值为10和5的硬币9枚，已知总面值为65，则每种硬币各有几枚？可以列出一个方程进行求解：设面值为10的硬币数为 x，则其面值就是 $10x$；面值为5的硬币数为 $9-x$，其面值为 $5(9-x)$。由于总面值为65，可列出方程为：$65=10x+5(9-x)$。解此方程可得 $x=4$。答案是面值为10的硬币4枚，面值为5的硬币5枚。

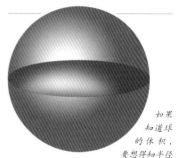

如果知道球的体积，要想得知半径的大小就可以根据公式 $V=\frac{4}{3}\pi R^3$ 开三次方求得。

开方

求一个数的方根的运算

开方是求解方程的重要方法。如16的二次方根为4,27的三次方根为3等等。在世界数学史上，有关开平方、开立方的问题，印度的《阿耶波多文集》就有所记载。公元前100年左右，我国的《周髀算经》中就有开方的记载。而我国的另一数学名著《九章算术》中，则专门讲了开平方与开立方的法则。

常量

一定过程保持同一数值的量

常量是在讨论数学问题时常出现的一个概念，表示常量的数，称为"常数"。如圆周率 $\pi=3.14159\cdots\cdots$ 和自然对数的底 $e=2.71828\cdots\cdots$ 都是常量。

变量

某一过程中可以取不同数值的量

变量可以根据实际问题的需要来取不同的数值。例如，在圆面积公式 $S=\pi R^2$ 中，R 可以取不同数值，S 也可以取不同数值，R 和 S 为变量。变量可以分为自变量和因变量，它们不是绝对的。例如，在圆周长 $L=2\pi R$ 中，R 是自变量，L 为因变量，也可以把 L 作为自变量，相应地 R 为因变量。值得注意的是自变量的取值与研究的问题有关，它的取值是有范围的。例如，在 $L=2\pi R$ 中，$R \geqslant 0$。

函数

自变量与因变量之间具有某种对应关系的表达式

设有两个变量 x 和 y。当 x 取其变化范围中的每个特定的值时，相应地有唯一的 y 与它对应，则称为 y 是 x 的函数。记为 $y=f(x)$。其中 x 称为自变量，y 称为因变量。x 的变化范围称为函数的"定义域"。与 x 相对应的 y 的值称为函数值。

幻方

纵横排列的一组数字，其行、列、对角线之和相同

幻方是西方的称法，我国古代称为"纵横图"或"九宫图"。最早的"幻方"记载在中国春秋时期的《易经》中，书中的"洛书"就幻方。从现代观点来讲，幻方只是数学的重要分支——组合学研究的一个问题。幻方排列是有规律可寻的。我国宋代数学家杨辉创造了排列奇阶幻方的方法。奇阶幻方是指幻方的行数（或列数）是奇数，如"洛书"就是 3 阶幻方。

6	7	2
1	5	9
8	3	4

幻方中每行、每列、每个对角线之和可以根据一个统一的公式计算出来，$S_n=n \times (1+n^2)/2$，其中 n 表示每行的元素个数。幻方是人类智慧的结晶，它在程序设计、人工智能、博弈论等方面有一定的用途。

幻方就好像一个迷宫，在游戏时需要技巧和策略。

这是形似鹦鹉螺壳的对数螺旋线。

对数

一种将乘法和除法归结为简单的加减运算的方法

如果 $a^b=N$，其中 $a>0$，且 $a \neq 1$，那么，b 叫作以 a 为底的 N 的对数，记作 $b=\log_a N$，其中 a 是底数，N 是真数。有了对数，乘方、开方运算就可以转化为乘法、除法运算；而乘法、除法运算又可以转化为加法、减法运算。高一级的数学运算转化为低一级的数学运算，如两排数列：

0，1，2，3，4，5，6，7，8，9，10，11，……

1，2，4，8，16，32，64，128，256，512，1024，2048，……如果要计算第二行中两个数的积，只要在第一行中找到相应的两个数，这两个数的和所对应的第二行中的数就是所求的积。如要求 16×128，可以通过这张表直接得出：16 对应 4，128 对应 7，4+7=11 对应的是 2048，这就是 16×128 的积。

数学工具

用来提高运算速度和精确度的工具

古人曾用结绳记数，算筹也是用于计算和占卜的重要工具。算盘是对算筹的改进，由于汉字一字一音，珠算规则易于编成口诀，大大加快了运算的速度。计算器是功能比较简单的计算机。近几十年来，以现代计算机为代表的计算工具已经发展到了很高的水平。计算机已远不止用于简单计算，它能够做很多复杂的事情，而且越来越向人工智能化方向发展。

数学表

关于数学规律的总结性表格

数学表是人们在长期的学习和使用中所总结出来的，数学表的作用在于使人们不用从头算起，有些数据可以直接通过表格来查取，大大方便了计算。这些数学表是在长期的积累中逐步完善的。数学表的种类很多，如平方表、对数表等等。这些数学表被广泛地应用于计算中。中国历史上最早的数学表是"九九乘法表"，一直沿用至今。

算盘

规矩

测量与画图的工具

规和矩发明于中国，规是画图的圆规；矩是折成直角的曲尺，尺上有刻度。古人说"不以规矩，不能成方圆"，就是这个意思。规矩发明的确切年代已无法考证，但在公元前15世纪的甲骨文中，已有规、矩二字了。规矩的使用，对于我国古代几何学的发展，有着很重要的意义。

圆规

算盘

一种由算珠组成的简单计算工具

算盘是一种计算工具，以制作简单、价格低廉、运算方便、并配以易记口诀等优点而长盛不衰。它由一系列成串的小珠组成，表示个、十、百、千等，顺着列移动小珠即可进行计算。用算盘进行运算的方法叫珠算。算盘的珠子被称为算珠，算珠是沿着档或梁被拨动的，每个算珠代表不同的数目值。不同的算盘有不同的算术方式。中国式算盘采用1、10和百进位，上方算珠的数目值是下方一个珠子的5倍。利用算盘做加、减、乘、除的运算，如果技术纯熟，计算速度甚至可以超越计算器。

纳皮尔筹

纳皮尔发明的能简化计算的一种工具

纳皮尔筹又叫"纳皮尔计算尺"，它由十根木条组成，每根木条上都刻有数码，右边第一根木条是固定的，其余的都可根据计算的需要进行拼合或调换位置。纳皮尔筹可以用加法和一位数乘法代替多位数的乘法，也可以用除数为一位数的除法和减法代替多位数除法，从而简化了计算。纳皮尔筹的计算原理是"格子乘法"。例如，要计算934×314，先画出长宽各三格的方格，并画上斜线；在方格上方标上9，3，4，右方标上3，1，4；把上方的各个数字与右边各个数字分别相乘，乘得的结果填入格子里；最后，从右下角开始依次把三角形格中各数字按斜线相加，必要时进位，便得到积293276。纳皮尔筹只不过是把格子乘法里填格子的任务事先做好而已。需要哪几个数字时，就将刻有这些数字的木条按格子乘法的形式拼合在一起。

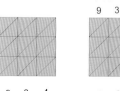

纳皮尔筹

计算器

用于数学计算的机器

最常见的计算器为掌上袖珍计算器。按计算器上的数字键输入一些数字，然后再按加、减、乘、除等键进行计算，显示屏上就会出现答案。计算器内有集成电路，其运算速度比在纸上笔算要快得多，而且运算精度高。一些功能齐全的计算器还能进行对数、函数运算等，尤其受到人们的欢迎。

计算器

纳皮尔

约翰·纳皮尔（John Napier，1550～1617），苏格兰数学家，对数运算的发明者。在纳皮尔所处的年代，天文学为当时的热门学科，纳皮尔为了克服当时常量数学的局限性，简化计算而发明了对数。恩格斯在他的著作《自然辩证法》中，曾经把笛卡尔的坐标、纳皮尔的对数、牛顿和莱布尼茨的微积分共同称为17世纪的三大数学发明。

· DIY 实验室 ·

实验：测量树木的高度

准备材料： 厚纸板、剪刀、细线绳、小石子。

实验步骤： 1. 将厚纸板先截成正方形，然后再截成全等的等腰直角三角形。

2. 用细线绳系住小石块，将线的一端固定在三角形的底角上，使线沿着等腰的一边挂着。

3. 拿着等腰直角三形靠近待测树木，用眼沿斜边对准树梢，同时调整距离，使得系有石块的细线绳沿着等腰三角形的一边垂下。

4. 两方完全对准时，测量此时所站的点与树的距离，这样你就能获得树的高度了。

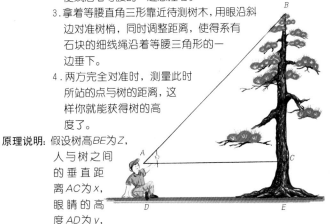

原理说明： 假设树高 BE 为 Z，人与树之间的垂直距离 AC 为 x，眼睛的高度 AD 为 y，那么由三角形 ABC 为等腰直角三角形可以得知，AC 和 BC 等长，眼睛的高度 AD 和 CE 等长，由此可以推导出树高 $Z=BC+CE$ 等价于 $Z=AC+AD=x+y$，而 x 与 y 我们是可以很容易得知的。这样树的高度就可以很容易地计算出来了。

· 智慧方舟 ·

填空：

1. 在公式 $S=\pi R^2$ 中，自变量是_____，因变量是_____。

2. 最早的幻方记载是_____。

3. 对数是由_____创造的。

4. 中国式的算盘采用的是_____、_____和_____。

5. 纳皮尔筹又叫_____，它是由苏格兰数学家纳皮尔发明的。

判断：

1. 表示常量的数称为常数，如圆周率。（　　）

2. 有限个单项式的和称为有理整式。（　　）

3. 排列奇阶幻方方法是由宋朝的杨辉所创造。（　　）

4. 采用对数，可以简化乘除运算为加减运算。（　　）

5. 平方表、对数表都是属于数学表的范畴。（　　）

中国学生学习百科系列

站在世界前沿，与各国青少年同步成长

中国学生科学学习百科
充分展示自然科学的种种魅力
160 页　定价：19.80 元

中国学生宇宙学习百科
层层揭示太阳系、外太阳系
以及整个宇宙的奥秘
160 页　定价：19.80 元

中国学生地球学习百科
全面介绍我们生存的星球
160 页　定价：19.80 元

中国学生生物学习百科
生动解释微生物学、动物学、
植物学、生态学
160 页　定价：19.80 元

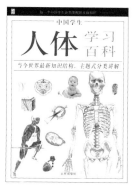

中国学生人体学习百科
彻底揭示我们奇妙的身体
160 页　定价：19.80 元

中国学生历史学习百科
生动介绍人类社会发展历程
160 页　定价：19.80 元

中国学生艺术学习百科
系统介绍各大艺术门类特点
160 页　定价：19.80 元

中国学生军事学习百科
系统介绍武器装备、作战方
式等军事知识
160 页　定价：19.80 元